SA MAJESTÉ MAMAN

DU MÊME AUTEUR

AUX ÉDITIONS 10/18

La terre des mensonges, 2011
La ferme des Neshov, 2011
L'héritage impossible, 2012
Zona frigida, 2012
La tour d'arsenic, 2013
Je m'appelle Lotte et j'ai huit ans, 2013
Je ferai de toi un homme heureux, 2014

ANNE B. RAGDE

SA MAJESTÉ MAMAN

Traduit du norvégien
par Hélène Hervieu

fleuve
ÉDITIONS

Titre original :
Jeg har et teppe i tusen farger

ISBN : 978-2-265-09920-3

I

— Cela a dû être épouvantable pour toi de m'avoir comme mère, Anne. Quand tu étais petite.
— Ah bon ?
— Oui, ma pauvre.

C'était l'été, le soleil de l'après-midi baignait ma terrasse, chez moi, à Ila, à Trondheim, et après avoir fumé une cigarette, je commençais à rapporter les plats et les assiettes pour les mettre au lave-vaisselle.

Nous avions eu la visite de plein d'anciens voisins sur ma terrasse et dans mon jardin. Des voisins de mon enfance, de l'enfance et de la vie adulte de maman. J'avais servi un gâteau glacé au Daim, des gaufres en forme de cœur avec des fraises, des brownies bourrés de noisettes et de chocolat, ainsi que des petits verres de madère sec pour ceux qui apprécient ça, qui ne conduisent pas et qui ne prennent pas d'anticoagulants. Cela avait été un bel après-midi, très gai, jusqu'à la fin. Un vrai bon moment, reposant.

Après que maman se fut installée à Oslo, j'avais pris l'habitude d'inviter ses anciennes amies chez moi quand elle venait pendant l'été me rendre visite à Trondheim, même si elle protestait toujours en disant que ce serait *beaucoup trop de travail* pour moi. Une fois n'est pas coutume, elle sous-estimait mon niveau d'activité quotidien, à moins qu'elle ne fasse la coquette, trouvant que je n'avais pas à me donner autant de peine pour distraire ses vieilles amies.

Toujours est-il que j'ai entretenu durant de nombreuses années cette tradition que je m'étais moi-même imposée dès que maman était partie plus au sud, désespérée par le climat de Trondheim et par son boulot de conductrice d'engins dans une usine de sacs plastique pleine de communistes. Elle avait été embauchée comme intérimaire chez Manpower, à cinq cent vingt kilomètres de son seul petit-fils, mon fils alors âgé de quatre ans ; je n'ai jamais compris comment elle avait pu tourner le dos aussi facilement à son rôle de grand-mère sans le regretter par la suite.

— Oui, je t'épargne la corvée de m'aimer, Anne, c'est au moins ça.

— Eh bien dis donc, tu n'y vas pas de main morte. Pourquoi tu me dis ça maintenant ?

Elle portait un chemisier couleur coquille d'œuf la serrant légèrement au niveau de sa forte poitrine, un chemisier que je lui avais repassé un peu plus tôt dans la journée pour la remercier d'être allée faire les courses pour moi dès l'ouverture du magasin, à neuf heures.

D'un point de vue égoïste, c'était ce que je préférais quand ma mère venait me voir : la sollicitude qu'elle manifestait à mon égard au petit matin, bien avant que je ne me lève à mon tour. J'avais l'habitude de toujours tout faire à la maison, pour tout le monde, mais quand maman était là, je trouvais à mon réveil des petits pains frais, le café prêt, des journaux et tous les produits de ma liste de courses, sans jamais aucun oubli. Elle pensait aussi à apporter à la consigne les bouteilles vides qu'elle trouvait sous le plan de travail : elle savait que j'avais horreur de voir s'accumuler les bouteilles vides, et aussi que je les jetais parfois à la poubelle, à son grand mécontentement. En outre, elle avait vidé le lave-vaisselle de la veille et nettoyé tous les plans de travail et la table. Et elle ne m'adressait pas la parole avant de m'entendre allumer ma première cigarette de la journée.

Les matins des visites de maman étaient tout à fait merveilleux, je me sentais réellement comme sa vraie fille, une fille dont elle prenait soin.

J'étais donc de bonne humeur en empilant les assiettes et les verres de liqueur, et le message arriva comme un coup de tonnerre dans le ciel. Encore que les coups de tonnerre venant de maman, j'en avais connu, dans ma vie, c'est le moins qu'on puisse dire. Ils survenaient souvent quand on avait passé quelques heures avec d'autres personnes, ayant d'autres vies que nous, et que des pensées sombres avaient bouillonné à petit feu tout au fond de sa tête tandis que la conversation battait son plein.

— Je repense à certaines choses, quand je me retrouve avec ces femmes. Elles ont été des mères affectueuses, Anne. Pas comme moi.

— C'est quoi, ces bêtises ? Toutes les mères étaient pareilles, à l'époque, toutes faisaient la lessive, la cuisine et n'avaient pas de temps pour leurs enfants. Aucune d'elles n'était une mère affectueuse. Aujourd'hui, tout l'univers tourne autour de l'enfant. Vous aviez bien autre chose à faire.

— C'est le souvenir que tu en as gardé ?

Elle m'a regardée droit dans les yeux. Ses yeux gris-vert, terriblement grossis par ses épais verres de lunette.

— Attends un peu, je finis de ranger ça et je te donne un autre verre de madère. J'ai besoin d'une bière, moi, pour faire passer tout ce madère et ces fraises.

— Pour le madère, ça me suffit, moi aussi.

— Alors peut-être un verre de liqueur à l'œuf ?

— Oui, ce n'est pas une mauvaise idée. Mais un petit, alors.

J'ai rempli la machine, glissé la pastille lave-vaisselle dans l'emplacement réservé à cet effet, et ai lancé le programme. Le bruit des trombes d'eau pure qui ont aussitôt envahi l'ingénieux système de lavage m'a un peu calmée. J'aurais bien aimé rester tranquille avec une bière fraîche : les dernières heures avaient été pleines de voix se coupant la parole, de rires, de souvenirs partagés, de vieilles anecdotes, et cela aurait été bien de prendre le temps de digérer tout ça ; des scènes de mon enfance plus étonnantes les unes que les autres me revenaient en mémoire quand j'étais avec ces femmes. Elles m'avaient vue petite fille, une fille que je n'étais plus, et j'écoutais avidement chaque anecdote où cette petite fille faisait partie de l'action. Cela aurait été bien d'avoir ne fût-ce que quelques minutes pour pouvoir réfléchir à tout ça.

Ah, si seulement quelqu'un pouvait sonner en bas à l'improviste ! J'avais à peine la force d'affronter la discussion qui, je le savais, allait venir. Elle m'attendait dehors sur la terrasse, dans son chemisier jaune, avec bientôt devant elle une liqueur du même jaune, prête à exploser de colère, pleine de ce besoin bien connu de vider son sac.

J'ai versé un peu de cognac dans la liqueur ; elle ne le remarquerait pas même si elle ne tenait pas bien l'alcool, puisqu'elle n'en buvait presque jamais. Mais peut-être que le cognac chasserait chez elle cette mélancolie et la ferait changer de sujet de conversation, ramenant ainsi le sourire sur son visage. Je voulais la voir souriante, tout ce que je faisais, c'était pour la rendre heureuse ; certes, elle était heureuse tant qu'on s'amusait tous ensemble, mais après, dès que c'était terminé, que ça devenait du passé, la mélancolie revenait à la charge.

Maman est experte dans l'art de ressentir un chagrin disproportionné envers toutes les bonnes choses qui ont pris fin. Et maintenant, cela s'appliquait à ce bel après-midi ensoleillé passé avec de vieilles amies à elle, des gaufres et des fraises.

J'ai posé sur la table le verre à liqueur devant elle et la bière pour moi, et j'ai allumé ma cigarette. Ses cheveux étaient foncés et humides à la racine, il faisait chaud, au moins vingt-quatre degrés à l'ombre, ses mèches bouclaient au-dessus de la sueur de son front – la coiffure classique caniche. Elle se faisait une permanente toutes les six semaines et se peignait seulement une fois par jour, après la douche.

— Tu sais ce que j'ai lu un jour, Anne ?

— Non, maman.

— On a le devoir d'aimer ses enfants, mais pas celui d'aimer ses parents.

— Tu dois honorer ton père et ta mère, dit la Bible.

— N'importe quoi, Anne. Tu es ivre ?

— Avec trois verres microscopiques de madère ? Non, pas vraiment.

— La Bible… mon Dieu, je n'ai jamais entendu une chose pareille. Honorer, d'ailleurs, ce n'est pas comme aimer. Honorer, c'est seulement se taire et faire ce qu'on vous demande.

— Dis-moi, maman, c'est bien toi, si je ne me trompe, qui à l'époque as donné un coup de main pour introduire frauduleusement des bibles dans l'ancienne Union soviétique ?

— Ça n'a rien à voir. Il s'agissait de *révolte contre le régime* ! Si ça n'avait pas été des bibles, cela aurait été des bouées ou des aspirateurs. Tout ce qui était interdit. Tu comprends ça, non ?

— Ouais, mais quand même…

— Je haïssais ma mère, comme tu le sais.

— Oui, je sais. Allez, à ta santé, maman, en l'honneur de ce super après-midi qu'on a passé ensemble.

J'ai soulevé mon verre de bière, elle a tâtonné un peu pour trouver son verre de liqueur tout en évitant de me regarder.

— Nous avons toutes tellement vieilli…

— Un peu plus de soixante-dix ans ? Ce n'est pas très vieux.

— Si, Anne, c'est vieux. Bien sûr que c'est vieux. *Bien sûr* que c'est vieux ! Il est trop tard. Pour tout.

Elle souleva son verre de liqueur et je crus un instant qu'elle allait me jeter son contenu à la figure ; j'étais sur le point de baisser la tête quand elle vida la boisson d'un trait. Son larynx était proéminent et bronzé : elle s'exposait au soleil à la moindre occasion, enduite de Spenol, cette crème émolliente utilisée autrefois pour les pis des vaches, et faisait chaque semaine pendant tout l'hiver des séances d'UV. J'inhalai à m'en brûler le palais la fumée de ma première cigarette de la journée ; mon mari ne reviendrait pas avant au moins deux heures, l'après-midi risquait de traîner en longueur. Par chance, j'eus la bonne idée de parler du dîner :

— Je vais préparer pour ce soir un gratin de pommes de terre avec du persil, de l'ail et de la coriandre, pour accompagner les tranches fines de jambon et des petits pois extrafins, bien verts. Ça te paraît bien ? Et j'ai une super sauce au vin rouge au congélateur. Elle est réalisée à partir d'un fond de volaille, mais je suis sûre qu'elle ira parfaitement avec.

— Ce sera certainement délicieux, Anne. En cuisine, tu t'y connais.

— Je tiens ça de toi, tu sais.

— Oui, Elin et toi vous avez eu droit à de la bonne nourriture, vous aurez au moins eu ça.

— Ça, c'est sûr.

— Même si je n'avais pas d'argent.

— Ça ne s'est jamais vu parce que tu avais le chic pour donner du goût à tes plats, quels que soient les ingrédients.

— Il suffit de mettre suffisamment de gras et de sel, Anne. Du beurre si j'avais les moyens, de la margarine dans le cas contraire. Le meilleur exhausteur de goût au monde.

— J'aime bien parler de nourriture avec toi, maman.

— La préparer, la manger, en parler. Mais est-ce que tu te souviens qu'il m'arrivait de te prendre sur mes genoux et de te serrer dans mes bras ? D'être toute proche de toi ?

J'ai déplacé mon regard juste à temps pour ne pas croiser le sien.

— Non, je ne m'en souviens pas vraiment, mais tu me faisais beaucoup la lecture, ai-je répondu.

Je nageais à présent en eaux troubles, je le compris dès que les mots m'échappèrent des lèvres.

— Mon Dieu… Quelle mère j'ai dû être ! Faire la lecture ! Comme si ça pouvait remplacer l'affection.

— Je suis devenue écrivain. Il y a peut-être là un lien de cause à effet.

— Tu n'as pas eu besoin de moi pour devenir écrivain, Anne. L'honneur ne m'en revient pas.

— Pourtant si. J'ai grandi au milieu des livres.

— Je m'en suis un peu mieux sortie avec Elin. Peut-être parce qu'elle était si souvent malade et que j'ai cru plusieurs fois qu'elle allait mourir dans mes bras. J'ai dû la bercer et la serrer contre moi jusqu'à ce qu'elle commence l'école. Je n'ai jamais fait ça avec toi. Je t'ai allaitée jusqu'à tes six mois, tu étais alors contre moi, mais après ça… Je n'ai pas fait autant la lecture à Elin, je n'en trouvais pas le temps. Peut-être que c'est comme ça : soit les livres, soit l'affection.

Elle fondit en larmes et ôta ses lunettes. La petite goutte de cognac avait apparemment eu un effet contraire à celui escompté. Elle se frotta les yeux avec les poings. J'avais toujours le cœur serré quand elle se frottait les yeux de cette manière, comme un petit enfant.

— Et voilà que je chiale…

— Je ne comprends pas que tu aies envie de remuer tout ça maintenant. Regarde, t'en mets partout sur ton joli chemisier. Tu veux que je te fasse un autre café ? Tu veux un autre verre de liqueur à l'œuf ? Un Captain Morgan ?

— Anne ! Je ne vais pas prendre de rhum maintenant, après tout ce que j'ai déjà bu !

— Est-ce que tu ne peux pas juste te dire qu'on a passé un super après-midi avec la bande de notre ancien immeuble ?

— Non, je n'y arrive pas. Je regrette. Je vais descendre me reposer un peu. Et merci d'avoir tout si bien arrangé. Je t'en suis infiniment reconnaissante, sache-le.

J'ai entendu ses pas dans l'escalier en colimaçon, des pas lourds. J'ai écrasé ma cigarette et rapporté son verre dans la cuisine, l'ai lavé à la main puisque le lave-vaisselle était déjà en route, ai soigneusement rincé mon éponge et suis allée essuyer la table de la terrasse et celle du jardin. Elle toussait déjà, en bas dans la chambre d'amis, mais, Dieu soit loué, je n'ai pas entendu de larmes dans sa toux. Après sa sieste, elle se réjouirait à l'idée d'un bon dîner, discuterait gaiement avec mon mari puis serait heureuse de regarder une émission à la télévision. Ou alors nous pourrions jouer au Trivial Pursuit, elle nous battait toujours à plate couture, cela lui faisait un bien fou et avait une influence positive sur son humeur.

Est-ce que j'ai aimé maman ? Je ne cesse de me poser la question.

Quand je me faisais une joie à l'idée de la voir, c'était parce que j'avais prévu quelque chose à son unique intention, quelque chose qu'elle saurait apprécier, qui *lui* ferait plaisir. J'ai vécu dans cet espoir éternel de la satisfaire, de faire en sorte qu'elle passe une bonne journée, de lui donner un souvenir qu'elle aurait plaisir à se remémorer par la suite. C'est surtout quand elle est devenue plus âgée que ce schéma s'est mis en place.

Quand elle était plus jeune, il y avait toujours du mouvement et de la vie autour d'elle, il fallait la suivre, et elle exigeait peu, elle vivait sa propre vie, selon ses critères à elle. Mais quand elle cessa de faire ça, à partir disons de ses soixante-six ans, cela changea du tout au tout.

À partir de là, maman se mit à parler de la mort. Elle était désormais retraitée et avait déménagé dans un logement social. Tout fut soigneusement rangé dans les placards et les tiroirs, de façon claire et pratique, et tout le superflu finit à la poubelle.

— Comme ça, ce sera plus facile pour Elin et toi de trier mes affaires quand je serai morte.

Il s'écoulerait quinze ans avant qu'Elin et moi soyons obligées de décider que faire du contenu de ces meubles. Pendant quinze ans, maman s'est tenue prête.

Elle n'arrêtait pas de jeter des choses et n'avait rien, absolument rien au fond de ses placards et de ses tiroirs. Les seules choses dont elle ne se débarrassa pas, même si elle n'allait pas en avoir besoin dans l'immédiat, furent sa garde-robe composée selon les différentes saisons, une petite boîte avec des décorations de Noël, et des livres. Concernant les vêtements, c'est une vérité qui mérite quelques ajustements.

L'hiver lui faisait toujours l'effet d'une bombe ; les vêtements d'hiver de l'année précédente étaient usés puisqu'elle achetait toujours ce qu'il y avait de meilleur marché, des bottines jusqu'aux manteaux. Elle n'achetait jamais ses vêtements d'hiver au moment des soldes de printemps, repoussant l'idée d'un nouvel hiver et refusant catégoriquement d'y penser avant d'avoir abîmé diverses chaussures d'été dans la boue et la neige fondue de l'automne. À ce moment-là seulement, elle réutilisait, découragée et à contrecœur, les habits usés de l'année précédente, jusqu'à ce qu'elle doive déclarer forfait et s'acheter de nouvelles bottines et un nouveau manteau, le moins cher qu'elle trouvait.

Elle grelottait pendant tout l'hiver parce que la qualité de ce qu'elle avait acheté était lamentable. Elle passait chaque hiver à souffrir, et poussait des jurons en allant et revenant deux fois par semaine de ses séances extravagantes de solarium dans ses bottines qui se gorgeaient d'eau comme des éponges. En outre, elle restait toujours jambes et pieds nus, été comme hiver, les orteils à l'air dans ses bottines, sans jamais de bas ou de collant sous ses pantalons avant que le thermomètre ne descende à moins dix.

Ce fut simple de vider son petit appartement, de faire le tri dans ce qu'elle avait et de décider ce qui irait à la poubelle, dans des caisses que nous ramènerions à la maison, et ce que nous donnerions aux voisins et amis, ainsi qu'à ce qui lui restait de famille au Danemark.

Nous avons donné une partie des ustensiles de cuisine au gardien du foyer Stovner, au numéro 14 ; il était aussi le gardien du 16 et aimait avoir un stock d'articles de première nécessité, puisque souvent, des logements du 16 étaient alloués à des personnes qui ne possédaient rien du tout, pas même un mug à café ; on leur attribuait des appartements dont les locataires étaient soit morts, soit à l'hôpital ou internés en service psychiatrique. Là habitaient les drogués et les malades mentaux, et les alarmes à incendie se déclenchaient sans arrêt.

Le gardien aurait les mugs, les assiettes et les couverts, la planche et le fer à repasser, les casseroles et les poêles, les porte-bougies à thé, le linge de lit qu'il pourrait distribuer à sa guise, et même le lit de maman. Il sortit de l'ascenseur en chantonnant avec derrière lui un grand chariot qu'il remplit à ras bord, avec soin, pour que rien ne tombe durant le long trajet qui le mènerait cinq étages plus bas.

Elin et moi avions déjà tout ce qu'il nous fallait et maman n'avait ni grenier ni cave, seulement de petits placards. Ici, il n'y avait pas de caisses avec des souvenirs d'enfance d'Elin ou de moi-même, aucune vieille carte de fête des mères ni de vêtements d'enfants, de poupées ou de jouets qui nous auraient rendues nostalgiques de ce temps-là.

Un jour que j'avais un peu le temps, lors d'un voyage à Oslo pour le travail – certainement un entretien annulé parmi une foule d'autres –, j'ai débarqué à l'improviste pour une visite éclair avec un taxi aller et retour, en apportant des sushis et des viennoiseries de Deli de Luca. Un grand sac-poubelle noir trônait dans le couloir à côté de son déambulateur.

J'ai jeté un rapide coup d'œil à l'intérieur.

— Des albums ? dis-je.

— Hein… ?

— Tu ne vas quand même pas *jeter* des albums photos ?

J'ai pris celui qui était au-dessus. C'était celui du voyage en Angleterre qu'avaient fait maman et Elin quand elle avait quinze ans. Maman avait économisé pendant deux ans, elles ne devaient payer que le voyage proprement dit et habiter chez Audrey, une amie d'enfance de maman, à Southampton.

— Laisse ça. Est-ce qu'on peut boire du thé avec les sushis ? C'est possible ? Si seulement j'avais su que tu venais, j'aurais acheté des sodas. Ou du vin.

— Maman ! Tu ne peux quand même pas *jeter* des albums photos !

— Ça me rend triste chaque fois que je les regarde. D'ailleurs, je ne les regarde plus. Rien que de les voir posés là, ça me donne le cafard. La vie qui est passée, toutes ces joies, tous ces bons moments.

— Est-ce que tu as demandé à Elin si elle, peut-être, ça l'intéresserait ?

— Non.

— Alors je trouve que tu devrais le faire.

— Puisque tu insistes. Mais elle est si occupée, je la vois si rarement.

Le fait est qu'Elin l'appelait ou passait la voir presque chaque jour, elle n'habitait pas loin. Elin et moi avions décidé d'en rire, que faire d'autre ? Il était simplement inimaginable que maman n'ait pas compris que son bluff ne marchait pas, qu'il était *toujours* découvert, à chaque fois qu'elle disait cela.

J'ai appelé Elin dans le taxi de retour au *Bristol* et lui ai parlé des albums photos. Elle a pu les mettre à l'abri le lendemain, les a rapportés chez elle, mais à la mort de maman, nous avons découvert que d'autres albums avaient aussi disparu.

Si un étranger était entré dans l'appartement et avait dû deviner quel genre de personne habitait là, il aurait sans doute misé sur une personne beaucoup plus jeune. Maman ne possédait rien d'autre qu'un studio bien équipé, mais son logement était agréable et accueillant, avec plein de plantes vertes sur le rebord d'une des petites fenêtres du salon, une télévision correcte dont l'image ne défilait pas et qui avait du son, ce qui était le plus important pour elle.

Elle ne possédait pas plus de trois assiettes à déjeuner ayant le même motif, sa poêle bas de gamme avait le fond tout cabossé et elle avait trois petites casseroles. À sa décharge, elle ne pouvait pas faire de grandes réceptions dans un appartement de trente-huit mètres carrés. L'étranger aurait sans doute remarqué que le lieu était d'une *propreté* rare, et en aurait déduit qu'après tout, ce n'était peut-être pas quelqu'un de jeune qui vivait ici.

Les livres, c'est ce qu'elle avait le plus, ce qui lui était le plus cher. Elle vivait et respirait pour la littérature, qu'il s'agisse de romans ou de poésie. Elle adorait les poètes classiques, ses favoris étant Herman Wildenvey, Karin Boye, Emily Dickinson, Steen Steensen Blicher. Pendant que j'écrivais une biographie de Sigrid Undset pour la jeunesse, j'ai remarqué que Sigrid Undset aussi citait Blicher parmi ses poètes préférés, ce que maman trouva flatteur.

— Tu vois, Anne, dit-elle. Je ne suis pas si terre à terre dans mes goûts littéraires, elle a quand même obtenu le prix Nobel, que je sache.

Par ailleurs, maman possédait des documents historiques, qu'elle adorait, de la vallée des Rois en Égypte au peuple maya en passant par Petra en Jordanie – la seule condition était qu'il fasse *chaud* dans les endroits en question. Son horreur du froid fit que plusieurs de mes romans, que je lui faisais toujours lire à l'état de manuscrits, provoquèrent chez elle des frissons, ce qui n'était pas le but. Comment avais-je la force d'*écrire* sur le froid et, qui plus est, de rechercher le froid en permanence ? Non, ça la dépassait, et semblait indiquer qu'il y avait peut-être eu un échange de bébés à la maternité.

Elle collectionnait aussi les livres d'art. Marc Chagall était sa grande passion, elle s'identifiait fortement à lui, à ce côté apatride, toujours à souhaiter être ailleurs, à cultiver et regretter les moments heureux de l'enfance. Quand j'eus l'occasion d'aller à Berlin dans les années 1990 au moment d'une grande exposition Chagall, et lui racontai avoir tourné les talons à la vue de la queue qu'il fallait faire en plein soleil, elle me raccrocha au nez et refusa de répondre au téléphone pendant plusieurs jours.

Elle réorganisait régulièrement sa bibliothèque, faisait installer de nouvelles étagères là où il y avait de l'espace, et chaque livre avait droit à un coup d'aspirateur et parfois de chiffon humide à quelques mois d'intervalle seulement. Elle pouvait y passer plusieurs jours, restant en arrêt devant certains livres qu'elle feuilletait alors jusqu'à ce que toute l'histoire lui revienne en mémoire. Elle ne jetait jamais de livres, mais il lui arrivait d'en donner un en disant :

— Celui-là, je l'ai lu quatre fois, alors tu peux l'avoir maintenant.

Ce fut par exemple le cas avec *Ma vie* de Marc Chagall.

Mais c'était *avant* Berlin.

Je n'aurais pas été étonnée qu'elle exige que je le lui rende, après cela. Mais ça n'arriva pas : elle a dû penser que je ne l'avais pas encore lu, sans quoi je n'aurais pas fait demi-tour en voyant la foule incroyable de gens qui attendaient.

Elle avait raison.

Je n'avais pas eu le temps de le lire.

Maintenant, je l'ai lu. Et j'ai honte. Au lieu de faire la queue dans la chaleur, je me suis installée toute gaie avec deux amies devant l'hôtel *Albion* pour manger des huîtres. En plein été, dans une ville allemande loin de la mer, alors que ce n'était vraiment pas la saison des huîtres. Nous ne sommes pas tombées malades, mais maman, oui, rien que d'y penser, même si elle ignorait (encore heureux !) tout ce que j'ai bu pour noyer le tout.

Mais j'ai pu me rattraper un peu lorsque maman et moi sommes allées à l'exposition du MoMA à Vienne, en décembre 2009, et qu'elle a dû s'asseoir sur une banquette de skaï marron au milieu de la salle où étaient accrochées les peintures de Chagall, et qu'elle a dit :

— J'ai juste envie de pleurer quand je vois ces tableaux. Tu vois, Anne. Tu comprends, maintenant ?

— Oui, maman. Je comprends. Pardon.

Et j'ai réussi à la prendre dans mes bras. Ce n'était pas si difficile de serrer contre soi une petite vieille dame comme elle, la difficulté, c'était de faire qu'elle accepte de se laisser aller *vers moi*, qu'elle accepte l'étreinte : c'était sa plus grande peur, car à cet instant précis, l'étreinte finirait bien sûr par se terminer. Mais je la tins bien fort. Ce qui ne m'a pas empêchée de sentir sa résistance. Même à sa propre fille, elle n'arrivait pas à faire assez confiance pour se laisser serrer dans ses bras.

Étant donné que son appartement était tout petit, elle empruntait pas mal de livres à la Deichmanske Bibliotek de Stovner, étudiait scrupuleusement les critiques dans *Dagbladet*, *VG* et *Aftenposten*, et s'inscrivait sur les listes d'attente des ouvrages qu'elle voulait lire quelques secondes avant qu'ils ne paraissent. Lorsque Merethe Lindstrøm a obtenu le prix de littérature du Conseil nordique, maman a été dans tous ses états parce qu'elle n'avait jamais rien lu d'elle, et elle m'incendia au téléphone parce que je *n'avais pas attiré son attention sur elle.*

— Je m'échappe de ma vie, quand je lis. C'est une raison bien suffisante, je trouve.

Quand j'ai commencé à gagner pas mal d'argent, en 2005, j'ai aussi essayé de lui en donner une partie. Mais cela s'est terminé par des larmes.

— Ce devrait être l'inverse, Anne, si seulement j'avais fait ce qu'il fallait dans la vie et eu un peu plus de jugeote ! dit-elle en sanglotant. Je ne peux pas accepter d'argent de toi, c'est au-dessus de mes forces, j'ai tellement honte.

Alors, à la place, je lui ai acheté des vêtements d'hiver et des bottines longtemps à l'avance, vers la fin de l'été, et les lui ai envoyés dans de grands colis. Là aussi, ça s'est terminé par des larmes. Parce qu'elle m'était si reconnaissante, affirmait-elle, mais surtout parce que ça lui rappelait que l'hiver approchait à grands pas.

— Tout ce que tu as acheté est si beau, Anne, je ne te remercierai jamais assez.

— Est-ce qu'au moins tu as essayé les manteaux et les bottines ?

— Non…

— Pourquoi ?

— Non, parce que ça ferait comme si c'était *vraiment* l'hiver. Et cette pensée m'est insupportable.

Quand la première neige tombait sur Oslo, maman restait assise devant la télévision avec une couverture autour des épaules et regardait avec mépris les flocons qui tombaient, alors que *moi*, je fredonnais la chanson de Winnie l'Ourson et commençais à sortir les décorations de Noël.

— En tout cas, tu devrais avoir moins froid. Ce sont de bonnes bottines, bien imperméables, et les deux manteaux sont fourrés.

— Oui, je vois ça, Anne. C'est de la qualité. Je le vois bien. Je ne suis pas idiote. C'est très clairement de la bonne qualité.

Comme pour défier ces faits et ces conditions, elle pouvait malgré tout, en plein hiver, arriver chez Elin en portant les chaussures et un des manteaux que je lui avais envoyés, mais en claquant des dents et avec les lèvres bleues parce qu'elle avait oublié de mettre une écharpe ou des gants ou quelque chose sur la tête, ou parce qu'elle était jambes ou pieds nus dans ses bottines et que le thermomètre était très largement en dessous de zéro.

Comme un gosse.

Mais pour les livres, elle acceptait. Des deux mains, et avec des sacs en plastique pour les porter. Plusieurs fois dans l'année, à partir de 2005 et jusqu'à sa mort en 2012, nous convenions de nous retrouver pour déjeuner au bar de la bibliothèque du *Bristol*. Elle savait ce qui l'attendait, même si nous n'en parlions jamais à l'avance : il était seulement question que je l'invite à déjeuner. Au début, elle avait même protesté contre ça, mais j'avais réussi à tordre le cou à ses scrupules en échafaudant un mensonge comme quoi les éditions Oktober me remboursaient absolument toutes mes notes de frais quand je logeais au *Bristol*. La vérité était que je payais tout sauf la chambre.

Elle était folle de gâteaux et de desserts, bref de tout ce qui était sucré, mais elle s'attaquait d'abord à un *smørrebrød* garni de crevettes disposées comme une tour, en lâchant toujours le même commentaire :

— Mon Dieu, c'est fou tout ce qu'ils mettent sur une seule tranche de pain, la boîte entière a dû y passer ! À la maison, j'en aurais certainement eu assez pour *cinq* tranches, avec cette quantité !

Ensuite, elle trottinait toute gaie vers la table des desserts et remplissait une assiette de gâteaux, tranquillisée par le fait que c'était Berdahl, le directeur des éditions Oktober, qui payait la note. Elle ne disait même pas non à un petit verre de liqueur à l'œuf avec le café. Les joues roses et le ventre plein, elle se laissait aller contre le dossier de son fauteuil, et je disais, comme toujours :

— On ira après faire un tour à *Tanum*, si t'es d'accord.

— À *Tanum* ? dit-elle, le regard faussement désintéressé.

— Oui, tu as bien emporté une liste ?

— Une liste ?

Elle en avait préparé une. Et une enveloppe pleine de critiques découpées dans les journaux. Elle avait tout dans son sac, y compris un sachet plastique contenant un chiffon propre humide avec lequel elle s'essuya soigneusement les mains, indifférente aux regards lancés depuis les tables voisines.

— Il ne faut pas mettre de taches de gras sur les livres, tu sais, Anne. Ça ne se fait pas.

Elle était si heureuse quand nous marchions vers *Tanum*, heureuse comme jamais, c'était une joie irrépressible qui durait en fait pendant des semaines, le plus beau cadeau que je puisse lui faire, mille fois mieux que des vêtements d'hiver chauds.

Les vendeuses de la librairie couraient partout chercher les titres au fur et à mesure qu'elle les déchiffrait sur sa liste, et j'en profitais pour rafler au passage divers ouvrages afin de donner l'illusion que c'était pour moi une journée normale d'achats, que j'avais de toute façon eu l'intention de passer chez *Tanum*, que cela faisait aussi partie du jeu. De temps en temps, elle me jetait un regard enflammé et interrogateur.

— Si tu as d'autres noms sur ta liste, maman, vas-y, ne te gêne pas !

— Mais je n'arriverai pas à porter tout ça…

C'était la phrase que j'attendais pour sortir la mienne, de manière presque rituelle :

— Tu prendras naturellement un taxi, je te donne cinq cents couronnes et tu m'enverras la facture par la poste. Tout ça, je le récupérerai d'Oktober, comme tu le sais.

Et voilà les vendeuses de *Tanum* qui repartaient pour un tour.

Une seule fois, elle s'est trompée sur un livre, un dictionnaire d'arabe, un vrai pavé, qui coûtait plus de mille couronnes. Elle était effondrée à la pensée du prix et il lui fallut des semaines pour me l'avouer, au téléphone.

— Je crois que cette fois j'ai… *surestimé* mes capacités. Qu'est-ce qu'on va faire, Anne ? Je l'ai à peine ouvert. Et il n'y a aucune trace de doigt sur la couverture, en plus je l'ai couvert de cellophane.

— Tu n'as qu'à l'échanger.

— Oh non, je n'ose pas. Ça me met trop mal à l'aise. J'ai dit à la gentille vendeuse que je connaissais un peu l'arabe et elle était si impressionnée. Je ne peux pas faire ça !

— Alors je le ferai à ta place. Pas de problème.

— Mais comment… ?

— Je peux le prendre la prochaine fois que je passerai chez toi, ou bien tu peux le laisser au *Bristol* si tu es en ville.

— Je dois aller chez l'opticien la semaine prochaine, alors j'en profiterai pour déposer le livre !

— Glisse un mot pour dire celui que tu veux avoir à la place et j'arrangerai ça.

— Je peux faire ça ?

— Oui, maman. C'est ton livre.

— Mais c'est quelque chose que tu vas… Ce n'est pas la maison d'édition ?

— Non, mais on a toujours les moyens de s'acheter des livres. Quoi qu'il arrive.

Et elle a marché dans la combine ; elle trouvait ça parfaitement logique et pouvait accepter les bras grands ouverts ce que je lui offrais. Pour moi, ce fut un réel bonheur de la voir accepter quelque chose. Mais lorsque je parvins enfin à la convaincre de lui offrir un nouveau lit – le fameux lit que le gardien emporta à la fin en chantonnant, après sa mort –, elle réussit, il faut le faire !, à ne pas acheter le surmatelas.

J'avais été étonnée de recevoir de sa part un virement de mille cinq cents couronnes, mais j'avais cru qu'elle avait trouvé l'affaire du siècle. Jusqu'au jour où j'ai dû dormir dans ce lit lors de mon séjour à Stovner, pendant les trois derniers mois de sa vie, et que j'ai découvert qu'elle avait dormi six ans durant directement sur le matelas lisse et dur livré avec le lit. Pour éviter la sciatique, le lumbago, des douleurs d'épaules ou pire encore, j'ai dû fabriquer un surmatelas en glissant des couvertures et des couettes sous le drap-housse, et quand je lui ai demandé la raison de cet état de choses, elle m'a simplement répondu que ce genre de petit matelas supplémentaire à disposer sur le dessus lui avait paru trop *sophistiqué*, bref, un luxe superflu.

À la mort de maman, Elin m'a laissé les livres. Et en raison de mon grand respect vis-à-vis de l'amour des livres de maman, j'ai décidé du sort de chacun, un par un. Pas un seul ouvrage n'avait été placé là au hasard, et j'ai senti la chaleur gagner mes mains chaque fois que j'en prenais un. Elle était là, c'était sa vie et ses bonheurs. Tous mes propres livres, signés *À maman !*, avaient eu droit à leur étagère à eux où ils trônaient fièrement, et ceux-là, j'ai tenu à les emporter moi-même à la maison.

Les âmes dévouées de la Deichmanske Bibliotek de Stovner furent enchantées de me voir débarquer – non sans mal pour passer les portes – avec un caddy plein que j'avais « emprunté » au supermarché Meny du centre commercial.

— Elle nous manque tellement. Elle était si cultivée. C'était une joie de parler livres avec elle.

J'ai rempli deux fois le caddy. Cela m'a fait très plaisir de le pousser sur l'asphalte rugueux où subsistait encore le sable jeté en hiver ; on était début avril, il pouvait encore neiger et geler la nuit, alors les chaussées n'étaient pas nettoyées, et les caddies n'ont pas d'amortisseurs. Je faisais un bruit d'enfer pendant le trajet sur le gravier grossier, dans le genre orage avec tonnerre ; maman aurait adoré que ses livres fassent un tel vacarme. À présent, ils seraient empruntés, lus et aimés par d'autres personnes.

Lorsque la fièvre autour de la trilogie des Neshov qui a véritablement lancé ma carrière était à son apogée, que je vivais dans une cacophonie de voyages et de sollicitations en tout genre dont peu devinent l'ampleur, maman m'a appelée un jour de septembre.

— Est-ce que tu pourrais venir à la bibliothèque ici, Anne ? Nous avons ce que nous appelons les jeudis du livre. J'ai promis de demander. Tous ceux qui travaillent à la bibliothèque savent bien que je suis ta mère.

— Oui, et... ? C'est des rencontres littéraires ? Il y aura quelqu'un pour m'interviewer ?

— Non, nous ne... ils n'ont pas les moyens. Les gens qui vivent ici sont pour la plupart des Pakistanais, d'autres immigrés et des retraités, tu sais ; la bibliothèque ne reçoit pas beaucoup d'argent, alors on se débrouille comme on peut. Ce sont surtout les retraités norvégiens qui viennent, pas tellement les immigrés. Ils ne se donnent pas la peine d'apprendre le norvégien, alors malheureusement, comment veux-tu qu'ils sachent qui tu es ? Ils ne regardent pas la télévision norvégienne, ne lisent pas de livres norvégiens et pas la presse non plus. Et puis l'entrée est gratuite. Alors ça ferait trop cher si on voulait avoir quelqu'un pour t'interviewer.

Des rencontres littéraires avec un modérateur sont toujours plus détendues, je peux me concentrer sur les réponses, d'autres s'occupent de l'organisation et je suis une sorte d'invitée. Tout mener seule exige beaucoup plus, exige une préparation. Pour des rencontres littéraires, j'arrive gaie et sans rien avoir préparé, pleine d'assurance, et je n'ai pas les nerfs en boule.

— Je ne sais pas si j'ai le temps.

— Knut Jørgen Røed Ødegaard est déjà venu plusieurs fois. Lui, il n'a pas besoin que quelqu'un l'interviewe.

— Mais je ne sais vraiment pas si j'aurai le temps !

— Bon. Mais c'est toi qui décides du jeudi qui t'arrange.

— Si tu savais comment je vis en ce moment, maman. Je n'arrête pas de courir partout, je passe mon temps à faire et défaire mes valises, et...

— Je te rappelle que Stovner n'est pas *si* loin que ça de l'aéroport. Peut-être un jour sur le chemin de l'aller ou du retour, quand tu devras aller à un *autre* endroit ?

Comme je la détestais, dans ces moments-là, parce qu'elle ne faisait pas partie de ma vie et ne comprenait pas à quoi ressemblaient mes journées. Mais bien sûr que je devais venir, cela m'apparut clairement dès que la conversation fut terminée, et je suis restée à fixer mon portable et à la détester encore plus. Car je n'avais pas le choix, il fallait que j'aille là-bas.

À la Deichmanske Bibliotek de Stovner, des chaises branlantes avaient été placées en demi-cercle par maman et les dames de la bibliothèque. Je me suis donnée à fond et ai parlé de toute mon œuvre, du tout premier livre pour enfants jusqu'à aujourd'hui. J'ai parlé sans m'arrêter pendant presque deux heures.

Et elle était assise là, dans son corsage blanc qu'elle venait de repasser, sous une sorte de veste en jean, son déambulateur ramené tout contre sa chaise avec une main dessus, comme pour s'assurer que personne ne le lui piquerait ; ce n'était que deux ans après sa fracture ouverte de la cheville dans un chalet à la montagne, quand Elin avait dû la porter sur son épaule sur un kilomètre avant qu'une ambulance de Lillehammer ne vienne à leur rencontre.

Maman adorait son déambulateur ; elle le lavait avec de l'eau légèrement savonneuse tous les deux jours et mettait des bonnets de douche à usage unique autour des roues lorsqu'elle voulait l'avoir à l'intérieur de l'appartement et ne tenait pas à ce que la neige boueuse et les saletés fondent sur le plancher ; des bonnets de douche que je lui procurais après chacun de mes séjours à l'hôtel.

Elle était donc là, les yeux davantage tournés vers le public que vers moi à chaque fois que je disais quelque chose de drôle, ce qui arrivait assez souvent. Elle était là, éclatante, entourée d'étagères de livres, dans son élément, resplendissante. Et quand le public riait, elle gloussait tout bas en se contrôlant, comme pour montrer que *tout* cela, elle l'avait déjà entendu avant, pour elle, bien sûr, ce n'était que du réchauffé, de vieilles histoires et des blagues qu'elle connaissait par cœur, j'étais quand même sa fille, elle était la mère de la personne importante du jour et maîtrisait parfaitement la situation.

— Je trouve que ça s'est très bien passé, moi, a-t-elle déclaré après. Tu ne m'as pas du tout fait honte, Anne.

II

J'ai parcouru les couloirs les uns après les autres, ils se poursuivaient à angle droit ; je marchais aussi vite que je pouvais sur un linoléum pâle, vert menthe, je savais exactement dans quelle chambre maman habitait.

Encore que *habitait* est un peu exagéré. On l'autorisait à rester à la maison de retraite médicalisée de Stovnerskogen jusqu'à nouvel ordre, des séjours de quatre jours d'affilée renouvelés après ses deux premières chimio, c'est tout ce qu'on savait. Nous devions pour cette raison préparer un plan B en cas d'urgence, car il nous fallait emporter les vêtements de maman et ses affaires de toilette, Elin devait s'organiser pour ses gardes dans la police, et moi, je faisais la navette entre Trondheim et Stovner, une distance de cinq cents kilomètres.

Nous n'étions que trois personnes dans cette petite branche de la famille qui, avec difficulté, avait résisté.

Ce que nous ignorions ou ne comprenions pas, c'est que maman, à ce moment-là, lors de ses séjours de courte durée, vivait dans des conditions paradisiaques. Nous n'avions aucun point de comparaison, maman n'ayant jamais été en maison de retraite médicalisée auparavant.

Pour ma part, je m'étais imaginé que ce serait comme un hôpital, mais en plus jovial, plus détendu, avec des pots de plantes devant la fenêtre au lieu de fleurs coupées dans un vase en métal sur une table de nuit, et un animateur qui jouerait chaque dimanche de la guitare dans la salle de séjour commune.

Elin et moi étions aussi mal préparées l'une que l'autre.

Bien entendu, nous étions au courant des descriptions effarantes sur les conditions de vie dans ce genre de lieux, les journaux s'en faisaient régulièrement l'écho sans que nous ne nous donnions la peine de lire chaque mot et chaque virgule : cela ne nous concernait pas plus que tous les malheurs dont nous sommes bombardés et qu'on parcourt d'un regard distrait. De ce point de vue, maman était infiniment mieux préparée, puisque c'était un sujet traité par la presse qui la passionnait et qu'elle en avait lu chaque mot pendant des années, le cœur serré.

Déjà, lors de son soixantième anniversaire, maman a annoncé avec une honnêteté fouettée par deux petits verres de liqueur à l'œuf :

— Si je finis diminuée dans une maison de retraite médicalisée, Anne, tu me tires une balle.

— Mais je me retrouverais en prison, maman, et ce n'est peut-être pas ce que tu désires pour ta fille ?

— Utilise le poison, alors. Tu trouveras bien quelque chose, toi qui as écrit tellement de romans policiers.

Mais ici, dans la maison de retraite médicalisée de Stovnerskogen, tous avaient une chambre individuelle ; rien ne correspondait aux récits des proches à qui les journalistes avaient donné la parole dans leurs colonnes ; je finis par me dire qu'ils avaient seulement dû être brisés de voir mourir les personnes âgées de leur famille et éprouver le besoin de rejeter la faute sur quelqu'un, de placer le chagrin et le sentiment d'impuissance classique qui, face à la mort, nous fait mettre genou à terre.

Ici, tout était propre et neuf, il y avait des plantes vertes, des vraies, certaines même très grandes et luxuriantes dans le hall d'accueil, où trônait aussi une grande photographie encadrée de la reine Sonja ; elle avait inauguré officiellement la maison de retraite tout juste quelques années plus tôt. Nous pouvions communiquer en norvégien avec le personnel soignant, ce pouvait parfois être du norvégien de cuisine, qui avait son charme, mais ce n'était jamais incompréhensible ou dérangeant.

Et la salle de bains mise à la disposition de chaque patient était presque aussi grande que la chambre elle-même. La taille et la fonctionnalité de la salle de bains prennent une importance quasi surréaliste quand on est malade et qu'on a besoin de soins, qu'on soit jeune ou vieux : c'est ici que le corps peut laisser libre cours à sa maladie, ici et au lit, mais surtout dans la salle de bains, sous forme d'une inondation jaillissant de tous les espaces creux du corps, contrôlés ou pas, et c'est de cette pièce qu'on doit revenir dans le cadre habituel, propre, nettoyé et arrangé, digne et sentant bon le savon. Tous les tabous sont rassemblés dans la salle de bains. Tout ce qui concerne le vomi, la défécation, les régurgitations, le sang, la morve doit de préférence avoir lieu en privé, mais si on est très malade, cela se passe en présence d'une tierce personne, payée pour ça et professionnelle, mais une tierce personne quand même, et il faut qu'il y ait aussi de la place à l'intérieur pour cette personne.

C'était le cas ici.

Si je marchais aussi vite, ce n'était pas que je me dépêchais de retrouver maman, non, ce n'était pas ça la vraie raison, quelques secondes de plus ou de moins, quelle importance ?

Je marchais vite pour éviter de jeter un coup d'œil dans les autres pièces, à tous ces vieux désarmés qui étaient aussi là pour un court séjour et qui, dès qu'ils entendaient des pas devant leur porte ouverte, nourrissaient une sorte d'espoir, un espoir las se lisant douloureusement dans les regards qu'ils m'envoyaient, à la seconde fulgurante et lumineuse où nos yeux se rencontraient. Impossible de savoir ce qu'ils espéraient.

Une visite de leur famille ?

Un soulagement sous la forme d'un comprimé donné par une infirmière ?

Un voyage dans le temps pour revenir à l'époque où ils étaient à l'apogée de leur vie, des hommes et des femmes qui ne manquaient de rien, le corps encore jeune et en bonne santé ?

À moins que ce ne soit l'espoir d'une interruption des pensées qui moulinaient dans leur tête autour de cette conclusion : c'est donc *ainsi* que ça devait se terminer…

Comme ça.

Ici.

À des années-lumière de la maison. À des océans de distance des nœuds de cravate parfaitement noués, des jetés de table en points de croix soignés, des conseils d'administration et des voyages d'entreprise, des boulettes de viande hachée réalisées de A à Z à la maison, des objets en bois ouvragés avec soin. Peut-être seulement à quelques kilomètres, et pourtant à des années-lumière, tout ça parce qu'un beau jour, pour des raisons diverses, on n'est plus capable de s'habiller tout seul, de se faire cuire un œuf, de traverser une pièce sans se cramponner aux murs et aux meubles, de se rappeler quel médicament il faut prendre à telle heure de la journée. Les fleurs en pot étaient mortes sur les rebords des fenêtres, il y avait des excréments sur le dessous de la lunette des W.-C. et des taches d'urine sur le sol autour. Les factures restaient impayées. Les enveloppes non décachetées s'amoncelaient dans l'entrée chaotique à l'odeur de renfermé, si elles ne s'entassaient pas dans la boîte aux lettres, tandis que le dossier des versements postaux se retrouvait noyé sous une pile de vieux journaux, au bout de la table basse. La brosse à dents était depuis longtemps tombée par terre dans la salle de bains, impossible à récupérer si on ne voulait pas finir comme elle, et la bouche avait un goût de laine et d'amandes, avec une surface rugueuse à tous les endroits que touchait la pointe de la langue.

Jusqu'à ce qu'on se retrouve ici, dans cette chambre de malade, après que les voisins (ou les proches) eurent poussé de grands cris et lancé des phrases du type *plus en état de prendre soin de lui-même, d'elle-même.*

« Soi-même », ce qu'on a de plus précieux et dont on n'est plus capable de prendre soin, de prendre la mesure… Alors ce « soi » se retrouve dans des draps blancs et propres sortant de la blanchisserie, dans un lit d'acier, avec des bassines en carton fort marron clair sur la table de nuit, les objets de valeur essentiels dans un petit tiroir pratique juste en dessous, la robe de chambre accrochée à une patère près du lavabo, une minuscule sélection de vêtements dans une armoire étrangère si les proches étaient optimistes, des vêtements dans une valise ouverte posée dans un coin de la pièce si les proches, en ayant déjà fait la douloureuse expérience, savaient que cette petite pause dans leurs soucis serait de courte durée.

Il ne suffisait pas d'être vieux et incapable de se prendre en charge, il fallait de surcroît être très malade et avoir de préférence besoin de soins infirmiers, et encore, peut-être n'était-on autorisé à rester là que quelques jours, c'est ce que j'avais compris des conversations avec ceux qui travaillaient ici. Les personnes nécessitant des soins pouvaient être soignées par des membres de leur famille, de sorte que ceux qui avaient le plus de visites de leurs proches inquiets et aimants étaient ceux qu'on renvoyait le plus vite chez eux.

Mais maman avait un cancer de la lymphe très agressif, et ni Elin ni moi ne pouvions croire qu'elle risquait d'être mise à la porte.

Cette pensée ne nous avait pas même effleurées.

Nous étions à l'époque plus préoccupées par l'évolution de sa maladie et n'imaginions pas une seconde que le quartier de Stovner pourrait se dégager de toute responsabilité vis-à-vis d'elle. Nous étions des novices, et maman avait reçu l'offre de profiter de trois courts séjours à Stovnerskogen, mis bout à bout, douze jours en tout ; nous pensions que ce n'était qu'une question de temps avant qu'on ne lui propose une place de longue durée, avec une chambre au premier étage, puisqu'elle était malade. Une fois dehors, à attendre le taxi pour retourner à l'appartement de maman ou à l'aéroport, je pouvais même distinguer à l'intérieur, en levant les yeux, ces chambres avec des géraniums dans différents pots, des tableaux et des photos de famille aux murs, la lueur des téléviseurs.

De petits foyers. Avec une équipe soignante très proche, donc rassurante.

Mais ici, au rez-de-chaussée, dans le service pour les séjours de courte durée, les patients étaient couchés dans des chambres stériles le long des couloirs, et toutes les portes étaient ouvertes. Ils étaient dans un état de somnolence si léger qu'ils se réveillaient en entendant mes petits pas précipités, et me lançaient des regards suppliants que j'avais commencé à mépriser, parce que je ne pouvais rien faire pour eux. Je n'arrivais pas à marcher assez vite ; j'aurais aimé courir ou avoir une trottinette pour foncer dans les couloirs. J'avais assez à faire avec moi-même, laisse-moi tranquille, merde, ne me demande rien, je ne peux pas t'aider, je ne suis pas magicienne, j'ai bien trop à faire avec mes histoires, tu vois bien que je suis en chemin pour retrouver quelqu'un, que je n'ai pas le temps, que je porte ici des vêtements ordinaires et que je ne suis pas une infirmière, tu vois bien que je n'appartiens pas à *toi* mais à un autre. Et tu vois bien aussi que tu me flanques la frousse parce que tu réveilles mon angoisse sourde de me retrouver un jour dans la même situation indigne ; sans savoir, malade et très âgée, où je dormirai la nuit prochaine.

J'ai cinquante-six ans, ce n'est qu'une question de temps, et le temps passe, mine de rien, à une vitesse macabre. Il y a peu de temps encore, j'avais trente ans. *Ergo*, dans peu de temps aussi, j'aurai quatre-vingt-deux ans.

Quand je suis arrivée dans la « chambre de maman », elle dormait dans son fauteuil, la tête penchée sur sa poitrine et pas encore entre ses genoux, comme c'était le cas quand elle dormait profondément.

Elle souriait dans son sommeil. Je notai que ses deux appareils auditifs étaient bien en place dans ses oreilles. C'était toujours ça, ça m'éviterait d'avoir à lui demander de les mettre dès qu'elle se réveillerait.

J'ai fait les derniers mètres sur la pointe des pieds jusqu'à sa porte et je me suis assise sans faire de bruit sur la chaise. Son sourire endormi était celui d'une enfant coquette et malicieuse, comme celui d'une petite fille qui cache quelque chose derrière son dos.

Tu veux quelle main ? La droite ou la gauche ?

Il se passa plusieurs minutes avant qu'elle remarque ma présence ; elle commença par redresser la nuque en reniflant, les yeux toujours clos, avant de tourner son visage vers moi et de me regarder.

— Anne.

— Eh oui. Je suis là, tu sais.

— Il me semblait bien sentir une odeur de cigarette. Ça fait longtemps que t'es là ?

Je me suis levée et je l'ai embrassée rapidement, un contact joue contre joue ; la sienne était fraîche et moite, une moiteur qui m'a fait penser à la couleur jaune.

— Mais non, je viens d'arriver.

— Je n'aime pas que quelqu'un me regarde pendant que je dors, je suis sûre que je ronfle et que je bave.

— Sois tranquille, tu ne baves pas et tu ne ronfles pas.

— Tu ne me l'aurais pas dit si je l'avais fait.

— Tu n'as jamais ronflé, maman. Tu dors sans faire le moindre bruit. Tu es célèbre pour ça.

— Ah ! *Fifteen minutes of fame* pour ne pas ronfler. Si tu le dis...

— Mais tu as dû rêver de quelque chose d'agréable.

— Qu'est-ce qui te fait dire ça ?

— Tu souriais dans ton sommeil.

— Maintenant, je ne souris plus, car tout me revient en mémoire. Mais je suis contente que tu sois là.

— Et de quoi est-ce que tu as rêvé ?

— Il me faut un peu d'eau. J'ai la bouche aussi sèche que le sol d'une cage de hamster.

— Alors tu as peut-être rêvé de Caroline.

— Mais non. Ça, tu peux en être tout à fait certaine. Par contre, j'ai trouvé une astuce.

— Une astuce ? Pour quoi faire ?

— Pour m'échapper mentalement. Je n'appelle pas ça le sommeil, j'appelle ça le repos.

— Mais tu peux te reposer autant que tu veux. Surtout maintenant que tu es malade, ça t'arrive de piquer du nez entre deux…

— Entre deux quoi ?

— Entre deux conversations.

— Oui… mais ça, c'est juste des petits instants de somnolence. Comme pour recharger les batteries. Là, je ne rêve de rien du tout, je m'absente juste un petit moment.

— Et ça, c'est différent ?

— Oui, c'est une sorte de repos éveillé avec les yeux fermés qui est absolument merveilleux. Magnifique. Grâce à cette simple astuce. C'est d'une efficacité dont tu n'as pas idée ! Apporte-moi donc de l'eau, maintenant, Anne.

— Il faut juste que je la laisse couler un peu, elle est toute tiède. Alors c'est quoi, ton astuce ?

— Figure-toi que je ne vais pas te le dire, je veux la garder pour moi, je ne crois pas que ça marcherait si bien si j'en parlais à quelqu'un.

— Ah bon ?
— Oui, c'est comme ça. Peut-être une autre fois.

Une autre fois…
Dire qu'elle pouvait encore s'imaginer choisir et échouer d'autres fois.
C'était fin janvier. Elle avait quatre-vingt-un ans.

— Oui ! ai-je crié à haute voix quand j'ai compris que j'allais écrire sur maman.

Ce ne serait assurément pas un voyage d'agrément, mais un voyage plutôt intéressant, cela me sauta aux yeux tout de suite.

Mais pourquoi n'avais-je pas compris ça plus tôt ? Que j'allais écrire sur elle ? Sur tout ça ? Il s'était écoulé quelques mois qui m'avaient paru des années, depuis les journées catastrophiques passées à Vienne, en novembre de l'année dernière, lorsque la maladie de maman s'était déclarée violemment. Nous avions pris cela pour un gros refroidissement qu'elle n'avait pas un instant eu l'intention de laisser se mettre en travers des journées qu'elle avait, contre toute attente, *gagnées*, avec guide, billets d'opéra pour *La Bohème* et pour la démonstration de l'École d'équitation espagnole. Elle avait gagné ce voyage à Vienne en tant qu'auditrice d'un concert de Strauss par la Philharmonie de l'ancienne Autriche-Hongrie donné au Konserthus d'Oslo ; il n'y eut qu'un seul gagnant dans la salle, et ce fut maman.

Lorsque la date du départ approcha, nous devions nous rencontrer à l'aéroport, j'arrivais de Trondheim en avion, elle de Stovner en taxi, et j'avais promis de l'attendre devant le hall des départs. La veille au soir, nous avions parlé au téléphone, et elle avait dû reprendre sa respiration entre chaque mot.

— Tu es sûre que tu te sens assez bien pour voyager, maman ?

— Évidemment. Il est hors de question de rater ce voyage, et puis quoi encore !

Quand le taxi est arrivé à destination, c'est tout juste si elle a réussi à s'extraire du siège arrière ; j'ai dû l'y aider et elle est restée les yeux fermés à chanceler autour de sa canne. Je suis allée chercher une chaise roulante que nous avons pu emprunter jusqu'au moment de monter dans l'avion. À bord, j'ai prévenu une hôtesse de l'air que nous aurions aussi besoin d'une chaise roulante à notre arrivée. Mais quand nous sommes descendues du taxi, devant l'hôtel, ma mère n'avait plus que sa canne et mon bras pour s'appuyer et elle avança à une vitesse d'escargot, en faisant de longues pauses pour reprendre son souffle.

— Mais, maman, tu es vraiment malade !

— Je suis juste un peu enrhumée. J'ai déjà été enrhumée avant, je sais très bien comment le corps se sent quand il a un rhume.

Et de fait, elle a réussi à tenir ces trois jours, avec une balade au marché de Noël où elle a acheté un ange en verre pour Elin, et une démonstration de l'École d'équitation espagnole, avant que son corps ne flanche : on aurait dit qu'elle étouffait après seulement quelques pas. J'ai dû faire venir dans la chambre d'hôtel un médecin, qui a tout de suite appelé une ambulance.

Cela faisait maintenant plusieurs mois qu'elle et moi avions échoué dans l'hôpital public d'une ville autrichienne, avec des billets retour que je n'avais même pas eu la présence d'esprit de décommander après son hospitalisation.

Le standard d'un hôpital public dans un pays qui regorge de cliniques privées est tout sauf reluisant. Quant au service de gériatrie dans un hôpital public en Autriche, il est encore un cran au-dessous. Si on s'est retrouvées là, c'est parce que maman avait menti en me jurant qu'elle avait une assurance de voyage tout à fait opérationnelle.

La vérité, c'est que ses deux opérations des valves cardiaques avaient donné *carte blanche* aux compagnies d'assurances pour exiger une cotisation annuelle correspondant au prix d'une bonne voiture d'occasion, proposition qu'elle avait déclinée avec dédain. J'eus droit à cet aveu au milieu d'un flot de larmes dans la chambre d'hôtel, juste à l'angle du Wiener Staatsoper, tandis que deux jeunes ambulanciers se demandaient à quel hôpital nous conduire. Le médecin que l'hôtel avait appelé en premier avait secoué la tête, bouche bée, en comprenant qu'il n'y avait ici aucun contrat d'assurances sur lequel s'appuyer.

Maman sanglotait et haletait.

— Pardon, Anne. Pardon, pardon… d'avoir menti. Je… croyais que tu ne… *viendrais* pas à Vienne sinon.

— Maman ! Nous étions deux semaines à Oman l'année dernière. Oman ! Là non plus, tu n'avais pas d'assurance ?

— Non…

— Parfait. C'est sûr que l'hôpital public d'Oman aurait pu être très intéressant. Bon, on va laisser ces deux fringants jeunes hommes ici décider quel est l'hôpital le plus proche. L'hôpital *public* le plus proche, maman.

— Pardon, Anne. Oh, mon Dieu…

Elle suffoquait et je dus ravaler ma colère, une colère nourrie exclusivement par mon inquiétude mais, malgré tout, une bonne colère à l'ancienne, de celles qui vous mettent les joues en feu. C'était elle tout craché, de ne pas voir les conséquences de ses actes plus de deux coups à l'avance, et encore !

De mon côté, j'avais contracté pour parer à toute éventualité *trois* assurances de voyage, mais je ne pouvais faire jouer aucune d'elles dans le cas présent, puisque maman et moi ne vivions pas ensemble sous le même toit, en Norvège. Si j'avais acheté les billets avec ma Mastercard, cette assurance de voyage aurait pu tout arranger, mais nous avions reçu les billets par la poste, gratuitement : c'était un premier prix qu'elle avait remporté. Et un grand cadeau de voyage pour moi de sa part.

— C'est parce que tu m'as fait vivre des semaines fantastiques à Dubaï et Oman, l'année dernière ! m'avait-elle dit au téléphone quand elle avait appris qu'elle avait gagné.

— Bon, on va t'aider à monter dans l'ambulance pour que tu puisses avoir de l'oxygène.

— Tu n'es pas fâchée, Anne… ?

— Mais non, ça va aller, tu vas voir.

— Tu devras… peut-être aller seule… à l'opéra… pour *La Bohême*… demain… soir. Si je ne réussis pas à…

— Une chose à la fois, tu sais. Allez, mets-y du tien. Laisse ces beaux ambulanciers t'aider.

Après plusieurs jours à Vienne, où les médecins ne parvinrent pas à déterminer ce qu'elle avait si ce n'est qu'il ne s'agissait ni d'asthme, ni d'une pneumonie, ni d'eau dans les poumons, après un voyage traumatisant où maman poussait des râles en cherchant à respirer, une correspondance à l'aéroport de Copenhague avec toujours de nouvelles chaises roulantes et un flot de mensonges au personnel navigant de deux différents avions, à qui j'affirmai que maman souffrait d'une peur panique de l'avion mais qu'à part cela, elle allait parfaitement bien, pour qu'ils ne la soupçonnent pas d'être gravement malade et ne refusent pas de nous laisser monter à bord, et après que maman, par pur esprit de contradiction, fut restée deux jours chez elle sans répondre au téléphone avant de se résoudre à composer le 113 quand elle crut s'étouffer pour de bon, le désespoir et le sentiment d'impuissance étaient devenus mes compagnons de chaque heure, jour, semaine et mois ; les seules lignes que je réussis à écrire à cette période furent celles d'un court texte au journal *Dagbladet* sur le terroriste du quartier des ministères et de l'île d'Utøya.

Mon roman suivant n'en était qu'au stade de projet, il consistait pour l'instant en une chemise A4 contenant une foule de notes qui partaient dans tous les sens et de documents imprimés sur Internet. L'embryon d'un roman.

C'est fou comme cette chemise plastifiée bleu foncé, maintenue par un gros élastique, l'étiquette du code-barres encore bien visible dans le coin en bas à droite, prenait de la place sur ma table de travail, à côté de mon Mac !

Mes yeux tombaient dessus à chaque fois que j'étais à la maison et que j'entrais dans mon bureau pour lire mes e-mails ou des articles sur le Web à propos de la maladie de maman. Et immanquablement, une décharge d'adrénaline remontait de mon ventre jusqu'à ma cage thoracique : le chantier commencé pour mon nouveau roman était laissé à l'abandon alors qu'il nécessitait mes soins, mais je n'avais pas de temps pour lui, je n'ouvrais même pas la pochette pour regarder son contenu et entretenir la flamme de l'inspiration ; me replonger dans l'idée de ce roman était tout simplement au-dessus de mes forces.

Mais pour rien au monde je n'aurais relégué cette chemise cartonnée dans un placard.

Elle devait être là comme une punition, un rappel, un petit furoncle douloureux qui témoignait de mois sans travail, sans plan. La seule chose qui me boostait dans cette période, c'était que, aussi incroyable que cela puisse paraître, j'avais *les moyens* de ne pas travailler pendant plusieurs mois. Ma petite entreprise ne ferait pas faillite si je n'écrivais rien, elle ne ferait pas faillite non plus si j'achetais des billets d'avion au dernier moment au prix fort, ni si je prenais le taxi de l'aéroport de Gardermoen jusqu'à Stovner tard le soir, quand je n'avais pas la force de prendre le bus prétendument express de l'aéroport qui s'arrêtait aux endroits les plus improbables.

Et puis un jour. Soudain.

J'allais faire mes courses, chez moi à Trondheim. Je croyais dans ma simplicité d'esprit ne penser qu'à la liste que j'avais oubliée à la maison.

Je *croyais* n'avoir en tête que le pain de seigle, les oignons, le pâté de foie, le lait fermenté écrémé, le fromage à pâte molle, le coton à démaquiller et réfléchir *seulement* à ce que j'allais à coup sûr oublier, ce qui m'énerverait par la suite. De toute façon, je ne pouvais pas acheter beaucoup de nourriture, elle ne ferait que traîner au réfrigérateur et se périmer, étant donné que je restais peu de jours à la maison – mais dans le même temps, je devais à tout prix essayer de créer un peu de normalité au milieu de cet état d'urgence – et, Dieu soit loué, ça me revint : *ampoule*.

Celle de l'entrée était cassée.

M'en souvenir au dernier moment m'a fait éprouver un soulagement touchant presque au vertige, parce que c'était si important, précisément maintenant, de pouvoir lisser autour de moi les plis de la nappe froissée que j'arrivais encore à contrôler, pour ainsi dire. Pouvoir changer l'ampoule dans l'entrée était une bonne chose, la preuve envers moi-même que je maîtrisais encore la situation. Sans compter que démaquiller mes yeux avec des disques en coton doux, c'était mieux que de les frotter et les abîmer avec du papier toilette, comme chez maman. Au fait, est-ce qu'il me restait encore du papier toilette ?

Je marchais lentement sur les trottoirs sales et remarquai soudain que le sable, sur la chaussée verglacée, s'était transformé en *boue*, sous l'effet d'un pic de chaleur inattendu fin février.

C'était une chaleur qui me prenait de court. Maman était en passe de mourir d'une façon moche et indigne, là-bas à Oslo, et j'étais seulement passée à la maison en coup de vent, histoire de vérifier le courrier, de respirer un peu, tandis qu'Elin gardait entre-temps la forteresse, au sud.

Le printemps, comme si j'avais besoin de ça !

Moi, j'aurais eu besoin de neige blanche qui recouvre tout, immuable et glaciale. Un froid d'hiver stable qui ne se carapate pas dès qu'on a le dos tourné. Un état naturel auquel on pouvait se fier. Ne pouvais-je pas garder un peu le contrôle ici, pendant ces quelques jours assez misérables et vides ? N'avais-je pas le droit à un petit temps mort ?

— Mon Dieu, chuchotai-je en me courbant en deux.

Je me suis redressée, j'ai résolument dégluti plusieurs fois de suite ; par chance, personne ne regardait dans ma direction, alors qu'il y avait des gens partout, à pied, à vélo, des parents avec de jeunes enfants qui s'amusaient avec le sable mêlé de neige dans les bacs à sable du parc. Mais s'ils m'avaient vue, ils auraient pu croire que je m'étais seulement penchée vers quelque chose par terre. Une pièce, peut-être un lacet qui se serait défait.

Je n'avais même pas eu la force de prendre une douche en sortant du lit, je m'étais juste passé un gant de toilette mouillé sur le corps ; tout n'était que désordre, la vie et la mort, le temps, je rêvais à l'état de veille, j'étais éveillée quand je dormais. Ma valise restait ouverte en permanence quand j'étais à la maison pour quelques jours, j'en sortais uniquement ce qui devait se laver et le remettait à peine sorti du sèche-linge. Maman n'avait pas de machine à laver dans son appartement de Stovner, elle avait toujours tout lavé à la main. Elle avait accès à la buanderie commune au sous-sol, mais on pouvait y rencontrer des psychotiques et des toxicomanes, alors elle ne mettait jamais les pieds dans cette cave plongée dans la pénombre.

J'étais à bout de forces, mais d'une manière tout à fait particulière. Pas comme lorsqu'on a passé les deux derniers mois à bûcher pour un examen, écrit un roman, fait un déménagement pendant des semaines ou souffert d'une grippe carabinée.

Avec le recul, si je devais comparer cet état avec quelque chose, ce serait avec les mois qui suivirent mon accouchement, quand je suis devenue maman à l'âge de vingt-trois ans et me suis retrouvée plongée dans l'inconnu le plus total, qui me secouait au plus profond de ma moelle. Un écart où l'on tombe sans dire un mot, sans dormir, dans quelque chose d'immensément grand et inconnu, en sachant qu'on n'a aucun moyen d'y couper. Pas le choix, il faut *tenir bon*, au jour le jour.

Et puis soudain, j'ai crié :

— OUI !

Comment surgit un roman dans la tête d'un écrivain ?

Quand il s'y attend le moins.

Je sais à présent que c'était l'écrivain en moi qui a fait se redresser Anne de cette neige fondue boueuse. Savoir, se rendre compte que j'étais sacrément capable d'écrire là-dessus. Depuis presque trois mois, je vivais dans un état d'urgence sans jamais m'être vue *une seule fois* en tant qu'écrivain ; je n'avais été que la fille d'une mère, une fille totalement submergée, vacillante et désespérée.

J'étais en train de me noyer.

À l'âge de quatre ans, j'avais failli me noyer dans une cave à purin. Le fumier couvrait le sol sur dix centimètres, les adultes en remplissaient le réservoir placé sur la remorque du tracteur pour le répandre sur les champs de pommes de terre et sur la rhubarbe. Dans le sol, il y avait un trou de canalisation caché sous la surface marron et régulière. Avec mes bottes aux pieds, j'ai pataugé dans le trou et ai été comme aspirée.

Mon oncle m'a rattrapée en me tirant par les cheveux lorsque je suis remontée à la surface la deuxième fois, grâce à mes vêtements qui se gonflaient encore d'un peu d'air. Le trou faisait deux mètres de profondeur, j'avais l'urine et les excréments assez pesants des vaches jusque dans les bronches, les oreilles, les narines, les yeux et la bouche, partout.

Et puis soudain, *oui !*
Je suis remontée à la surface.
De l'air.

Une fois revenue du magasin, je suis allée à mon bureau et, debout, j'ai regardé un moment la chemise plastifiée bleu foncé qui me narguait. Je l'ai rangée dans un placard avant de sortir l'ampoule du sac en plastique. Je n'ai pas éteint l'interrupteur avant de mettre la nouvelle ampoule.

La lumière s'alluma dans ma main au moment où je vissai l'ampoule, et je ressentis un immense soulagement.

— Tu as vraiment crié « Oui ! » sur le chemin des courses ? insista maman. Eh bien dis donc ! Ce n'était pas discret.

— Je ne te le fais pas dire.

— Simplement parce que tu vas écrire sur moi ?

— Oui. J'ai compris ça. Tout d'un coup. À cet endroit, à cet instant précis. J'ai aussi compris que ça me donnerait un mal de chien, mais que le jeu en valait la chandelle.

— Tu vas donc écrire que je me meurs, ou pas ?

— Évidemment.

Pendant une semaine, j'ai pris des notes, réfléchi, planifié ; j'avais presque de quoi remplir une nouvelle chemise, vert clair cette fois – sans que la couleur ne signifie quoi que ce soit, car il n'y avait ici pas beaucoup d'espoir, quelle que soit la couleur. Ce jour-là, j'avais décidé de le lui dire. À la fois parce que je savais que cela lui ferait plaisir, même si elle cacherait sa fierté derrière une coquetterie assez transparente, et parce que je nourrissais l'espoir secret d'entendre de sa bouche des choses qu'elle ne m'aurait, sinon, pas racontées.

Lors des interviews que maman avait données au cours de sa vie, elle avait ensuite eu les joues en feu pendant des heures ; elle adorait être au centre de l'attention, précisément parce qu'elle sentait qu'elle n'avait rien à y faire.

— Et pourquoi tu crois que ça va te... *donner un mal de chien*, si je peux me permettre ?

— Parce que tu es quand même un peu fêlée. Pas vraiment une mère comme les autres.

— Si tu le dis. Et par quoi vas-tu commencer ?

— Peut-être par la fois où je t'ai conduite au carrefour de Klettkrysset. Quand tu allais faire du stop pour Istanbul. Ah, la vache... Je suis restée un bon moment dans la voiture, à l'arrêt de bus, pour te regarder. En short et baskets, avec ton énorme sac à dos, t'avais l'air si déterminée en avançant à la vitesse d'un escargot le long de la E6 en direction de Melhus ! Tu ne t'es même pas retournée. Je ne savais pas si je devais rire ou pleurer. Une petite bonne femme plus toute jeune, qui marchait sur le bord de la route...

— Plus toute jeune ? J'avais cinquante-deux ans. J'étais moins âgée que toi aujourd'hui, si tu veux parler chiffres.

— Mais j'étais jeune, *moi*, à l'époque. Tout est relatif. Nous avons cru que nous ne te reverrions jamais.

— Je n'aime pas les au revoir, Anne, tu sais bien. C'est pour ça que je ne me suis pas retournée. Comme si je ne savais pas que tu étais dans la voiture à me regarder.

— Mais tu partais pour Istanbul ! Tu aurais quand même pu me faire un petit signe de la main. Un regard par-dessus l'épaule, au moins. Je ne sais pas, moi...

— À ce moment-là, je ne savais pas que j'irais jusqu'à Istanbul. J'éprouvais un besoin irrésistible d'aventure, c'est tout.

— Il y a trois mille huit cent dix kilomètres entre Trondheim et Istanbul, maman, j'ai vérifié. Il faut quelle distance pour que ton besoin d'aventure soit satisfait ? Tu n'avais pas l'air d'être si malheureuse que ça, à la maison. Tu n'arrêtais pas de décorer, de faire de la menuiserie, de la pâtisserie, d'aménager l'intérieur, il n'y avait jamais de moments perdus et tu étais de bonne humeur. Tu avais une énergie de dingue !

— Voyons, ma chérie, j'étouffais ! Puis toi et Finn, vous avez divorcé. Cette énergie de dingue, comme tu l'appelles, elle a un peu disparu dans le sable à partir de là. Je n'avais qu'une envie, partir le plus loin possible.

Je l'ai regardée ; ses yeux se sont envolés par la fenêtre sale au rideau couleur vert vomi dont plusieurs attaches s'étaient décrochées de la tringle, de sorte qu'il pendait, asymétrique, comme une sorte de jupe de Cendrillon. Un rideau municipal pour les vieux d'Oslo en transit.

Maman s'était retrouvée tout en bas de l'échelle, à la maison de retraite médicalisée de Furuset, encore un cran en dessous du service de gériatrie de l'hôpital public de Vienne. Maintenant, je ne m'étonnais plus des journaux faisant leurs gros titres sur l'état scandaleux des maisons de retraite de Norvège. Lorsque maman avait été placée ici sans préavis, comme un chien, Elin m'avait avertie en venant me chercher à Lillestrøm, à la descente du train express de l'aéroport :

— Prépare-toi au pire, Anne.

Mais c'était au-dessus de mes forces.

C'était le dernier arrêt. On avait diagnostiqué à maman un lymphome qui collait le tissu de ses poumons. Elle était sous oxygène vingt-quatre heures sur vingt-quatre, ça entrait dans son nez au moyen d'un flexible en plastique en forme de Y qui émettait un léger sifflement, un bruit presque mignon et caressant par rapport au boucan inhumain que faisait la machine de respiration. C'était un appareil datant de l'âge de pierre, posé par terre, qui donnait l'impression d'aspirer et de se soulever ; à l'entendre, on aurait dit un glouton furieux enfermé dans une cage en fer trop étroite. La nuit, elle demandait à ce qu'on déplace la machine dans le couloir, les câbles étaient, semble-t-il, assez longs pour ça, vu la taille minuscule de la chambre.

La machine pesait dix-huit kilos : j'avais un jour découvert une balance de salle de bains dans le couloir et réussi à hisser l'appareil dessus.

À Stovnerskogen, dans la maison de retraite digne de ce nom, elle avait un appareil pour respirer moderne et futé, de la taille d'une boîte de corn-flakes, qu'elle pouvait fixer à son déambulateur et manipuler seule en appuyant sur quelques touches.

L'apport d'oxygène l'empêchait du moins de haleter quand elle parlait, et maman avait toujours aimé parler – préférant de loin parler elle-même plutôt qu'écouter les autres. Mais elle parlait maintenant à voix plus basse, elle économisait ses forces et l'air, et nous devions parfois faire des efforts pour l'entendre. Cela n'était jamais arrivé auparavant ; en règle générale, nous devions toujours lui chuchoter, assez exaspérées, de mettre la sourdine, car elle parlait si fort que les gens, autour, n'en perdaient pas une miette.

Même si elle parlait maintenant à voix basse, elle voulait me parler sans arrêt pendant que j'étais chez elle, ce qui signifiait des heures de conversation. J'étais auprès d'elle trois à quatre heures par jour, parfois le matin et le soir si je me trouvais à Oslo – car j'étais là pour ça. Je déchargeais ainsi Elin, que j'appelais sur mon portable un petit moment après être partie. J'avais l'habitude de lui envoyer un SMS quand je quittais maman, pour qu'elle puisse calculer à peu près quand elle devait l'appeler.

Maman enfonçait profondément les embouts en plastique dans son nez, baissait les yeux et regardait sa jambe qui reposait sur un petit tabouret, cette jambe qui à présent était bleu, rouge, jaune et deux fois plus grosse que l'autre après sa chute fatale aux toilettes, six jours plus tôt, quand elle s'était démenée pour y aller toute seule. Elle n'avait pas osé tirer sur la sonnette pour demander qu'on l'aide à sortir du lit et à rejoindre ces toilettes alambiquées, situées à l'intérieur d'une sorte d'armoire, dans un coin de la chambre. Cette expédition s'était soldée par quatre transfusions sanguines à l'hôpital d'Akershus. Elle avait pu rester là-bas durant trois jours, un répit bienvenu en plein cancer.

— Mon Dieu, Anne, si tu savais comme je suis bien ici, m'avait-elle dit au téléphone. Je me sens tellement en sécurité. C'est comme des petites vacances.

Mais après ça, ce fut retour à la case départ, la maison de retraite de Furuset. Comme elle avait un lymphome, sa jambe était gorgée de liquide.

Cela arriva plus de deux semaines après sa dernière chimiothérapie ; c'est pourquoi elle avait l'esprit très clair, comme avant sa maladie, mais avec une voix moins forte. Pour peu qu'elle réussisse à rester éveillée, elle voulait parler, me regarder, entendre ma voix, la sienne, se sentir vivante, se remémorer certaines choses et faire revivre ses souvenirs.

— Je voulais seulement voyager…

— Oui, je sais, maman. Elin et moi, on s'en est rendu compte. Chaque fois que tu rentrais de voyage, tu étais déprimée. D'autres reviennent chez eux remontés à bloc et le sourire aux lèvres, tandis que toi, tu faisais une dépression parce que tu n'étais plus en voyage.

— Pas la fois où je suis revenue de mon voyage en stop ! Là, j'étais *si* contente de rentrer à la maison. Contente de reposer enfin mes jambes et mon dos.

— Faut dire que tu avais été absente une éternité.

— Pas si longtemps que ça. Rien que six semaines.

— C'est pas rien.

— Tu vas donc commencer par ça.

— Peut-être. Non. Je ne sais pas, à vrai dire. Je ne sais pas.

— J'avais cinquante-deux ans, à l'époque, dit maman. On ne peut pas vraiment appeler ça un début.

— Si, une sorte de début. Parce que c'est là que tu as commencé à… déconner pour de bon. À partir de là, oui, si on regarde les choses en face.

— Anne. Ressaisis-toi. Je n'ai jamais « déconné », comme tu dis. En aucune façon. J'ai juste fait les choses un peu différemment. Tu ne veux pas plutôt commencer par le commencement ? Quand tu es née. C'est ce qui est normal pour un écrivain.

— Quand je suis née ? T'es sérieuse ? Et tu maintiens toujours ta version selon laquelle j'ai été conçue sur une piste de slalom à Geilo ? Que je suis le fruit du hasard, un pur accident de parcours ?

— Euh… oui. Je suis tombée, comme tu le sais. Dans un virage, j'ai fait une culbute par-dessus une drôle de souche d'arbre. Quelle idée aussi de placer une souche d'arbre au beau milieu d'une piste de slalom !

— Une souche d'arbre, ça ne se *place* pas quelque part. Une souche a été un arbre, un jour.

— Un arbre, ç'aurait été beaucoup mieux, parce que je l'aurais vu de loin. Et c'était seulement le deuxième jour de ma vie que j'avais des skis aux pieds. Et des skis de slalom, qui plus est ! Ton père avait drôlement confiance en moi. Comment moi, qui étais danoise, j'allais comme ça, sans aucune expérience, réussir à…

— Et tu as heurté la souche. Que quelqu'un avait placée là.

— Oui, et je suis restée allongée. C'est là qu'il a sauté sur l'occasion.

— Pour…

— Oh, je n'aime pas parler de ces choses-là… Je n'ai jamais été intéressée par toute cette gymnastique au lit. Mais oui.

— Le sexe, ça s'appelle. Et vous étiez couchés sur une piste de ski et pas dans un lit, quand il a sauté sur l'occasion.

— Il faut toujours que tu…

— Je ne fais que dire les choses telles qu'elles sont. La gymnastique au lit se pratique dans des lits.

— Je comprends ça, ma chérie. Tu coupes les cheveux en quatre. C'est vrai que c'est ton travail. Je comprends ça.

— Il y a travail et travail.

— Bien sûr que c'est un travail. Tu as peut-être un magnétophone caché dans ton sac ? Tu allais écrire là-dessus, tu m'as dit.

— Non, pas exactement. Il se trouve que je me souviens de ce genre de choses. J'oublie les anniversaires, mais dès qu'il s'agit de conversations et d'événements, j'ai une mémoire d'éléphant. Crois-le ou non. Tu t'es donc fait mal, lorsque tu es tombée sur la piste de slalom ?

— Tiens, tu te préoccupes un peu de moi, maintenant, tout d'un coup ? Non, je ne m'en souviens vraiment plus. Cela remonte à si longtemps. Il y a, comment dire, d'autres choses qui… J'avais de la neige partout dans mes vêtements, après. C'était désagréable.

— Et il n'y avait personne dans les parages ? Pour vous voir ?

— Ton père avait suivi un entraînement militaire de haut niveau. Il est parti pour la bande de Gaza lorsque tu avais trois mois. Il savait y faire en matière de reconnaissance du terrain. Alors je ne me rappelle pas de m'être occupée des autres, non, j'ai tenu pour acquis qu'il avait la situation entièrement sous contrôle.

— Mais tu te souviens que c'est là que j'ai été conçue.

— Oui, cela a dû être à ce moment-là. J'étais assez belle fille, faut dire. Je ne le laissais pas m'approcher aussi souvent qu'il le voulait.

— Tu étais danoise avec une poitrine de rêve, maman, à rendre les hommes sacrément fous. Et papa était un garçon sous-alimenté, qui allait hériter de terres à Hardanger. Un mélange explosif. J'aurais aimé vous avoir connus à cette époque. Vous avoir vus. Ça devait être dément.

— Dément ? Pourquoi ? Non, nous parlons d'autre chose. Et ne dis pas *sacrément*, Anne. Ça ne te va pas.

— Je suis de Trondheim, à cause de toi et de papa, c'est vous qui teniez à tout prix à déménager à Trondheim, et là-bas, on dit *sacrément* à tout bout de champ.

C'est un adverbe de quantité, d'intensité, aussi bien positif que négatif, tu le sais parfaitement. Tu ne veux pas manger un peu plus ?

— Si au moins ça avait été de la bouillie d'avoine ou de riz. J'aime bien les bouillies. J'aurais sauté sur le morceau de beurre au milieu. Et tu n'ignores pas que j'adore le beurre. Le beurre fondu, qui coule. Le bon beurre fermier. J'aurais presque pu en *boire*, je crois.

Elle lance un regard d'impuissance à son dessert. De la gelée verte qui baigne dans de la sauce vanille toute faite, un de ses derniers repas, mais elle comme moi l'ignorions alors. Elle ne vivrait plus que onze jours après que l'hôpital d'Akershus l'eut renvoyée à la maison de retraite de Furuset avec quatre poches de sang frais dans le corps.

Le plat principal était un pâté de poisson tiède avec divers légumes ; elle avait pris quelques bouchées du poisson avant de reposer d'une main tremblante le couvercle en plastique sur la nourriture, pour éviter d'être confrontée à sa propre faiblesse. Elle avait repoussé le pâté de poisson près des légumes surgelés, transformés par la cuisson en morceaux de mousse tendre dans des couleurs pastel. Des taches brunes disséminées ici et là à la surface du pâté blanc devaient en quelque sorte prouver qu'il avait été en contact avec une poêle, quelques pauvres secondes. Ou balancé sur une surface brûlante pour une cuisson à la chaîne, que savais-je de la production en masse pour les repas destinés aux collectivités ?

— Un peu de légumes, alors ? Ça non plus ?

— Non, c'est gentil. D'ailleurs, je n'appelle pas ça des légumes.

Elle n'avait plus la force de manger, elle qui avait fait des régimes toute sa vie. Toute sa foutue vie, elle avait surveillé son alimentation, et ce n'était même pas un mensonge.

— Tu te souviens de la nourriture à Vienne, maman… Oh, mon Dieu !

— À l'hôpital, oui. Tout compte fait, c'était encore pire qu'ici. C'est vrai. Si tu ne t'étais pas débrouillée pour que j'aie de vrais repas, je ne sais pas ce que j'aurais fait.

— Et tu as raté le petit déjeuner à l'hôtel, avant d'être hospitalisée, et il était extraordinaire.

— C'était bête de ma part, je l'admets maintenant. Note ça, ce n'est pas si souvent que j'admets avoir fait une bourde. Car à ce moment-là, j'avais vraiment envie de manger, j'étais verte d'envie chaque jour quand tu descendais pour le petit déjeuner.

Maman avait emporté des sachets de poudre Nutrilett dans sa valise, ainsi qu'un fouet et un bol en plastique. Elle remplaçait chaque petit déjeuner par cette poudre dissoute dans de l'eau bouillie avec la bouilloire de la chambre d'hôtel, qu'elle buvait à grandes gorgées directement dans le bol. Puis elle s'asseyait devant une simple tasse de thé dans la salle à manger et me regardait, de l'autre côté de la table, m'empiffrer de smoothies, de quiches, d'œufs brouillés, de jambon, de fromage et de viennoiseries à l'odeur délicieuse.

— Nous avons quand même goûté à la *Sachertorte*, maman. Au salon de thé *Demel*, avant l'entraînement de l'École espagnole d'équitation.

Elle a souri. Ses cils pâles sont soudain devenus humides, ils brillaient, elle a essuyé les larmes.

— Comme c'était fantastique ! Dire que j'ai pu enfin assister à ça ! Après tout ce que j'ai lu sur ces merveilleux lipizzans, c'était tout à fait divin, Anne ! Un moment *solennel*. Et je savais à l'avance tout ce que le guide nous disait ! Ha ha ! À part les noms des chevaux et des cavaliers, bien sûr. Mais l'historique, la philosophie derrière l'École et l'entraînement des chevaux, et…

— Je pensais plus à ce gâteau, moi.

— Il en imposait, lui aussi. Et la nourriture dans les avions du retour, les deux avions. Mais je n'avais plus de souffle à ce moment-là, alors je n'ai réussi qu'à picorer dans tous les plats, tu sais bien. Dire que la nourriture sur le chemin du retour était si bonne, alors qu'à l'aller c'était *lamentable*. C'est curieux.

Je ne lui avais pas raconté que j'avais acheté des billets de première classe pour le retour, pour avoir la garantie d'être assises tout à l'avant. Les billets m'avaient coûté une petite fortune, puisqu'ils étaient achetés au dernier moment. Les deux petits plateaux-repas pour nous, l'un après l'autre, sur deux avions différents, avec plat chaud, morceau de fromage, vin, dessert, gâteau, café et petit digestif, correspondaient à une somme suffisante à nourrir une famille de cinq enfants pendant deux mois.

— Tu te rappelles celle qui était dans le lit contre le mur, dans ma chambre à Vienne, Anne, cette femme très âgée qui était tombée par terre chez elle ? Elle a dû mourir de faim depuis longtemps. Faut dire qu'elle dormait chaque fois qu'ils apportaient quelque chose sur un plateau. Elle ne faisait que dormir.

— Sans qu'on la réveille. Ils se contentaient de venir et d'emporter le plateau intact. Chaque fois. Mon Dieu.

— Et ce qu'elle a pu s'égosiller, un jour ! s'est exclamée maman.

Elle a tellement gloussé que son flexible en Y lui a glissé du nez, avant qu'elle ne le remette d'un geste routinier.

— J'ai faim ! J'ai faim !

— Chut, Anne ! Ils peuvent t'entendre depuis le couloir ! Et puis ils sont venus la gronder en lui disant qu'elle venait d'avoir son repas, et elle disait et répétait que non, elle n'avait pas vu trace du moindre repas. Alors ils lui ont apporté une assiette avec une tranche de pain sec ! Sans beurre ni *rien* pour mettre dessus. C'est à peine croyable.

— Et celle avec la photo de son mari sur la table de nuit, elle n'arrêtait pas d'embrasser cette photo ; elle occupait le lit du milieu et, un jour, elle a vraiment *volé* le repas de la belle endormie et a ensuite reposé le plateau avec les assiettes vides.

— Pas étonnant qu'ils aient cru que la vieille mentait.

— Mais ce n'était pas le même jour.

— Qu'elle ait réussi à manger une double ration de cette nourriture infecte, ça me dépasse. Tout avait un goût de carton tiède. Mais je ne sais pas ce qui est le pire : la nourriture là-bas ou celle ici, à Furuset.

J'ai repensé aux repas avec du pâté de poisson que maman nous préparait souvent, à Elin et moi ; pour le rendre plus appétissant, elle le redécoupait avec de petits emporte-pièces pour biscuits avant de le faire revenir dans la poêle. Ça devenait des messieurs et des dames, des cœurs et des petits cochons en pâté de poisson. Quant aux chutes, elle les changeait en petits dés qu'elle faisait prendre dans de la gelée avec les restes de légumes, et cela constituait une garniture bon marché pour une tranche de pain. Nous avions très peu d'argent, mais elle parvenait toujours à donner à la nourriture la plus modeste un air somptueux une fois sur la table.

Et nous avions toujours des serviettes pour le repas, ce qui n'était pas courant dans les années 1960 et 1970, où l'on réservait les serviettes aux communions, aux mariages, à Noël et aux anniversaires. Mais nous avions des serviettes aussi pour tous les jours, elle achetait les serviettes en papier les moins chères qui soient et les posait à droite de l'assiette avec le couteau et la fourchette dessus, la fourchette à gauche du couteau, avec la lame tournée vers la droite.

Dans tous les autres foyers où Elin et moi avons vu nos hôtes mettre la table, les mères balançaient les fourchettes à droite et les couteaux à gauche de l'assiette, et pas une serviette en vue.

— J'ai aperçu un peu de chou-fleur dans le mélange de légumes.

— Mon Dieu, pourquoi tu reviens toujours à la nourriture ?

— Tu aimes bien parler de nourriture, et moi aussi. C'est uniquement pour ça.

— De toute façon, maintenant, c'est froid.

— C'est dommage.

— Non, Anne. Ce n'est pas dommage.

J'ai ri tout haut.

— Tu adores le chou-fleur, maman !

— Mais pas du tout. Qu'est-ce que tu vas encore inventer !

— Tu exagères. Je ne sais pas combien de fois je t'ai appelée dans l'après-midi et tu m'as raconté que tu faisais cuire à la vapeur un chou-fleur entier ou des bouquets de brocolis que tu ferais ensuite gratiner au four avec du fromage, ce serait ton dîner.

— Oui, c'est vrai, ça.

— Et maintenant tu me dis que tu n'aimes pas le chou-fleur ?

— Non. Le brocoli non plus.

— Pas les brocolis non plus… ? Hein ?

— Non.

— Pourquoi tu en mangeais, alors ?

— Parce que tout le monde disait que c'était bon pour la santé, bourré d'antioxydants et que ça protégeait du cancer.

— Oui, c'est…

— Donc, je n'ai plus besoin d'en manger. Ça n'a plus aucun intérêt d'en manger, *maintenant*.

Elle a regardé ses mains. Il ne fallait pas que je pleure, pas question ! Je repenserais à tout cela plus tard. J'ai plutôt écouté le glouton enfermé, à la respiration sifflante ; j'ai essayé d'adopter un souffle régulier, mais très vite, j'ai dû accélérer le rythme.

— Tu sais, Anne, que lorsque George Bush a été élu président, on lui a demandé ce qu'il allait changer dans sa vie, et il a répondu que dorénavant, il ne mangerait plus une bouchée de brocoli ; il avait toujours détesté les brocolis, et en tant que *President of the United States*, il trouvait qu'il faisait suffisamment le poids pour l'avouer.

— Mais tu aimes les pommes de terre. Ou bien as-tu aussi menti là-dessus ?

— Non, j'adore les pommes de terre. Maintenant. N'est-ce pas étrange ? C'est arrivé après la première opération des valves cardiaques. Tout d'un coup, j'ai aimé les pommes de terre, moi qui les avais détestées toute ma vie. C'était intéressant, comme changement. Et curieux. Et après ma seconde opération des valves, j'ai cessé d'aimer le *café*. Moi qui ne pouvais pas m'en passer !

— Tu me donnais moitié café et moitié lait chaud quand j'étais petite, avant que j'aille à l'école. À partir de mes huit ou neuf ans, je crois. Mes instituteurs ont été choqués quand je leur ai raconté ça, ils affirmaient que le café pouvait bloquer la croissance. Apparemment, ça ne m'a pas concernée.

— Bien sûr que je le faisais ! Le café, c'est cent pour cent bon pour la santé, même si, une fois par mois, les journaux disent qu'il est dangereux. Pour moi, ça a changé ma vie, c'est ça qui séparait ou rassemblait les tâches de la journée. Ça m'a vraiment fait bizarre de ne plus aimer le café, ça m'a presque donné la frousse ! Si tu savais le nombre de fois où j'ai fermé les yeux et essayé de m'imaginer que j'avais envie de café, juste un peu, rien qu'une seconde, mais c'est impossible. Aussi impossible que d'évoquer le dégoût pour les pommes de terre, maintenant que je les aime. Mais il faut que les pommes de terre soient normales. Celles-ci ont la peau sèche, tu sais, la peau de cantine. Mais assez parlé de ça. Tu vas donc écrire sur moi…

Elle s'est passé la langue autour de la bouche, mais il n'y avait rien à aller chercher, pas même une miette de cette piètre nourriture de collectivité qui se serait collée aux commissures, et en tout cas pas de chou-fleur. Elle piqua soudain du nez, un mouvement brusque qui m'effraya. Comment cette frêle nuque pouvait-elle supporter une tête de cette taille, qui tombait aussi lourdement en avant ?

— Tu t'es endormie, maman ? Maman… ? Ou tu veux te reposer ? T'allonger un peu pour recharger tes batteries ?

Elle a soulevé très légèrement la tête. Elle était épuisée, je le vis au tremblement qui parcourait son corps et surtout ses mains. Pas de parler, les conversations étaient la vie même pour elle, mais peut-être épuisée de se souvenir. Ses cheveux qui continuaient à boucler aux pointes avaient bien poussé, depuis sa dernière permanente qui remontait à un mois, laissant apparaître les racines brillantes et grasses.

Il y avait une douche pour vingt personnes, ici, sans compter que c'était toute une histoire pour réussir à laver quelqu'un comme elle, car elle était bien trop malade pour séjourner dans une maison de retraite vétuste et sous-équipée en personnel, avec un appareil à oxygène de dix-huit kilos à traîner, plus le déambulateur, alors je parie qu'ils la reléguaient vers le bas de la liste pour s'épargner cette corvée supplémentaire.

Elle a de nouveau laissé tomber sa tête en avant, je suis restée assise sans bouger et j'ai repensé aux cinq journées où elle avait été hospitalisée à Vienne.

Après son admission, je prenais chaque matin un taxi de l'hôtel à l'hôpital pour lui acheter, à la cafétéria en bas, du thé Earl Grey bouillant dans un double gobelet en carton et des *Semmeln*, ces petits pains frais autrichiens, avec du fromage et du jambon. Je me revois, tenant ça dans les mains, prendre un des deux énormes ascenseurs qui transportaient à la fois les visiteurs et les patients alités, avec des poches à perfusion au-dessus de leurs têtes et peut-être des poches d'urine accrochées au bord de leurs lits de malades.

Nous autres visiteurs étions là, dans nos vêtements habituels de la vie civile et du monde extérieur, avec des sacs et des fleurs, et moi avec le thé à l'odeur intense qui passait à travers le petit trou du couvercle pour boire, et mes *Semmeln* dans un sac en papier qui faisait du bruit si je bougeais les doigts pour changer de prise. Personne ne parlait dans l'ascenseur, c'était comme si nous nous appliquions tous à ne pas faire de bruit suivant une règle tacite. Pourtant, nous nous tenions *tout près* de personnes à l'horizontale, qui avaient le regard fixé sur le plafond en acier mat de l'ascenseur, et ces malades essayaient de faire comme si de rien n'était, de faire comme si personne ne les voyait dans leur état le plus vulnérable et humilié. Et nous, nous devions faire comme si nous n'avions pas pitié d'eux, que nous remarquions à peine leur présence, tandis qu'eux comptaient chaque seconde jusqu'à l'ouverture des portes de l'ascenseur pour pouvoir être ramenés, dans leur lit à roulettes, en sécurité dans une chambre de patient ; là, il serait somme toute plus normal d'être dans leur état, avec leur urine visible aux yeux de tous, conduite par une fine sonde vésicale jusqu'à ces poches en plastique imperméables, avec compartiments antireflux, fixées à un cadre en acier.

J'ai repensé à ces longues matinées éprouvantes passées à attendre la visite du médecin, à espérer une explication sur ce qu'elle avait ; nous discutions pendant ce temps-là de ce que je devais acheter pour elle, ensuite, dans les magasins. Noël approchait à grands pas, elle avait prévu d'acheter ici des cadeaux autrichiens, donc exotiques, et il m'incombait désormais de m'en charger, tâche envers laquelle je manifestais un enthousiasme un peu trop débordant tout en notant consciencieusement les détails sur un bloc-notes de l'hôtel. Ce fut un soulagement que de pouvoir s'appuyer sur cette logistique minutieuse des cadeaux. Quand les aides-soignantes arrivaient avec leurs masques buccaux et leurs gants à usage unique pour laver les patients, je devais de toute façon sortir de la chambre à trois lits. Je devais revenir dans l'après-midi pour rendre compte de mon butin de shopping et lui apporter quelque chose de bon à manger, soigneusement emballé pour que ça reste chaud, ce pour quoi je me servais des journaux de l'hôtel.

Chaque jour, je prenais un taxi pour la cathédrale Saint-Étienne, là où commence la Mariahilferstrasse. Je connaissais à présent ce quartier comme ma poche et écumais les magasins pendant des heures, faisant tout le côté droit de l'artère commerçante, puis celui de gauche, avant de revenir sur le côté droit, dans cette ville de Noël dont les décorations n'avaient rien à envier à celles de la Norvège, au contraire.

L'espace au-dessus de la Mariahilferstrasse était rempli de gigantesques lustres en cristal – des ampoules LED en donnaient la parfaite illusion –, des haut-parleurs diffusaient des valses de Vienne, *Le Beau Danube bleu* se heurtait au *Sang viennois*, des chevaux tiraient des calèches avec capote noire rutilante, bondées de touristes de Noël rayonnants, lovés dans des fourrures et des couvertures. Dans les petits stands de nourriture, ça sentait bon le vin chaud, les pralines et la raclette.

Les gens se pressaient pour entrer ou sortir de la cathédrale Saint-Étienne, ressemblant à des figurines qui rampaient tout en bas, près des pointes des chaussures de l'énorme cathédrale. J'y étais moi-même entrée plusieurs fois pour allumer un cierge devant les saints catholiques dont j'ignorais les noms, en souhaitant ardemment que les choses s'arrangent. Mais je me rendais bien compte que les prières d'une athée ne devaient guère monter bien haut, tout au plus quatre ou cinq mètres dans l'air froid de l'hiver.

Vivre des expériences fortes, qu'il s'agisse de levers de soleil ou de sites touristiques spectaculaires, n'a jamais été un problème pour moi, à condition de les vivre en étant parfaitement seule. Mais ici, la situation était différente, et vraiment pas comme prévu. Les valses de Vienne m'écorchaient les oreilles et le vin chaud ne me donnait pas envie, il avait l'air d'un vulgaire *gløgg* norvégien. Cela deviendrait des souvenirs communs, quelque chose que nous évoquerions ensemble par la suite, surtout la soirée à l'opéra, *La Bohême* au Wiener Staatsoper avec trois des plus grands airs de l'histoire de l'opéra dès le premier acte.

Avant de partir, maman avait investi dans ce qu'elle avait appelé sa veste d'opéra, une création en velours de soie doré avec des incrustations de fils d'or ; elle était à présent suspendue dans la penderie de la chambre d'hôtel, la représentation avait eu lieu trois jours plus tôt. Ce voyage devait être un cadeau pour moi de la part de maman, elle qui n'avait jamais eu les moyens d'offrir quoi que ce soit. Pendant des années, elle s'était imaginée gagner au loto, chaque samedi elle débordait d'espoir, il n'était alors pas question de rembourser les dettes ou de faire construire une maison, oh que non, l'argent servirait à *voyager*. Elle nous emmènerait en Corse, aux îles Scilly, au Pays basque, au Brésil, et c'est elle qui paierait tout.

Tout ! Ne serait-elle pas alors millionnaire du loto !

Elle avait été si fière de pouvoir me faire participer à ce voyage à Vienne, surtout que les gains au loto tardaient à arriver. Pour ma part, depuis que je commençais à bien vivre de mes livres, je l'avais emmenée faire plusieurs voyages.

Elle m'avait couverte de remerciements pour chaque voyage, avant, pendant et après, et m'avait toujours rappelé qu'elle gagnerait au loto, et enfin elle avait *remporté* ce voyage à Vienne et c'était un grand bonheur pour elle de pouvoir m'inviter. De pouvoir rendre, elle qui était la plus âgée, une mère, à sa propre fille. Donner dans l'autre sens était, selon elle, tout à fait contre-nature.

Mais elle n'avait jamais eu d'argent, et si elle en avait, elle dépensait tout en cadeaux. Elle contractait des emprunts à la consommation qui coûtaient les yeux de la tête pour acheter des cadeaux d'anniversaire ou de Noël, alors qu'elle grelottait tout l'hiver dans des bottines bas de gamme achetées à *Europris*.

Sa situation financière avait toujours été catastrophique et elle s'en sentait humiliée, percée à jour, mise à nu. Et à cause de ces dispositions insensées, elle se retrouvait finalement dans un minuscule studio des services sociaux à Stovner. Si elle était invitée quelque part, elle ne tarissait pas d'éloges sur la vie que ses hôtes menaient chez eux, comme tout le monde s'y plaisait, et patati et patata. Je pouvais objecter, à chaque fois, qu'ils avaient un foyer parfaitement normal, mais elle chassait cet argument du revers de la main. Ils étaient si *bien* là-bas, ils avaient de la chance, ils ne pouvaient rêver meilleure vie, ils pouvaient aller de pièce en pièce et se dire qu'ils vivaient ici, dans autant de mètres carrés, tout joliment meublé, avec de beaux tableaux aux murs, peut-être sur plusieurs étages, avec à la fois une cave et un grenier, et des armoires pleines de porcelaine et de cristal.

Presque toutes ces choses-là, l'argenterie qu'elle a héritée de son père, les verres en cristal, et ce qui lui restait de porcelaine de son mariage, maman les avait vendues, lentement mais sûrement, au fil des ans, après que papa eut déménagé, lorsque nous vivions au jour le jour et économisions pour la nourriture et l'habillement. Elle vendit la dernière pièce d'argenterie en 1982, ainsi qu'un orgue Hammond flambant neuf qu'elle avait gagné dans un concours, pour s'offrir un voyage en Espagne pour la Coupe du monde de football.

Elle pouvait acheter une encyclopédie à crédit avant d'être obligée de la revendre à moitié prix avant d'avoir payé la moitié des échéances. Et elle n'oublia jamais ce samedi où, alors âgée de neuf ans, je dus faire à vélo le tour du quartier et des alentours à la recherche de bouteilles consignées vides et réunir assez d'argent pour acheter de la levure boulangère et permettre ainsi à maman de faire du pain. Ce fut notre seule nourriture durant le week-end et le lundi, car les bureaux d'aide sociale n'ouvraient qu'à partir du mardi. Elle racontait toujours cette histoire en y mettant le ton et en riant, comme pour insister sur le stade de dénuement dans lequel nous vivions au quotidien.

Et maintenant, j'étais à Vienne. Grâce au prix qu'elle avait remporté, entourée d'une féerie surfaite d'avant-Noël qui ne me touchait pas, je parcourais la Mariahilferstrasse avec ma liste de courses sur une feuille de papier portant le logo de l'hôtel en vert foncé, aux bords dorés, venant de cet hôtel où la veste d'opéra de maman pendait, inutilisée, dans un placard.

Le plus important pour maman était que je trouve une robe de chambre qui serait son cadeau de Noël pour Elin, et elle devait être *luxueuse*, c'est-à-dire qu'on ne devrait pas pouvoir la trouver dans les chaînes de boutiques ennuyeuses d'Oslo. Je finis par en dénicher une en velours rose saumon pâle avec col et ceinture en soie blanche. Si luxueuse qu'on m'offrit un verre de mousseux pendant qu'on me faisait un paquet cadeau.

Je dépliai la robe de chambre devant elle comme un butin, sur sa couette, elle en fut ravie, presque émue, et ne tiqua pas une seconde sur le prix ; cet argent, elle trouverait bien un moyen de se le procurer.

Et chaque après-midi, je lui apportais un plat chaud, des saucisses avec de la choucroute, du poulet tandoori, des nouilles chinoises ou une raclette bien fondue. Je m'accroupissais dans les endroits les plus improbables pour emballer cette nourriture dans plusieurs couches de journaux. Cela embaumait le taxi qui me ramenait à l'hôpital, les effluves flottaient dans l'immense ascenseur qui montait, malheureusement aussi sous les narines des patients à l'horizontale qui ne pouvaient s'attendre qu'à de la nourriture version carton tiède tandis que leur urine ruisselait de leur corps, avec lenteur et presque délicatesse.

Maman mangeait d'une main en tenant le masque à oxygène de l'autre, aspirant une bouffée entre chaque bouchée. Ici, pas de flexible en Y à mettre dans le nez, l'oxygène sortait directement d'une ouverture dans le mur. À ce moment-là, nous ignorions tout de ce glouton essoufflé et enragé que nous allions apprendre à bien connaître, celui qui allait la conduire à la mort avant de rester là, furieux et productif, sans aucune utilité.

Le lendemain du jour où maman m'a avoué qu'elle avait toujours menti sur son amour du chou-fleur et des brocolis, l'ascenseur de la maison de retraite de Furuset tomba en panne, et je dus monter les escaliers jusqu'au troisième étage. Ce n'était pas un problème, cela me faisait faire de l'exercice et ne pouvait qu'améliorer mon souffle et ma masse musculaire.

Je n'avais pas l'intention d'annoncer à maman que l'ascenseur était en panne, elle qui avait vécu des années à Stovner avec des problèmes de ce genre. Elle ne se sentait alors plus en sécurité et avait peur. Ici, à Furuset, elle ne sortait pas de sa chambre, et par conséquent, elle ne verrait pas les bouts de papier portant le message « En dérangement » écrit à la main et collés avec un bout de Scotch sur les portes de l'ascenseur : elle ne saurait pas qu'une fois encore, elle se retrouvait coincée au troisième.

À Stovner, l'ascenseur était souvent en panne pour un oui ou pour un non. Mais elle avait alors *le temps*, comme elle disait. S'il lui fallait une heure pour monter les trois étages avec ses sacs de courses, en faisant d'innombrables pauses pour reprendre son souffle, eh bien, c'était son affaire, et il y en avait d'autres pour qui c'était pire.

— J'ai toujours avec moi les journaux que je viens d'acheter, tu le sais bien, je peux m'asseoir sur une marche et commencer à faire les mots croisés pendant que je reprends mon souffle et que je relâche les muscles de mes cuisses. C'est pire avec ceux qui sont au septième. Comparée à eux, je suis une athlète de haut niveau. Les pauvres. Mais en cas d'incendie ! Parfois, je n'ai pas envie de monter l'escalier, Anne. De monter jusqu'à mon appartement, même si c'est *chez moi*. Mais est-ce qu'on peut appeler « chez soi » ce qui peut devenir un piège mortel ? Il m'arrive d'envier ces gens qui *refoulent* les choses. Mon Dieu, comme je les envie. Mais peut-être qu'il faut boire ou se droguer pour refouler ce genre de choses. Le pire, avec l'ascenseur en panne, c'est que je dois laisser le déambulateur en bas. Je déteste ça. Quelqu'un peut le voler, s'amuser avec. Je suis si heureuse quand Elin vient et me le monte.

Au septième étage habitaient ceux qui vivaient en fauteuil roulant, encore plus malades qu'elle ou handicapés moteur. Un été, l'ascenseur est resté en panne pendant deux semaines, au beau milieu des grandes vacances, lors d'une vague de chaleur comme on en a rarement connu. Au bout de quelques jours déjà, les habitants du septième s'asseyaient sur le pas de leurs portes et criaient dans les couloirs pour demander à des inconnus d'aller leur faire des courses. C'étaient des vieux qui n'osaient pas téléphoner à leurs proches, de peur de les déranger, ou bien dont les proches habitaient dans d'autres régions du pays. Maman et trois autres femmes qui ne restaient pas les bras croisés finirent par contacter le journal télévisé régional de l'Østland, et comme les journalistes n'avaient rien à se mettre sous la dent, ils vinrent aussitôt, dans l'après-midi. Le soir même, le reportage fut diffusé à la télévision et repris sur les ondes. Le lendemain, l'ascenseur fut réparé, et il fonctionna quelques mois de plus.

Maman dormait, la tête penchée vers les genoux, quand je suis entrée dans sa chambre. Sa jambe gonflée était posée par terre et accumulait encore plus de lymphe. Elin et moi avions renoncé à dire aux aides-soignants qu'ils devaient veiller à ce qu'elle ait la jambe en hauteur. Sa peau avait commencé à se craqueler sous la pression interne, et quelqu'un avait collé des bouts de sparadraps ici et là avec la date et l'heure inscrites dessus : ils se donnaient donc la peine de noter précisément dans le temps les conséquences de leur négligence.

Elle s'est réveillée lorsque j'ai soulevé sa jambe enflée, qui pesait des tonnes, pour la mettre sur un repose-pieds.

— Eh oui, ma chérie.

— Il faut que tu aies la jambe surélevée, tu sais. Il faut que tu tires sur la sonnette si tu n'y arrives pas toute seule.

— Hein ?

— Tu n'as pas mis tes oreillettes ?

— Rillettes ? Tu as apporté des rillettes, dis-tu ?

— Non, je disais OREILLETTES. Sors-les et mets-les.

J'ai pointé le doigt vers le petit tas de papier de soie où je savais qu'elle les cachait. Avec des gestes un peu gauches, elle les a lentement mises en place. Les deux. Parfois, elle n'en mettait qu'une.

— Maintenant tu entends, maman. Tant mieux.

— Évidemment. J'ai entendu tout ce que tu...

— J'ai acheté plusieurs piles pour tes oreillettes. J'ai enfin trouvé l'endroit où ils vendent ces drôles de petites piles.

— Elles sont placées dans une étoile jaune ! Les piles, je veux dire.

— Oui, je sais. Et je t'ai apporté du dentifrice, des Coton-Tige et des culottes propres. Mais ton pied était posé par terre, maman ! Il faut que tu tires sur la sonnette si tu n'arrives pas à poser toute seule ta jambe sur le tabouret. Ça la fait gonfler encore plus. Il faut que tu tires sur la sonnette, maman. Allez, promets-moi que tu le feras.

— Jamais de la vie. Non, il ne manquerait plus que ça. Rien de tel pour les rendre d'une humeur *exécrable*. Tu les as fait bouillir, au moins ? Tu ne les as pas seulement lavées à la main ?

— Les culottes en coton ? Bien sûr. Je les ai fait bouillir dans une casserole, ne t'inquiète pas.

— Mais le dentifrice...

— Je ne trouve pas celui que tu veux, maman. Désolée. Je vais continuer à chercher et acheter tous les tubes que je trouverai. En tout cas, celui-ci est transparent avec de tout petits morceaux blancs à l'intérieur.

— Ils ne sont pas bleus ?

— Non, ils sont blancs, comme des flocons.

— Oh, Anne... Tous les autres dentifrices me donnent tellement mal au cœur... Il n'y a que celui avec les flocons bleus que je supporte, tu comprends. Est-ce que tu te souviens d'Antibac ?

— Évidemment.

— Mais j'ai déjà des boîtes de Coton-Tige, Elin m'en avait acheté un jour. Ça m'est revenu une fois que tu étais partie, hier, mais je n'ai pas eu la force de t'envoyer un SMS.

Après sa mort, j'ai eu des réserves pour un an de dentifrices qui n'étaient pas « le bon », ainsi que des boîtes et des boîtes de Coton-Tige. Et je ne parle pas des rouleaux de papier toilette. Chez elle, à Stovner, elle en avait acheté un sac entier : quelqu'un avait fait du porte à porte et les bénéfices allaient à une fanfare. Elle avait à peine eu le temps d'utiliser quelques rouleaux avant que nous partions à Vienne, et après Vienne, elle n'avait passé que deux jours dans l'appartement, pour ne plus jamais y retourner.

L'héritage de ma mère. Du dentifrice, des Coton-Tige, du papier toilette et plein de bouquins.

— Elin passera dans l'après-midi et elle te massera, tu sais.

— Il vaudrait mieux dire qu'elle me fera un drainage. Oui, je sais, je pinaille sur les mots. C'est plus fort que moi.

— Bon, Elin passera dans l'après-midi et elle te fera un *drainage lymphatique*. OK ?

Elin réussissait à stimuler et repousser la lymphe vers le haut dans la jambe. Elle s'asseyait avec le pied de maman sur une serviette posée sur ses genoux, aspergeait du Spenol dessus et commençait par le bout des orteils, qu'elle pinçait et pressait. Mais cela n'aidait qu'un petit moment avant que sa jambe ne regonfle à nouveau. J'étais incapable d'aider maman avec ça. J'ai toujours eu une profonde aversion pour les orteils. Maman attendait dans l'antichambre de la mort et malgré cela, j'étais incapable de m'occuper de ses pauvres orteils.

Elin savait tout de ma phobie et ne m'a posé aucune question, mais cela faisait rire maman, qui me taquinait à ce sujet. C'était un soulagement et donnait à notre situation un semblant de normalité, comme si le fait de détester les orteils et de ne pas pouvoir surmonter mon dégoût, même alors que maman avait besoin d'un drainage lymphatique, prouvait que tout était comme d'habitude, presque comme si la mort ne se tenait pas là avec nous, tel un éléphant au milieu de la pièce : ma phobie était reconnue et respectée, le monde n'avait pas changé.

Je me suis rattrapée, à mon avis, en la massant longuement entre les omoplates à chacune de mes visites : elle adorait ça. Je l'enduisais de Spenol et faisais du palper-rouler tandis qu'elle gémissait tout bas de plaisir, puis je marquais une pause et répétais toute la procédure.

Quelques jours plus tôt, une dame était venue en se présentant comme kinésithérapeute. Au début, m'ayant reconnue, elle s'est plus intéressée à moi qu'à maman ; elle avait habité pas très loin de chez moi, quelque part à Trondheim, plusieurs années auparavant, et avait suivi ma carrière depuis dans les journaux ; elle savait que j'étais devenue un écrivain d'une certaine renommée. N'y allant pas par quatre chemins, elle m'a demandé quel effet ça faisait d'être un écrivain connu et une célébrité ; j'ai répondu de manière évasive en essayant de diriger son regard sur maman, assise toute tassée comme d'habitude, mais avec dans les yeux une lueur qui prouvait qu'elle n'en perdait pas une miette.

— Si je suis ici en ce moment, c'est pour voir ma mère, et non en tant qu'écrivain.

Enfin, la kiné comprit l'allusion.

— Oui, tout à fait, a-t-elle dit.

Elle a voulu emmener maman dans une salle de sport, au sous-sol.

Maman et moi nous sommes regardées et avons été prises d'une même envie de rire. Elle en a bien sûr perdu le souffle : elle ne pouvait pas rire longtemps mais juste hoqueter faiblement, en secouant les épaules en rythme pour se donner l'air de rire de bon cœur, à pleins poumons, comme toute personne en parfaite santé. Mais elle avait oublié comment donner le change et a failli s'étouffer avec ces petits rires dérisoires.

— Inspire doucement dans le tuyau en fermant la bouche et expire en ouvrant la bouche, dis-je en lui tendant la main.

Elle l'a serrée fort et a respiré comme il fallait, les yeux fermés, plusieurs fois.

— Une salle de sport ? a fini par chuchoter maman, en toussotant sans que rien ne remonte.

J'entendais bien qu'il n'y avait plus aucune force dans ses poumons malades pour faire remonter quoi que ce soit.

— Respire, ai-je dit.

— Oui, ceci est un centre de convalescence, a déclaré la kinésithérapeute.

Je l'ai entraînée dans le couloir.

— Qu'est-ce que vous voulez dire ? ai-je demandé.

— Votre mère est ici pour un séjour de convalescence courte durée.

Je dus moi-même inspirer très profondément et prendre tout mon temps pour expirer – en gros, comme maman elle-même devait faire.

— Je ne crois pas que vous me mentiriez en face, mais c'est bien la première fois que j'entends ça. Ça ne m'étonne pas, au fond. Ma sœur et moi allons de surprise en surprise pour ce qui est…

— Vous savez, je m'en tiens ni plus ni moins à ce qui est marqué dans le dossier médical de chaque…

— Je vous crois. Mais maman est gravement malade et va mourir. Mourir, vous entendez ? Elle a un lymphome agressif et suit une chimiothérapie par cycle de trois semaines. Sa jambe est remplie de lymphe depuis sa chute chez elle, aux toilettes, qui a provoqué une hémorragie interne seulement détectée deux jours plus tard, puisqu'elle ne va pas à la douche très souvent. Elle prend des anticoagulants et a failli se vider de son sang à cause de la lésion à l'intérieur du pied ; elle avait un pourcentage en dessous de cinquante lorsqu'elle a enfin été admise à l'hôpital d'Akershus, où elle a eu droit à quatre transfusions sanguines. *Quatre*. Et au bout de quelques jours, elle a été ramenée ici en ambulance. Dans ce putain d'endroit. Elle *n'est pas* en convalescence. Elle ne doit pas *faire de l'exercice*. Elle est en train de mourir. En réalité, elle n'a strictement rien à faire ici, personne n'a trois minutes à lui consacrer ; nous avons menacé d'en parler à la presse, de déposer une plainte auprès de la police, mais ça n'a servi à rien. Ma sœur et moi, nous ne comprenons rien à ce *système*. Impossible de sonner à la bonne porte pour avoir de l'aide. La situation est tout simplement…

— Je n'ai aucune connaissance des détails relatifs à chaque patient.

Elle a reculé de quelques pas et a commencé à regarder autour d'elle, les murs, les plinthes du sol, tout sauf moi.

— Mais vous qui êtes kinésithérapeute, vous devriez pouvoir nous décharger *un peu*, ici. Ce dont elle a besoin, c'est d'être constamment massée. Au pied. Pour évacuer la lymphe. Et aux épaules, comme elle dort souvent recroquevillée, la tête penchée en avant.

Elle dort aussi assise la nuit, avec son oreiller sur les genoux. Alors si vous pouviez…

— Je regrette, mais ceci est un service pour patients en convalescence. Nous ne faisons pas de massages, ici, a dit la kinésithérapeute avant de tourner brusquement les talons.

J'ai vu sa blouse blanche s'éloigner dans le couloir.

J'ai posé les babioles que j'avais apportées à maman un peu partout dans la chambre, à des endroits accessibles pour elle, soit depuis le lit, soit depuis le fauteuil où elle était assise en permanence. Elle me suivait des yeux, un vague sourire aux lèvres. Je tremblais, mais j'ai fait de mon mieux pour que maman ne s'en rende pas compte.

Nous ne faisons pas de massages, ici.

Bien sûr que non. Voyons, ce serait trop demander que d'avoir un massage à l'approche de la mort. Une bougie blanche sur la table de nuit quand la mort est avérée suffit amplement. Des bougies premier prix qu'ils ont dû acheter au magasin discount *Nille*.

— Tu vas donc écrire sur moi ? Ce sera plus spécifique que la dernière fois ? m'a demandé maman quand je me suis rassise.

Elle avait eu toute la nuit pour y penser. Elle parlait à voix basse, le souffle court malgré son Y d'oxygène dans le nez et ce sourire plein d'attente qui faisait fi de ses poumons collés. Que sa propre vie, depuis la prime enfance, ait donné lieu à un gros roman, et de la plume de sa fille par-dessus le marché, cela l'avait secouée, c'est le moins qu'on puisse dire. Au début, quand elle avait lu pour la première fois *La Tour d'arsenic* sous forme de manuscrit, cela s'était traduit par un choc et des larmes, j'avais même dû prendre le premier avion pour Oslo à seule fin de la consoler. Par la suite, elle en avait tiré un sentiment de triomphe et de fierté, et ce roman lui permettait à tout instant, sans aucune gêne, de se sentir valorisée.

— Tu veux que je te cherche quelque chose ? Du jus de fruits, ou…

— Rien. Je suis plus intéressée par ce que tu vas écrire sur moi que par du jus de fruits.

Même au seuil de la mort, elle avait gardé une énergie intellectuelle qui forçait l'admiration. Ou peut-être faudrait-il plutôt l'appeler une *attitude de défi* intellectuel.

— Ce sera forcément un peu plus spécifique que dans *La Tour d'arsenic.* J'avais changé pas mal de choses et laissé de côté ce qui n'entrait pas dans mon récit. J'avais même fait de mon père un nazi pour pouvoir le sortir de l'histoire, parce qu'il n'était pas intéressant dans ce roman-là.

— Tu aurais pu avoir un autre père, tu sais. Arturo du Pays basque m'avait demandée en mariage.

— Oui, il faudra que je mentionne ça aussi.

— Tu ne sais rien de tout ça, ma chérie.

— Eh bien, qu'est-ce que tu attends pour me raconter ?

— Non, qu'y a-t-il à raconter ? Il était beau comme un dieu et possédait sept ânes. Et il cultivait des pommes de terre et des betteraves à sucre. Sept ânes, c'était une richesse au Pays basque espagnol au début des années 1950, tu t'en doutes, il les louait à d'autres paysans. Mais bon, *pour moi*, ce n'était pas vraiment ça, être riche. Sept ânes, qu'est-ce que tu veux que j'en fasse ?

— C'était durant votre voyage en stop, à Audrey et toi ?

— Oui, notre voyage qui a duré deux ans. L'aventure de notre vie. Nous ne faisions pas beaucoup d'auto-stop, c'était uniquement pour arriver quelque part. Et puis on trouvait du travail pour avoir de la nourriture et un toit au-dessus de la tête.

— Et c'est ce que tu as trouvé chez Arturo ?

— Tu es folle ! Nous ne pouvions pas habiter chez lui, on se serait mis à dos tout le village et lui aussi.

— Mais vous êtes sortis ensemble ?

— Oui, si on veut. Il est tombé très amoureux. D'abord un peu d'Audrey, et puis follement de moi. Audrey le trouvait un peu trop collant et intense, alors ça ne la dérangeait pas du tout. Mais attention, pas de *hanky-panky*, tu sais.

— Pas de gymnastique au lit, tu veux dire ?

— *Non*, Anne.

— Même s'il était beau comme un dieu et possédait sept ânes ?

— Il y a eu quelques tentatives, mais non.

— Heureusement que je ne suis pas née au Pays basque, moi qui déteste la chaleur.

— Autant que moi le froid. Quand je repense à cette piste de ski alpin qu'ils avaient fait construire dans l'immense centre commercial à Dubaï, je reste dubitative. Dire qu'ils recherchent exprès le froid et font tout pour le recréer à l'aide de machines ! Comme toi, Anne, qui voit dans le Spitzberg la terre promise. De la glace, de la neige, du froid… On peut vraiment dire que la pomme est tombée loin de l'arbre, cette fois. Mais pense à tous ceux qui *vivent* à Dubaï ! Qui ont toujours délicieusement chaud, peuvent en profiter, et qui pourtant sont prêts à dépenser des sommes folles pour *jouer à l'hiver* ! Ils sont fous.

— Et moi je serais morte de chaleur si j'avais été la fille d'Arturo. Je suis restée longtemps derrière les portes de l'installation de ski à Dubaï, rien que pour me reposer de la chaleur, et encore, on était en janvier ! Le *Khaleej Times* proposait des recettes de soupes chaudes pour les mois froids, tu te souviens ? Le journal de Dubaï qu'on prenait à la réception de l'hôtel ? Des soupes pour se réchauffer pendant la saison froide, alors qu'il faisait vingt-cinq degrés à l'ombre, ils plaisantent ou quoi ?

— Tout le monde n'a pas envie de *payer* pour aller au pôle Nord, Anne. Tu fais partie, crois-le ou non, d'une minorité. Une *extrême* minorité.

— En tout cas, je te remercie, maman, d'avoir empêché Arturo d'aller plus loin. Je préfère définitivement le pôle Nord au Pays basque. Il a dû être si frustré quand vous êtes parties qu'il s'est marié avec la première bonne femme qu'il a vue du haut de son âne, je parie, rien que pour aller sous ses jupes.

— Anne ! Tu n'as pas honte ? Je n'aime pas parler de ces choses-là, même si toi, tu aimes écrire là-dessus.

— Tu as lu tout ce que j'ai pu écrire d'érotique dans mes livres sans jamais me faire la leçon, alors que j'ai parfois franchi la ligne jaune.

— Mais parce que tout ça sortait de ton *imagination*, Anne. Quand tu as écrit les pires choses, tu vivais dans un lotissement avec mari, enfant et deux boxers, tu cuisais du pain tous les vendredis et tu étais une vraie femme au foyer. Alors c'était normal que tu écrives ce genre de choses, t'es pas écrivain pour rien.

— Pauvre Arturo. Lui non plus ne devait pas manquer d'imagination.

— Je crois que c'est pour ça qu'il m'a demandée en mariage. Parce que je… ne voulais pas. Ah, les hommes. Ils veulent tous la même chose.

— Et il n'a pas fait sa demande à Audrey, après ?

— Ça va pas, non ? Il se doutait trop de la réponse. Mais il a été très blessé que je dise non. Il se sentait si riche, tu comprends. Il trouvait qu'il était vraiment le *gros lot* !

— Toi et Audrey… Vous aviez une amitié rare.

— C'est une histoire de chimie, Anne. On s'est rencontrées à Londres quand je travaillais dans cet hôpital de Chelsea, tu sais, celui avec beaucoup de cas de tuberculose.

— Est-ce que c'était là que vous mettiez des balles de tennis dans les poumons des gens ?

— Seulement pour ceux qui avaient la tuberculose caverneuse. Je n'ai pas participé à ce genre d'opérations, j'en ai seulement entendu parler. Ils coupaient une balle de tennis en deux et la recollaient autour de la caverne infectée des poumons. Pour que ça ne se propage pas. C'est une maladie effroyable, la tuberculose. C'était à l'époque où de nombreux traitements faisaient leur apparition, tu sais, mais les gens pauvres… Et il y en avait beaucoup, à Londres, après la guerre, ils consultaient le médecin bien trop tard, quand la tuberculose s'était installée partout, dans les articulations, les reins, les genoux, c'était affreux.

— C'est incroyable que tu n'aies pas été contaminée.

— Bien sûr qu'on a été contaminées. Mais nous étions immunisées avant de tomber malades, je crois, enfin… je n'ai jamais compris tout à fait. Ça a dû faire office de vaccin. Tu sais bien, Anne… que j'aime beaucoup la propreté.

— C'est le moins qu'on puisse dire, oui.

— Je sais que ça confine à l'hystérie. Je le sais. Je ne touche jamais une poignée de porte dans des toilettes publiques sans intercaler du papier entre ma main et la poignée. Quand j'ai pris un chariot dans un magasin, je ne porte jamais mes mains au visage, je ne me frotte pas non plus les yeux ou ce genre de choses. C'est une conduite à risques, tu sais. Si je loge à l'hôtel, j'essuie la télécommande avec de l'Antibac avant de m'en servir. Je crois que je tiens cette propreté exagérée de l'époque où je travaillais dans cet hôpital. Parce que les conséquences, on les voyait ! Et tout ça à cause de quelque chose d'aussi minuscule que des *bactéries* ! Une hygiène stricte était l'alpha et l'oméga. N'oublie pas de l'écrire, car il y aura peut-être des lecteurs qui trouveront déplaisant que j'aie toujours un gant de toilette dans un sachet plastique dans mon sac quand je suis en visite chez quelqu'un. Peut-être qu'ils voient ça comme une critique, on ne sait jamais.

— Maintenant, il faut que tu respires plusieurs fois, maman.

— Mais ce... nouveau livre, là, que tu vas écrire... Tout sera plus spécifique que dans *La Tour d'arsenic* ?

— Ce sera différent. J'avais surtout écrit sur ton enfance, dans ce roman-là, et il parlait presque davantage de ma grand-mère que de toi.

— C'est vrai, dans le fond. Cette sorcière. C'est bien qu'elle soit morte.

— Oui. Morte et enterrée.

— Je vais prendre le même chemin, moi aussi. Tu te rends compte comme ç'aurait été affreux si j'avais eu la foi ? J'aurais risqué de la retrouver dans l'au-delà !

— Mais ça ne se produira pas. Ne me dis pas que tu y crois ? Tu as peur de ça ?

— Bien sûr que non ! Et puis quoi encore ? Et je suis bien contente qu'elle n'ait pas été au courant pour *La Tour d'arsenic*. Elle en aurait été trop fière. Rien que d'y penser, ça me donne envie de vomir.

— Il y avait aussi beaucoup de choses négatives sur elle, dans ce roman.

— Elle aurait sauté ces passages-là. Elle aurait éclaté de fierté, Anne. Crois-moi, je la connaissais.

— Toi aussi, avec le temps, tu as fini par être très fière de *La Tour d'arsenic*.

— Avec le temps, oui. Mais j'ai eu des nuits d'insomnie quand le livre est sorti. J'avais peur que quelqu'un reconnaisse mon portrait. Parce que le début est si… déplaisant.

— Déplaisant et véridique, maman. Tu as sauté de joie quand grand-mère est morte. Ce qui est assez tabou, j'avoue. Mais lorsque les gens ont refermé le livre, ils ont compris. Ils ont compris pourquoi ça t'avait rendue heureuse.

— Et toi, Anne ? Tu sauteras aussi de joie quand je serai morte ?

Elle a tourné sa nuque courbée et m'a décoché un regard d'une lucidité terrible, comme si de l'eau flottait au fond de ses yeux, de l'eau qui aurait stagné là longtemps sans couler sur ses joues. J'ai réussi à soutenir son regard ; c'était bon de la *voir*, pas seulement d'entendre ses mots, mais de croiser son regard d'acier.

Elle était fidèle à elle-même, dans la mort comme dans la vie, une morte-vivante glissante, provocante et énergique. L'épuisement consécutif à trois mois d'essais désespérés et infructueux pour créer un cadre sécurisant autour de la maladie de maman devait se voir dans mes yeux, mais je n'eus même pas la force de m'en cacher : je répondis du fond du cœur, mais pas du fond des yeux (eux, ils n'auraient pas manqué de révéler une réponse incluant un certain soulagement à sa mort), puisque pour la première fois de ma vie, je m'étais heurtée à un mur en béton, constitué par ce système si défaillant :

— Non, maman. Je ne ferai pas ça.

— Voilà qui fait plaisir à entendre.

— Même si toi aussi, tu as été une chieuse de première. Mais je ne crierai pas de joie, que ce soit à gorge déployée ou à mi-voix. En fait, j'ai pas mal pensé à *La Tour d'arsenic* ces derniers temps et je me suis dit que... que je...

— Crache le morceau.

— Que je suis contente d'avoir écrit ce livre de ton vivant.

— Oui, c'est bien ça. Tu penses plus à ton livre qu'à moi.

— Comment peux-tu dire ça ? Maintenant, tu es complètement illogique.

— Les livres sont plus importants pour toi que les êtres humains ? Honnêtement ?

— Mais non, c'était parce que tu étais fière de ce livre. Qu'il y ait en quelque sorte une *trace de toi*. Quelque chose de concret. En plus d'Elin et de moi.

— Oui, je comprends bien sûr ce que tu veux dire. Excuse-moi. J'ai été assez stupéfaite de voir que tu avais réussi à... à *saisir* tout ce qui avait été ma vie. Mais comme tu le sais, j'ai eu une peur bleue qu'on comprenne que c'était moi, la fille qui saute de joie. Jusqu'à ce que...

— ... paraissent les critiques, ai-je complété. Et ils ont tous été unanimes pour dire que ce n'était pas étonnant que Ruby se réjouisse de la mort de sa mère.

— Ruby, oui. Comment as-tu pu m'affubler d'un nom pareil ? Et qui plus est, sans me demander la permission !

— Ça m'est venu comme ça. C'est le premier prénom qui m'a traversé l'esprit. D'ailleurs, tu ne savais pas que j'écrivais sur toi avant que le livre soit terminé. Ruby. Rubis en anglais. C'est si affreux que ça, merde ?

— Mais non, mais non. Ne te mets pas en colère. Et ne dis pas *merde*. Et ça s'est bien passé, Anne. Tout, finalement.

— On peut presque dire ça, oui. Les critiques littéraires t'ont accordé la rémission des péchés.

— Mon Dieu, oui. C'est insensé. Ah, dommage, vraiment, que la sorcière ne l'ait pas su. C'est regrettable, à la réflexion, qu'elle n'ait pas une tombe où elle pourrait se retourner. Les gens incinérés ne peuvent plus se retourner, malheureusement. Mais je suis contente de ce roman, Anne, oui, vraiment.

Maman avait connu pas mal d'allées et venues dans divers services de santé, avec des ulcères à l'estomac qui saignaient et une numération globulaire de quarante-deux pour cent avant que l'ulcère soit détecté, au dernier moment, ainsi que deux remplacements de valves, tout ça après la parution de *La Tour d'arsenic* en 2001. Elle était alors encore à un âge où, sur le plan de la santé, elle était considérée comme une citoyenne pour qui les frais médicaux se justifiaient.

Je comprenais toujours qu'elle allait mieux quand la conversation téléphonique se déroulait ainsi :

— Anne… ?!

Une voix aiguë et perçante.

— Oui, maman. Comment ça va ?

— Je vais mieux de jour en jour, tu sais, et ils sont si gentils et formidables ici à Ullevål, tu n'as pas idée ! C'est pourquoi je me demandais si… s'il ne te restait pas encore des exemplaires de *La Tour d'arsenic* qui traînaient quelque part. Ça peut très bien être la version poche, tu sais. Il y a ici un médecin qui est si agréable et puis il y a celle qui s'est occupée de l'anesthésie pendant l'opération, elle est passée me voir hier, tu te rends compte, uniquement pour savoir comment j'allais. Et puis il y a aussi plusieurs aides-soignants ici qui…

— Tu en as besoin de combien ?

— Six exemplaires, cela aurait été bien. Ou peut-être sept.

Elle utilisait ce roman comme carte de visite, en espérant que le récipiendaire le lirait.

Elle voulait être *vue* grâce à ce livre : voilà mon histoire, ceci est mon enfance, vous croyez sans doute que je suis seulement une patiente parmi d'autres avec un ulcère à l'estomac ayant entraîné une hémorragie ou une valve complètement inefficace, mais je suis une personne qui a toute une vie derrière elle, et ma fille a écrit ce roman, oui, ma propre fille.

Et ainsi, elle avait le sentiment d'être à la fois vue et écoutée. Par des lecteurs norvégiens, suédois, allemands et français. Elle a eu le temps de voir toutes les traductions. La version danoise l'avait rendue particulièrement fière, même si, après avoir reçu tout sourire l'exemplaire danois, elle avait déclaré :

— Mais c'est rageant aussi de savoir que ceux qui auraient vraiment dû lire ce roman sont morts et enterrés depuis longtemps. Mon Dieu, que ça m'agace.

— Bon, je te ferai parvenir sept livres demain, maman, je les enverrai à Elin, comme ça elle pourra te les apporter à l'hôpital. Tu veux que je les dédicace ? Tu as leurs noms ?

— Non, ce n'est pas la peine, tu n'as qu'à écrire ton nom sur la page de garde, je t'en serai infiniment reconnaissante. Et puis la date, bien entendu. C'est très important dans l'exemplaire signé d'un livre, ça peut avoir beaucoup de valeur plus tard, tu sais.

Quand on a dû lui remplacer une valve pour la seconde fois, j'ai essayé de plaisanter en lui disant qu'elle se servait presque de *La Tour d'arsenic* comme carte de visite. J'étais venue à Oslo avec l'avion de neuf heures du soir et m'étais rendue directement à l'hôpital d'Ullevål avec ma valise à roulettes, il était presque onze heures. Elle allait se faire opérer le lendemain matin, je devais habiter dans son appartement et elle avait peur, je l'avais perçu lors de notre conversation téléphonique plus tôt dans la journée ; alors je suis passée la voir sous prétexte de venir chercher les clés de la maison, bien qu'Elin en eût toujours un double qu'elle pouvait poser pour moi sous une pierre secrète. Je lui ai dit qu'Elin avait malheureusement laissé son jeu de clés au travail, de sorte que j'avais besoin des siennes.

— Pourquoi, grands Dieux, Elin a-t-elle laissé au bureau *mes* clés ?

Maman s'est tout de suite doutée de quelque chose, à me voir ainsi débarquer sitôt descendue de l'avion.

— Je crois qu'elle a changé de veste et que les clés sont restées dans l'autre poche, ai-je dit le plus négligemment possible tout en m'asseyant sur la chaise à côté de son lit, après avoir posé ma veste sur le dossier et mon sac par terre.

— Tiens donc... Les médecins vous ont dit quelque chose, à Elin et à toi ? Quelque chose que vous ne voulez pas me raconter ?

— Bien sûr que non, maman. Pourquoi dis-tu ça ?

— Quand tu arrives comme ça, tard le soir... Cette histoire de clés me paraît un peu tirée par les cheveux, il ne faut pas non plus me prendre pour une idiote. C'est clair qu'on a dit des choses derrière mon dos. Je risque de mourir au cours de l'opération, c'est ça ? Le pronostic est mauvais ? Parce que je suis trop grosse et trop vieille ?

— Arrête de te monter la tête ! Tout va bien se passer. Est-ce que tu veux que j'aille te chercher quelque chose dans le couloir ? Du jus de fruits ? Ou un sandwich ? Tu ne dois pas commencer à jeûner avant minuit.

— Je peux très bien mourir si ça me chante, Anne.

Elle était assise dans son lit, vêtue de la blouse blanc et bleu clair de l'hôpital qui bâillait entre les boutons-pressions à cause de sa forte poitrine. Sa permanente était aplatie et vieillie, comme si elle ne voulait pas jeter neuf cents couronnes par la fenêtre pour une nouvelle coiffure avant l'opération.

Cet argent pourrait en effet nous être utile, à Elin et moi, pour ses obsèques.

Voilà ce qu'elle m'avait dit au téléphone plus tôt dans la journée, et c'est pourquoi nous avions inventé cette histoire de clés. Maman savait bien qu'Elin était de garde cette nuit-là et qu'elle ne pourrait pas débarquer pour passer « un dernier soir avec sa mère ». Ça l'aurait rendue folle. C'était donc à moi de faire semblant d'être là par la force des choses.

— Tu ne vas pas mourir. Mais il y a toujours un risque avec l'anesthésie, même quand il s'agit de se faire retirer une dent de sagesse, ai-je dit. C'est comme ça.

— Comme s'il était question ici d'une simple dent de sagesse… Ce qu'il ne faut pas entendre ! Toutes mes côtes vont être sciées et ouvertes avec une pince, ma cage thoracique va ressembler à un carré d'agneau ! Et je serai morte pendant un petit moment, tu sais. Ils doivent arrêter mon cœur pour travailler correctement, pour coudre cette espèce d'oreille de veau. Je vais bientôt me retrouver avec un veau entier sur la conscience. Ça en plus. Comme si je n'avais pas assez de choses à penser. Je suis là, allongée, à passer en revue toutes les erreurs que j'ai faites dans ma vie : j'ai été beaucoup trop sévère avec toi et Elin quand vous étiez petites, surtout avec toi, mais à l'époque, tout le monde donnait des gifles à ses enfants sans réfléchir, quand l'occasion se présentait. Et quand ils feront repartir le cœur, n'importe quoi peut arriver.

— Comment ça, n'importe quoi ?

— La dernière fois, j'ai cessé d'aimer le café. Je me demande ce qui va arriver maintenant. Peut-être que je vais me réveiller avec une envie de porter de la soie violette et de danser le french cancan dans les couloirs du foyer de Stovner.

— Moi, je parie qu'à ton réveil tu me demanderas de t'apporter une pile de *Tour d'arsenic* !

— Comment ça ?

Elle paraissait sincèrement surprise.

— Cela fait déjà quelques piles avec ton ulcère à l'estomac qui a saigné et ton premier remplacement de valve.

— Pourquoi ?

— Eh bien pour les médecins, les infirmières, que sais-je. Tu as oublié ?

— Non, mais...

Et elle se mit à pleurer, ou plutôt pleurnicher comme une gosse, morte de trouille, en se frottant les yeux avec ses poings fermés. Ça faisait tellement de peine de la voir dans cet état, j'avais bien fait de venir. Lors de sa première opération, pour remplacer une valve, elle s'était mise à pleurnicher de la même façon dans la salle d'accueil de l'hôpital, lorsque Elin devait la quitter et qu'une infirmière était venue la chercher avec un fauteuil roulant ; elle avait braillé comme un bébé d'un an, les poings pressés sur les paupières, tout comme maintenant. Quand elle avait très peur, maman avait les gestes d'une petite fille. Une petite fille de soixante-seize ans. Ma mère.

— Je veux pas…

— Mais maman…

— Veux pas ! Veux pas !

Je me suis relevée légèrement et lui ai pris les poignets.

— Maman, écoute-moi. Tu as déjà subi cette opération, ça va bien se passer, tout ira bien après.

— Pourquoi je suis ici, déjà ?

— Parce que tu en as besoin ; je ne peux rien te dire d'autre, tu dois faire confiance aux médecins.

Voilà comment cela s'était passé, cette fois-là. Lorsque nous faisions confiance aux médecins. Lorsque maman avait moins de quatre-vingts ans et que, de bonne foi, je pouvais la persuader de leur faire confiance. Ils n'étaient pas non plus si nombreux. Elin avait personnellement rencontré celui qui était responsable de maman, car bien sûr, il y avait un médecin qui supervisait l'ensemble (nous avions considéré ça comme une évidence), quelqu'un qui savait ce qu'il fallait faire, qui prescrivait les bons médicaments, qui décidait de soigner une dent un peu cariée avant l'intervention, histoire apparemment que les bactéries n'aient pas d'influence sur l'issue de l'opération, et nous *faisions confiance* à tout ce qu'il disait. Une confiance que je pouvais, ici et maintenant, transmettre à maman.

Elle a laissé retomber ses mains sur la couette, a détourné les yeux pour regarder la vitre noire dans la nuit ; c'était fin novembre, et dehors, il tombait de la neige fondue. Le silence régnait dans la chambre et dans les couloirs. La chambre ne sentait rien, ça ne sentait pas l'hôpital ni les médicaments, des odeurs dont je n'aurais jamais cru qu'elles me manqueraient. Je me serais sentie plus rassurée en cet instant si cela avait fortement senti l'hôpital. Et ce silence... Mon Dieu, si au moins il y avait eu la radio dans la pièce, fût-ce un programme sans intérêt.

— Tu seras là quand je me réveillerai ? *Si*... je me réveille ? a-t-elle demandé, le regard toujours tourné vers la vitre noire.

— Bien sûr. Elin et moi, on sera là toutes les deux.

— Quoi ? Mais je serai opérée dans la matinée et elle sera au travail quand je me réveillerai ! Elle n'ira pas à son travail ? a-t-elle presque crié en pivotant brusquement la tête et en me fixant.

— Elle a dû se libérer, je ne sais pas au juste, ai-je dit avant de me lever.

— C'est bien ce que je disais. Vous savez quelque chose.

— T'as fini, oui ? Si nous savions que tu allais mourir demain, Elin n'aurait pas eu besoin de se libérer, tu sais. Il suffit de prendre le congé prévu pour ça ! Ah, toi, quand tu as une idée en tête !

Elle a soudain éclaté de rire en hoquetant, le menton sur la poitrine, le regard brillant, jeune et insolent.

— Effectivement, Anne ! Bien vu !

— Je vais aller me chercher un peu de jus de fruits, si ça ne te dérange pas. Tu es sûre que tu ne veux rien ?

— Un petit verre de jus de pomme, alors.

Et le lendemain, est arrivé ce qui *devait* arriver : elle n'est pas morte pendant l'opération, elle s'est réveillée enterrée sous les bandages et a murmuré quelque chose du bout de ses lèvres gercées couleur vieux rose. Elin et moi, on s'est penchées pour essayer de comprendre ce qu'elle disait, et à la fin, elle a réussi à retrouver suffisamment l'usage de la voix pour que nous entendions :

— Maintenant, je n'irai jamais à Oman.

— Oman ? ai-je dit. Merde, c'est où, Oman ?

— Oh, Anne, a répondu maman. Toi et la géographie. Tu devrais avoir honte. Et arrête de dire des gros mots.

— C'est près du Yémen, a glissé Elin. Et de Dubaï, dans ce coin-là.

— Bravo, Elin, a dit maman.

— Bien sûr qu'on va y aller, ai-je répliqué.

— Je n'y arriverai jamais, a dit maman.

— Mais si, ai-je insisté, je m'arrangerai pour qu'on y aille. C'est pas cette putain d'opération qui va nous en empêcher ! Allez, dors maintenant. Tu es en vie. Tu t'es réveillée de l'intervention et tout s'est bien passé.

— L'oreille de veau est en place ?

— L'oreille de veau fait son boulot, ton pouls est parfait. Nous avons parlé avec un médecin, l'opération a marché comme sur des roulettes.

— Le médecin ? a-t-elle répété en ouvrant grand les yeux. Est-ce qu'il a dit autre chose ?

— Mais non. Juste que tout s'est passé normalement, a répondu Elin.

— Normalement ? a rétorqué maman. C'est facile à dire, pour toi.

Mais la veille au soir, l'issue de l'intervention était encore incertaine. Je lui avais tendu son verre de jus de fruits, le goût était délicieux, il restait des bouts de glaçons dedans, malgré l'heure tardive.

— Ils vont m'installer une oreille de veau, tu sais, dans mon cœur. Tu te rends compte ? Qu'est-ce qu'ils ne vont pas inventer !

— Oui, je sais bien. C'est aussi ce que tu as eu la dernière fois, avais-je dit en me rasseyant.

— Alors j'aurai utilisé les deux oreilles. Cela fait *un veau* de moins.

— Il ne s'agit certainement pas du *même* veau, maman, il ne faut pas que tu penses à ça. Ni aux gifles que tu as pu nous donner, à Elin et à moi. Tu as été une super maman.

Selon tes critères, aurais-je pu ajouter, mais je n'avais pas le courage d'avoir cette discussion maintenant, la journée avait été longue. Il faut savoir pardonner à ceux qui ont fait leur maximum, selon leurs propres critères.

— Où sont tes clés de la maison ? lui avais-je demandé. Il ne faut pas que je les oublie.

Elle avait pointé du doigt son sac à main, posé sur une étagère à l'intérieur de sa table de nuit.

— Il reste deux bières dans le réfrigérateur, je n'avais pas la force de porter davantage, j'étais si essoufflée. Et il y a aussi du pain, du fromage et un peu de lait pour le café. Pour le reste, tu feras ça demain, avant que vous commenciez à planifier mon enterrement.

Que dit-on à quelqu'un angoissé face à la mort ?

Une chose est sûre : elle n'avait pas été une mère *comme les autres*. Je me suis encore fait cette réflexion un peu plus tard, en roulant ma valise le long du couloir en quête de la sortie ; j'étais en bonne santé, énergique, forte d'une assurance obtenue à la sueur de mon front et que la situation avait exigée. Mais qui étais-je pour résumer toute une vie avec les choix qu'elle impliquait ? J'étais moi-même mère, je ne savais que trop à quel point il était difficile de prendre les bonnes décisions et de ne pas faire preuve d'égoïsme vis-à-vis d'un enfant, un être qui, petit à petit, devient une personne à part entière, une personne qui n'a de comptes à rendre qu'à elle-même, un être humain que l'on doit rencontrer face à face et non pas depuis une position supérieure d'autorité.

Bien sûr qu'elle s'était battue comme une folle pour s'en sortir et pour tout bien faire, après un si mauvais départ dans la vie. J'étais malgré tout contente qu'elle n'ait pas été plus loin dans son *mea culpa* lorsqu'elle avait parlé des gifles qui volaient ; j'y avais eu droit lors d'un coup de téléphone hystérique, alors qu'on lui avait installé sa première valve cardiaque biologique : « *J'étais assise en compagnie de plusieurs autres mères, nous étions au soleil sur la place du marché à Odda, tu n'avais que deux ans et tu ne savais pas te tenir, je ne me souviens plus de ce que tu faisais, mais je t'ai flanqué une bonne raclée et j'ai regardé ensuite les autres mères en leur disant que c'était ainsi qu'on élevait les enfants. Mon Dieu, ce que je l'ai regretté. Et mon Dieu ce que tu as pleuré ! Ma mère me frappait sans arrêt, alors j'aurais dû arrêter de le faire, puisque je savais à quel point c'était affreux. Et les autres mères m'ont fixée avec de grands yeux, complètement choquées, Anne, et moi qui dans ma naïveté avais cru qu'elles seraient impressionnées par ma fermeté maternelle. Mais oui, j'ai bien dit* maternelle, *tu te rends compte ! Est-ce que tu pourras jamais me pardonner, Anne ? Dis, tu pourras ? Ou est-ce justement le genre de choses dont tu te souviendras quand je serai morte ?* »

Que répondre ? Dire que cela n'a aucune importance ? Dire que je ne me rappelle rien de l'époque où j'avais deux ans ?

Ça brise le cœur de se sentir une mauvaise mère, si l'on a fait quelque chose d'irréparable, quand on lit la douleur dans les yeux de son enfant et qu'on sait que cela restera à jamais un souvenir, une trace indélébile dans le cerveau, même si l'enfant n'avait que deux ans quand cela est arrivé. Car une gifle inattendue et reçue injustement est perçue comme une agression. Quand cela vient de votre propre mère, la trahison est immense. Mais je ne lui en veux pas, je ne l'ai appris que lorsque la première oreille de veau était devenue une partie de son corps.

La neige fondue avait cessé de tomber quand je suis sortie sur les trottoirs noirs et glissants devant l'hôpital d'Ullevål ; une femme un peu plus âgée que moi attendait seule dans l'obscurité sous le panneau des taxis. Il n'y avait pas une voiture en vue, il était presque minuit et demi, et maman avait reçu un somnifère avec une gorgée d'eau de la part d'une infirmière qui, en plus, s'appelait An-Magritt.

À Trondheim, à quelques centaines de mètres de ma maison d'Ila, se trouvait une statue d'An-Magritt, sculptée d'après Liv Ullmann qui jouait son rôle dans le film tiré de l'œuvre de Johan Falkberget. Figée dans le bronze, An-Magritt tenait en laisse le bœuf dont elle se servait comme bête de trait dans le froid mordant de l'hiver, apportant le minerai à la fonderie pour gagner quelques *øre*. J'étais passée devant elle quelques heures plus tôt, sur le chemin de l'aéroport de Værnes, et voilà qu'elle venait de donner à ma mère un repos bienfaiteur sous forme de comprimé, un repos loin des souvenirs de gifle et des veaux aux oreilles coupées.

Mais cela ne devait pas être la dernière coïncidence curieuse de la soirée

J'ai posé ma valise à roulettes à quelques mètres de la femme qui attendait un taxi et ai enfin pu allumer une cigarette. Toute la journée me pesait sur les épaules comme une lourde cape, le coup de téléphone à propos des neuf cents couronnes, tous les mails de travail auxquels je n'avais pas eu le temps de répondre, le voyage jusqu'ici.

Et elle pouvait mourir demain, évidemment. Ce n'était pas rien, comme opération, ce qui l'attendait...

Soudain, j'ai senti que je n'avais pas la force d'aller dans son petit logement social à Stovner, en pensant à ses deux petites bières rapportées à grand-peine à la maison et à toutes ses affaires, soigneusement rangées pour qu'Elin et moi puissions nous y retrouver sans difficulté quand elle serait morte. Aussi ai-je appelé l'hôtel *Bristol*, au fond davantage ma seconde maison que l'appartement de maman, et bien sûr, Øystein, le gardien de nuit, avait une chambre de libre pour moi. Je ferais plutôt une visite éclair chez elle le lendemain, au cas où maman me poserait des questions pour vérifier si j'avais vu par exemple tel ou tel post-it ou quels draps j'avais utilisés. Elle aimait mettre des petits mots ici et là quand elle savait que j'allais arriver dans un appartement vide.

Le papier toilette de réserve se trouve en haut, dans l'armoire de l'entrée.

Finis d'abord la confiture d'abricots, le pot de confiture de fraises n'est pas encore ouvert.

Si la femme de l'appartement d'en face sonne, écourte la conversation, elle n'est pas animée des meilleures intentions du monde, ne la laisse surtout pas entrer !

Laisse Aftenposten Aften *sur le paillasson, je le donne d'habitude au concierge, je n'aime pas les mots croisés qu'il y a dedans.*

Ce genre de choses.

— Vous n'auriez pas, par hasard, appelé un taxi ?

— Non, c'était en fait pour une chambre d'hôtel, ai-je répondu.

Sous le panneau des taxis, la dame d'âge mûr paraissait d'une lassitude infinie. Elle se tenait tassée, sans parapluie, apparemment indifférente à ses cheveux trempés. Un gros sac noir de voyage était posé à ses pieds, avec des traînées grisâtres le long de la fermeture Éclair, laissées par la neige fondue.

— J'ai déjà une chambre, Dieu merci, mais encore faut-il que je trouve un taxi. Mon téléphone portable a du mal à se connecter ici. Cela fait plus d'une demi-heure que j'attends.

Je lui ai proposé une cigarette qu'elle a refusée du revers de la main, tandis que j'appelais un taxi. Nous avons commencé à parler. Ici, devant le gigantesque hôpital endormi plongé dans l'obscurité, c'était comme rencontrer une parfaite inconnue en plein haut plateau de Hardangervidda (non pas que j'aie tellement fait de randonnées là-bas, mais je m'imagine que ça doit faire le même effet : on entre en conversation avec quelqu'un parce que deux solitaires se croisent au milieu de nulle part).

Je lui ai demandé si elle travaillait à l'hôpital, afin de comprendre ce qu'elle faisait là, question complètement idiote puisqu'une étiquette rendue illisible par la pluie pendait piteusement à une poignée de son sac de voyage.

Non, elle ne travaillait pas ici, elle était arrivée le jour même de Colombie britannique parce que sa fille avait attrapé un dangereux parasite lors d'un voyage au Chili et qu'elle se trouvait à présent dans une chambre d'isolement à Ullevål.

Je n'avais aucune idée d'où se trouvait la Colombie britannique, mais ça paraissait très loin d'ici. Le Chili, je savais vaguement où c'était, je voyais un pays qui s'étirait tout en bas à gauche sur la carte de l'Amérique du Sud. Que faisait sa fille à Oslo ? Elle étudiait la biologie, m'a-t-elle répondu, mais elle était tombée malade en rentrant du Chili l'avant-veille.

Elle avait réservé une chambre au *Plaza* alors naturellement, nous avons partagé le taxi qui, enfin, a surgi. Il s'était mis à pleuvoir et les essuie-glaces marchaient à fond. Le monde extérieur était luisant et sombre (typique de novembre...), les roues grondaient sur le revêtement inégal dans les petites rues et les raccourcis permettant de rejoindre plus vite le centre. Nous avions toutes deux pris place à l'arrière. Je pouvais sentir l'odeur de ses cheveux mouillés. Elle m'a retourné la question que je venais de lui poser : que faisais-je là avec une valise à roulettes ? Elle m'a aussi demandé ce que je faisais comme travail, puisque je parlais si bien anglais, et je lui ai répondu que tous les Norvégiens ou presque parlaient bien l'anglais, et que j'étais écrivain.

— Moi aussi, en fait, j'ai publié des livres, a-t-elle dit.

Nous sommes bientôt arrivées à son hôtel.

— On n'a qu'à se chercher sur Google, ai-je lancé, et nous avons échangé des bouts de papier avec nos noms dessus avant qu'elle ne descende du taxi devant le *Plaza*.

Une fois dans ma chambre au *Bristol*, j'ai lu sur le papier : *Biruté Galdikas.*

Biruté. Maman s'appelait Birte.

Une seule lettre de différence.

J'étais arrivée à l'hôpital d'Ullevål comme fille de maman Birte, elle comme maman Biruté de sa fille. J'ai allumé mon Mac et d'abord tapé la Colombie britannique sur Google, qui s'est révélée être la partie la plus occidentale du Canada. Mon Dieu, comme c'était loin ! Ensuite, j'ai tapé son nom dans le moteur de recherches et me suis retrouvée bouche bée au point d'aller chercher au minibar la demi-bouteille de vin blanc qui coûte une fortune, puis la petite bouteille de gin que j'ai mélangée avec du Pepsi Max, puis la petite vodka.

Biruté Galdikas était mondialement célèbre dans son domaine. Pendant vingt ans, elle avait vécu avec des orangs-outans dans la jungle profonde et lointaine de Bornéo, elle était la première au monde à les avoir étudiés et à les connaître aussi intimement, elle avait mis ses enfants au monde là-bas, et les orangs-outangs avaient à ce point confiance en elle qu'elle avait joué le rôle de seconde mère pour leurs petits, les bébés orangs-outangs s'accrochaient à son corps des mois durant, même lorsqu'elle avait ses propres enfants à nourrir.

Elle était à présent professeur à la fois en Indonésie, à Vancouver et à Los Angeles, elle apparaissait régulièrement dans le *National Geographic*, en version magazine et sur leur chaîne de télévision. J'ai aussitôt commandé sur Amazon son livre le plus connu : *Reflections of Eden.*

Vingt ans dans la jungle de Bornéo. Mais c'était où, au juste, Bornéo ?

Wikipédia m'a appris que c'était une île, la troisième plus grande île du monde, et qu'elle faisait partie de l'Indonésie. Il faudrait que je raconte ça à maman, elle qui se sentait une mauvaise mère parce qu'elle nous avait donné quelques gifles, tandis que son homonyme ou presque avait mis au monde des enfants dans *une jungle*. Le confort avait dû être des plus sommaire, avec plein de dangers, les serpents, les araignées, les sangsues ou pire encore. Des orangs-outangs sauvages ne devaient pas être non plus si inoffensifs que ça.

Je remercierai maman de ne pas nous avoir donné naissance dans la jungle, ça lui fera plaisir ; elle connaissait bien ma phobie des araignées. Dire que je me sentais fatiguée rien que d'avoir fait le voyage de Trondheim à Oslo !

Je suis sortie sur le balcon avec le parapluie de l'hôtel pour fumer une dernière cigarette ; il pleuvait des cordes, à présent. Les effets de l'alcool commençaient à se faire agréablement sentir (une ivresse de luxe, vu les prix du minibar) et j'ai réfléchi à cette rencontre singulière, à tout ce que j'avais vécu au cours d'une seule journée, à cette série de coïncidences qui, mises bout à bout, formaient une réalité. Dire que cette dame plus âgée et tout à fait discrète, qui attendait sous un panneau de taxis, avait vécu une vie d'aventures presque inimaginables…

— Ça me travaille de savoir que tu vas écrire sur moi. Sache-le, je n'arrête pas d'y penser, et cela fait *remonter* des souvenirs que je croyais avoir oubliés. Mais est-ce qu'on peut vraiment écrire sur la vie de quelqu'un d'autre ? *Pour de vrai*, je veux dire. Et je me demande alors comment *moi*, j'aurais écrit un tel livre. Je crois que j'aurais établi une longue liste de tous mes échecs, de tous les mauvais choix que j'ai faits dans ma vie, de tout ce que j'aurais manqué, de tout ce que je n'aurais pas pu vivre. Et puis j'aurais eu honte, car je te suis si reconnaissante, Anne, pour notre fantastique voyage à Dubaï et à Oman l'année dernière. Il y a d'abord les aventures que nous avons vécues, Audrey et moi, puis ce voyage arrive en seconde position pour ce qui est des moments forts de ma vie. Néanmoins, je crois que je me serais focalisée sur tout ce que je n'aurais pas pu faire dans ma vie. Alors au fond, autant que ce soit *toi* qui écrives. Tu as même réussi à représenter la sorcière, ici et là, sous un jour plus sympathique, alors tu devrais réussir à ce que moi non plus, je ne sois pas imbuvable... D'ailleurs, est-ce que tu vas reprendre à l'endroit où *La Tour d'arsenic* s'arrête ? Je t'ai peut-être déjà posé la question. Ça se mélange un peu dans ma tête.

— Quand nous avons dit adieu à grand-mère à l'hôpital de Sundby, tu veux dire ?

— Nous ne lui avons pas dit adieu, Anne, nous avons dit adieu et *bon débarras* à son cercueil. Dans une pièce à côté de la chapelle. À sa dépouille, juste avant qu'elle ne soit livrée aux flammes, nous allions fêter ça, oui, vraiment fêter ça, avec de la bière et du Gammel Dansk, et prendre du bon temps ! Nous avons évoqué ici un jour l'éventualité que je la rencontre dans l'au-delà, mais les chances sont minimes, puisque je ne crois pas à ces idioties de l'Ancien Testament. Mais *si* j'avais la foi, je penserais qu'elle est partie en enfer de manière permanente. D'accord, je n'ai pas été un ange, certes non, et pas non plus comme ma mère, mais je crois la main sur le cœur que je n'aurais eu à faire que quelques tours de punition en bas avant d'avoir le droit de rejoindre saint Pierre là-haut. Elle ne méritait pas plus que cette courte cérémonie dans une salle à côté. On ne peut vraiment pas dire qu'il y ait eu de pompe ni de grandeur autour de tout ça, et encore heureux ! Ma plus grande frayeur est qu'il me vienne soudain l'envie de me réconcilier avec elle. Qu'y aurait-il de *pire* ? Peut-on envisager *pire* chose, je me pose vraiment la question, Anne. Rien que cette pensée, c'est de l'horreur puissance mille. Beaucoup de gens espèrent pouvoir retrouver leurs parents, comme si ceux-ci étaient des sortes de dieux ou des surhommes, alors qu'ils ne sont que des *imbéciles* tout à fait ordinaires, mal adaptés et ratés qui, par le plus grand des hasards, ont fait un enfant. Uniquement parce qu'ils s'appellent père ou mère ? Soyons sérieux un instant. Ce ne sont que des idiots tout ce qu'il y a d'ordinaire. Des gens comme on en voit partout, ceux que l'on pousse sans faire exprès dans la queue à la caisse, ou qui sont payés pour te relancer quand tu n'as pas payé tes factures, ou qui jettent leurs restes de hamburger par la fenêtre de leur voiture. Ces personnes sont les parents d'enfants sans voix qui ne peuvent rien faire. *Rien.* Et ces pauvres enfants deviennent des adultes qui cherchent leurs racines, qui s'inscrivent dans des clubs pour faire des recherches en généalogie, j'ai failli dire des recherches en âme. Et plus ils remontent dans leur lignée, plus ces personnes s'élèvent et deviennent *formidables*, tout ça parce qu'à un moment donné, quelqu'un a mis au monde des enfants qui sont morts ensuite pour venir engraisser la terre nourricière. Qu'est-ce que tu m'offres ? Une bande de nullités, tout le paquet ! Et comment tu vas m'appeler, cette fois ?

— T'appeler ? Mais tu t'appelles Birte.

— Je m'appelais déjà Birte quand tu m'as donné le prénom de Ruby.

Maman a renfoncé ses tuyaux d'oxygène dans ses narines et a inspiré assez nerveusement par le nez, bouche fermée, avant d'expirer par la bouche, comme elle s'était entraînée à le faire. Au début, elle se mélangeait complètement les pinceaux et le faisait à l'envers. Le glouton enfermé haletait, furieux, dans sa cage de métal, sans possibilité de s'enfuir. Nous étions assises contre le mur, chacune d'un côté de la petite table d'hôpital surchargée.

— Mais quand j'ai écrit *La Tour d'arsenic*, je ne pouvais pas deviner que tu assumerais ensuite cette histoire. Je voulais te protéger, tu peux quand même comprendre ça.

— Me protéger ? Ah, c'est bien la meilleure, celle-là !

— Bien sûr que c'était pour te protéger. Tu sais que ça me blesse quand tu parles comme ça ?

— Je plaisantais. Cette fois, cela sera donc Birte. On va dire ça. Encore que mon vrai nom, c'est Birte Solveig, comme tu le sais.

— C'est un peu trop long à écrire. Et puis, la plupart du temps, ce sera *maman*.

— Tiens donc. Je vais être *maman* pendant tout un roman. Si tu le dis… Bon.

Personne ne pouvait dire « bon » comme maman. Elle pouvait en prononcer cent variantes. Celui-ci traînait un peu et descendait dans le grave vers la fin, lourd de sous-entendus.

— Et à dire vrai, j'appréhende un peu, me suis-je empressée d'ajouter.

— Tu dis vraiment n'importe quoi. Appréhender d'écrire ! Alors que tu es en vie et qu'en plus tu *en vis*. Et tu continueras à vivre et à danser sur ma tombe. Surtout, ne te gêne pas, vous n'avez pas besoin de pleurer, de prendre des mines contrites, rien qu'à cette pensée, j'ai un haut-le-cœur. Comme je te l'ai dit, tu n'as pas non plus besoin de sauter au plafond quand je serai morte, mais ne portez pas le deuil trop longtemps, toutes les deux, ça me rend trop triste d'imaginer ça, je t'assure. Allez, ressaisis-toi. Ah, mon Dieu, ce que tu peux être tordue quand tu t'y mets. Appréhender d'écrire ! Quand c'est précisément ce que tu sais faire. Ce qu'il ne faut pas entendre !

— Mais si, après, je me sens comme une merde ? Parce que j'en aurais trop dit ?

— À propos de Birte, je repense à cette histoire avec Biruté. C'est vraiment incroyable que tu sois tombée sur elle. C'était pour ma première ou ma seconde valve ?

— Pour la seconde.

— Oui, c'est vrai. Et un veau entier, et d'un ! Son livre à elle était extraordinaire. Au fait, est-ce que je te l'ai rendu ?

— Je crois.

— Oui, sinon vous tomberez dessus quand vous viderez l'appartement après moi. Je me souviens qu'il m'a donné des ailes, sa façon à elle d'être mère, les dangers auxquels elle a exposé ses nouveau-nés. Quel courage ! Quelle belle leçon d'égoïsme !

— J'aurais plutôt dit le contraire, qu'elle ne faisait justement *pas* preuve d'égoïsme. Elle s'est sacrifiée pour la science et elle a été au bout de son rêve, de sa vision.

— Anne ! En tant que mère, faut-il te le rappeler, on ne doit pas avoir d'autres rêves que le bien-être de son enfant.

— Toi aussi, tu ne rêvais que de voyages quand Elin et moi étions petites.

— Mais je ne l'ai pas fait ! C'est ça, la différence.

— Toi aussi, au fond, tu aurais aimé être ailleurs.

— C'est la faute de ton père. Il a pu partir pour la bande de Gaza quand tu n'avais que trois mois. Évidemment que je l'enviais.

— Tu admets donc que tu aurais bien aimé…

— Goûte ce dessert, la cuillère là-bas est toute propre. Non, mon Dieu, ne goûte pas. C'est de l'eau avec du colorant alimentaire vert. Et ils appellent ça de la *nourriture* ! J'aurais tellement aimé te servir quelque chose, tu n'as rien avalé depuis que tu es arrivée. Mais pourquoi tu te sentirais comme une « merde » ? Tu es ma fille et tu es écrivain. Alors arrête tes simagrées.

Tu vis et tu as la possibilité de le faire. Tu te rends compte comme tu vas te sentir libre quand je serai morte ! Tu pourras écrire tout ce qui te chante ! Broder autant que tu voudras. Et en plus, ça te fera gagner de l'argent.

— Enfin, je ne crois pas que je vais débuter par Istanbul. Je ne sais pas trop par quel bout commencer.

— Oui, je voulais en réalité aller en Libye, tu sais, mais je n'ai pas obtenu de visa. Et après, je voulais voir Petra, en Jordanie.

— L'important n'est pas là. Je crois que je vais commencer un peu plus tôt. Juste après que j'ai quitté la maison. Ou *avant* que je parte. Peut-être. Non, je ne sais pas.

— J'ai toujours trouvé que Kadhafi était un homme qui avait fière allure. Tu trouves que c'est affreux de dire ça, Anne ? Maintenant qu'on sait toutes les souffrances qu'il a infligées aux gens qui…

— Mais non. Tu l'as toujours bien aimé. Même après Lockerbie.

— Oui, j'aimais son menton carré, incroyablement viril, avec la petite fossette au milieu. Encore que cette fossette soit un peu passée de mode avec Michael Jackson, en tout cas en ce qui me concerne, mais Kadhafi a toujours eu une barbe d'un jour, ce qui aidait, car j'ai toujours aimé les hommes velus. Mais j'avais pris la décision, tu sais, de faire demi-tour et de rentrer en stop lorsque j'aurais dépensé la moitié de mon pécule de voyage. C'est pourquoi je ne suis jamais allée jusqu'à Petra. Parce que quand j'ai eu dépensé la moitié de mon argent, j'étais à Istanbul et j'avais mis deux semaines et demie pour y arriver. J'ai habité chez la sœur de Muhammed, tu te rappelles ? J'habitais là gratuitement, bien entendu, alors j'ai pu faire durer ça une semaine, mais mon Dieu, comme c'était sale, là-bas ! Et c'était *avant* l'Antibac et les lingettes humides désinfectantes, Anne. Ah mon Dieu, je posais des journaux arabes sur le sol pour entrer ou sortir pieds nus de la douche. Et la douche… Quand je pense à cette douche ! Il y avait un revêtement pour ainsi dire *laineux* couleur pêche par terre et sur le carrelage des murs, sans parler de l'état des joints *entre* les carreaux. Ils étaient noirs comme du charbon, Anne. Et elle ne servait que des sucreries, ça finissait par me donner envie de vomir, j'étais *affamée* de sel, moi qui adore pourtant les gâteaux et le chocolat, comme tu le sais ; j'ai dû m'acheter en cachette de la nourriture salée dans la rue, je n'ai même pas *pensé* à toutes les bactéries qui pouvaient me contaminer alors. Mais elle était si ravissante et hospitalière, et je savais que Muhammed, à la maison, adorait que je loge là-bas toute une semaine, c'était en quelque sorte une façon de me remercier pour tous les repas du dimanche chez nous, dans la Kongens gate, alors il fallait que je tienne le coup. Je crois qu'il faut que je repose un peu ma tête. Tu ne pars pas ?

— Pas avant que tu te réveilles, maman.

— Oui, c'est vrai. Je vais me réveiller. D'ailleurs, je ne vais pas dormir, je vais seulement me reposer un peu. Merci beaucoup, ma chérie, je suis si contente que tu sois là et que tu ne doives pas repartir. Tu ne peux pas savoir à quel point c'est agréable de pouvoir parler norvégien.

À la maison de retraite médicalisée de Furuset, la plupart des aides-soignantes parlaient letton ou polonais. Alors ça ne servait pas à grand-chose que Muhammed ait donné des cours d'arabe à maman après chaque déjeuner dominical dans la Kongens gate, ou que maman parle en outre anglais, français, allemand et un peu espagnol. Et naturellement danois, sa langue maternelle. De plus, elle comprenait parfaitement bien le suédois, à la différence de tous les autres Danois. Et elle comprenait le dialecte de Trondheim, car elle ne s'installa à Oslo qu'en 1984, après avoir vécu à Trondheim pendant trente-deux ans.

Les cours d'arabe étaient un vrai *deal* avec Muhammed. Maman faisait chaque samedi des extras comme vendeuse à l'épicerie Sjokkpris de la St. Olavs gate à Trondheim, parce qu'elle collectionnait les pièces du service à café de la série *Mouette* de la Manufacture royale danoise de porcelaine. Ce qu'elle gagnait chaque samedi suffisait pour acheter une tasse et sa soucoupe ou bien une assiette à dessert. Cela venait en complément de son travail le reste de la semaine à l'usine Fritz Rambech, qui produisait des sacs plastiques. En effet, elle ne voulait pas utiliser son salaire de l'usine pour acheter de la porcelaine danoise, un luxe superflu destiné uniquement au plaisir des yeux et à celui de dresser une jolie table pour le café.

Muhammed habitait dans un petit studio juste au coin de Sjokkpris et maman trouvait qu'il avait l'air si seul – ce qu'il se révéla être effectivement – qu'elle se mit à lui parler et à lui soutirer petit à petit des informations sur sa vie. Elle parvint à le faire avec élégance, sans qu'il s'en rende trop compte, et finit par obtenir une image complète en rassemblant les divers morceaux du puzzle.

Il venait d'Alexandrie, en Égypte, avait une sœur cadette et était le seul fils de ses parents, il étudiait à NTH pour devenir ingénieur civil. Jusqu'au jour où son professeur de thèse lui vola carrément son idée de billes plastiques et publia son invention sous son nom lors d'un grand congrès à New York ; Muhammed mit alors un terme à toutes ses études et retourna à Alexandrie. Il repartit *en pleurant amèrement*, selon la formule consacrée de maman.

Par chance, il venait d'une famille très aisée et n'a donc pas sombré, même si ses études supérieures à NTH avaient tourné court. De fait, ses parents avaient même fait le déplacement jusqu'à Trondheim à l'époque où Muhammed ignorait encore la trahison qui allait le frapper. Ils étaient descendus au *Britannia Hotel* et maman les avait invités à déjeuner. J'avais profité de la pause de midi pour rentrer de l'école ; jamais de ma vie je n'ai vu autant d'or et de tissus brillants sur une femme. Assis le dos bien droit, l'air majestueux, les parents de Muhammed paraissaient tout à fait déplacés dans notre petit salon où ils fixaient en souriant, un à un, les plats de *smørrebrød* danois.

Toujours est-il que maman avait commencé à discuter avec Muhammed et lui avait révélé son intérêt pour les pays arabes ; elle adorait le *désert*, possédait toutes sortes de livres de photographies sur le désert sous toutes les lumières. Dieu sait d'où lui venait cette fascination, en tout cas certainement pas d'Amager, à Copenhague, où elle avait grandi. Peut-être tout simplement de sa quête de chaleur. Difficile de faire plus chaud qu'un désert.

Il fut décidé qu'il viendrait déjeuner tous les dimanches à la maison en échange de cours d'arabe. Il en fut si heureux ! Et il nous apprit, à Elin et à moi, comment prononcer correctement son nom avec le son guttural [h].

Une fois que le repas était avalé et la vaisselle rangée, la table se couvrait de livres et de papiers, et maman s'entraînait à écrire de droite à gauche, en tirant la langue, avec un stylo à plume. Cela lui rappelait l'école de son enfance, souvenirs qui lui faisaient chaud au cœur, et elle trouvait en outre que les lettres arabes étaient plus belles tracées au stylo à plume.

Muhammed était un bon pédagogue, et il désarmait l'hystérie occasionnelle de maman par son calme et ses rires. Il enseigna à maman toutes les formules de politesse, selon le sexe, l'âge et la condition sociale de la personne à qui elle s'adresserait, et la mit en relation avec un Libanais qui vendait des vêtements et des bijoux sur un stand de la place du marché, de sorte qu'elle put marchander en arabe et apprendre ainsi les chiffres. Maman marchandait régulièrement avec ce Libanais et s'en donnait à cœur joie sans avoir besoin de rien acquérir, même si le prix finissait par devenir ridiculement bas et poussait à l'achat.

Lors d'un voyage organisé au Maroc, elle fut la seule du groupe à avoir la permission d'entrer dans la partie privée des tentes installées par les Bédouins, parce qu'elle avait discuté avec une petite fille qui l'introduisit ensuite auprès de sa grand-mère. Ce fut le plus beau moment de tout le voyage, la récompense des longs après-midi du dimanche qu'elle avait passés penchée sur les textes arabes. Après cela, le reste du groupe la traita avec grand respect. En tout cas, selon ses dires. Car maman avait souvent une définition de la réalité tout à fait personnelle, elle qui ne suivait jamais le troupeau et cherchait toujours des chemins parallèles et des alternatives plus intéressantes. Jamais elle ne prenait ce qu'on lui disait pour argent comptant, quel que soit le sujet et même si cela paraissait convaincant.

À la différence des autres adultes, elle n'a jamais eu l'esprit borné des années 1970. Lorsque eut lieu la première occupation de maison à Trondheim et que tous les journaux condamnèrent ces jeunes punks à l'allure laide et provocante, maman a fait des gaufres, a rempli des pots de yaourt, lavés au préalable, avec de la confiture maison, enveloppé un bon *geitost* et une vieille raclette à fromage dont elle ne se servait plus guère, et est descendue d'un pas résolu jusqu'à l'immeuble de la Kjøpmannsgate. Il y avait des barrages de police, allez savoir pourquoi, sans doute pour tranquilliser les bonnes bourgeoises de Singaker, mais maman sut parlementer et put finalement servir ses gaufres avec la confiture et le fromage à travers une fenêtre à moitié condamnée par des planches. Elin avait une amie à l'intérieur que maman appela et que quelqu'un alla chercher, une amie devenue punk en un rien de temps. Maman m'expliqua, d'un air pénétré, que sa mère était journaliste et avait donc une *intégrité instinctive qui jamais ne se laissait influencer par les attentes de l'instant.* Cela avait dû contaminer sa fille, estimait maman.

Les lubies de maman me rendaient folle, et je regrettais de ne pas avoir une mère banale, au format A4, en somme.

Dans le même temps, je savais que tout était possible, que sa générosité était infinie. Quand, à l'âge de seize ans, je travaillais à la boutique *Narvesen* à la gare de Trondheim, j'ai vu un jour une jeune fille qui somnolait sur un banc, au moment où je fermais la boutique pour le soir. C'était une Allemande qui voyageait par Interrail et qui s'était retrouvée séparée de son petit ami à Berkåk : ils étaient descendus du train pour se dégourdir les jambes et, pfuit, il n'était pas revenu lorsque le train était reparti un peu plus tôt que prévu. On a engagé la conversation quand je suis sortie fumer une cigarette avant de rentrer à vélo à la maison. Les vigiles, qui ne l'avaient pas quittée des yeux quand elle s'était relevée pour aller dehors, lui avaient demandé de prendre son sac à dos, car la gare allait fermer.

— Tu n'as qu'à dormir chez nous, viens avec moi, ai-je dit.

Elle s'appelait Ute.

Maman n'a pas même haussé un sourcil quand on a débarqué toutes les deux à la maison, au contraire, elle a tout de suite cuit des œufs au bacon pour la jeune fille, puis elle est allée prendre une couette, un oreiller et des draps dans une armoire pour lui préparer son lit sur un matelas en mousse dans la chambre d'Elin, tout en conversant avec Ute dans ce qui m'a paru être un allemand courant.

Le lendemain, il y avait un petit mot au comptoir de l'accueil à la gare : son petit ami avait continué vers le nord, il lui donnait rendez-vous à Bodø, si possible, le jour suivant.

— Tu vois, a dit maman quand je suis revenue du boulot, les auto-stoppeurs finissent toujours par se débrouiller. C'était pareil pour moi. Tout s'arrange quand on voyage, quand on est en mouvement.

— Mais non, maman, je ne vais pas partir. Je vais juste fumer une cigarette sur le balcon, puis je reviens m'asseoir à côté de toi.

Je n'allais pas m'en aller, bien sûr que non. Une fois, elle s'était réveillée alors que j'étais sur le balcon, à fumer au milieu du mobilier en plastique ; les proches avaient le droit de fumer là, et les patients eux-mêmes bien sûr (du moins ceux qui pouvaient aller jusque-là), mais pas les employés. Je l'avais retrouvée en larmes, les poings sur les yeux, et elle avait été stupéfaite de me voir de nouveau dans sa chambre. Elle m'avait alors avoué entre deux sanglots qu'elle éclatait toujours en larmes quand je m'en allais, mais un peu moins les jours où elle savait qu'Elin passerait aussi dans la soirée. Elle regrettait, avait-elle ajouté, que je l'ai prise *en flagrant délit*, ce n'était pas le but de *me* faire de la peine en plus.

C'est pourquoi je restais toujours là quand elle dormait ; j'allais d'abord fumer une cigarette dehors, je surfais un peu sur mon smartphone, je feuilletais les journaux que j'avais emportés, je l'observais, écoutant ce pauvre glouton dans sa poitrine. C'était vraiment affreux, tout ça, elle aurait mérité d'être chouchoutée, malade comme elle l'était… jusqu'à ce qu'elle se réveille, le menton tremblant, en clignant des yeux, et faisait un large sourire quand elle me voyait :

— Oh, tu es là, ma chérie !

— Comme tu vois. Tu veux que je descende t'acheter un peu de bonne nourriture ?

— Peut-être, je n'ai pas avalé grand-chose, aujourd'hui.

De la bonne nourriture consistait alors en des sandwiches préparés, triangulaires, de *Narvesen*, ceux avec des œufs et du bacon, sans doute bourrés de conservateurs ; nous avions en effet observé qu'elle réussissait à en prendre plusieurs bouchées et à les avaler sans les recracher sur le sol en linoléum.

Elle avait aussi une boîte de *Mozartkugeln* sur la table, après avoir eu un jour tout à coup envie de ces friandises-là. Quand Elin avait voulu en acheter, plus personne, soudain, ne les vendait, et elle avait été obligée d'aller en ville dans un magasin spécialisé pour en trouver. Dans la boîte se trouvaient plusieurs demi-boules à moitié mangées et réemballées dans leur papier doré. Elle n'arrivait jamais à en manger une entière, elle qui autrefois, rougissante d'embarras car elle luttait en permanence pour garder la ligne, confessait qu'elle avait dévoré la boîte de douze tout entière pour le café.

Dans la précédente maison de retraite médicalisée, celle de Stovnerskogen, une maison digne de ce nom où elle était allée avant d'être déplacée ici, à Furuset, on lui préparait ce qu'elle avait envie de manger.

Les violentes nausées provoquées par la chimiothérapie ne sont pas à prendre à la légère. Des envies soudaines de manger quelque chose de particulier, au beau milieu d'une telle nausée, représentent un immense bonheur et une victoire. Un jour que je venais la voir à Stovnerskogen, j'ai demandé à une des aides-soignantes ce qu'elle avait mangé.

— Aujourd'hui, elle a demandé des oignons sautés et des crevettes. Drôle de mélange, répondit-elle en souriant.

— Et c'est ce qu'elle a eu ?

— Naturellement.

Un autre jour, elle a demandé du boudin avec du sirop d'érable, elle sortait alors de sa troisième chimiothérapie. Le matin, un taxi l'avait emmenée à l'hôpital d'Akershus, où elle s'était fait injecter du poison, assise dans un fauteuil, avant d'être poussée dans une ambulance dans l'après-midi et renvoyée à Stovnerskogen. Elle avait vomi partout dans l'ambulance.

— J'ai même vomi sur la machine à oxygène, Anne, celle qui appartient à l'ambulance. Ils vont être obligés de la faire nettoyer à fond. C'est de l'argent public mal dépensé : en tout cas, cela leur coûtera certainement plus cher que si j'avais pu rester là-bas une nuit. Mais ils doivent payer des *amendes* si je passe la nuit là-bas. On doit partir.

— Je le sais, maman. Tu ne pouvais pas tomber malade à un pire moment.

— Parce que tu crois qu'il y aurait eu un meilleur moment, Anne ? Tu dis n'importe quoi.

— Non. Tu es devenue un cobaye, pour que les hôpitaux fassent des économies selon la nouvelle réforme, qui dit que tu ne peux pas dormir dans un hôpital si tu ne reçois pas un traitement actif. Ça ne suffit pas d'être malade après une chimio et de vomir partout. N'importe qui peut laver le vomi, maman, c'est pourquoi tu n'as pas le droit d'occuper un lit d'hôpital qui coûte une fortune, seulement un lit bon marché ailleurs. De préférence à la maison, je crois que c'est ce qu'ils espèrent.

— Dans ce cas, je ne peux que me réjouir d'avoir vomi dans l'ambulance.

— Oui, tu as bien fait, vraiment.

— De toute façon, j'ai toujours détesté le parti travailliste. Et LO. Tu te rends compte, Anne, le nombre de personnes qui ont du pouvoir, et pas qu'un peu, et qui n'ont jamais été élues par le peuple.

— On ne va pas reparler de ça, maman, calme-toi, détends-toi… Et ici, il ne s'agit pas de LO.

— Non, tu as raison. Pour ce que j'en ai à faire, de toute façon. Ils n'ont qu'à continuer leurs petites affaires. Ces imbéciles.

Elle n'a pas eu le repos auquel elle aspirait dans un lit d'hôpital, mais elle a eu droit à du boudin avec du sirop d'érable le soir. Ils sont descendus faire les courses pour elle au *Meny* du centre commercial de Stovner.

— Je n'en reviens pas qu'ils se soient donné la peine d'aller m'acheter du boudin, Anne. Heureusement que je n'y ai pas pensé quand j'ai parlé de ça, avec le bon sirop par-dessus. Je croyais qu'ils avaient du boudin, par hasard, au réfrigérateur. J'ai réussi à en manger trois bouchées, mais si j'avais su qu'ils avaient dû sortir exprès m'en acheter, j'aurais pleuré et j'aurais été tout à fait *désolée* de ne pas avoir fini le plat. Heureusement que je ne l'ai su que le lendemain. Bon, ça ne m'a pas empêché de pleurer un peu.

On avait été aux petits soins pour elle, mais à son désespoir, elle ne pouvait pas rendre la pareille. Rien ne les obligeait à faire cela pour elle, elle qui toujours avait témoigné de l'attention à tout le monde à sa manière, malgré son manque d'empathie, dû au fait qu'elle n'avait jamais su ce qu'était l'amour inconditionnel d'une mère. Elle comblait ce manque de son mieux en jouant la maîtresse de maison irréprochable, déployant là une énergie considérable. Sa manière de manifester son affection se traduisait précisément par la nourriture.

En la préparant, la servant, en partageant le repas avec tous les convives auxquels elle tenait, et qui sinon ne seraient pas là. Pour maman, la nourriture était une façon de s'offrir, d'offrir ce qu'elle savait faire, tout ce qu'elle parvenait à obtenir avec un effet maximal, tout ce qu'elle désirait faire passer aux autres sur le plan de l'émotion et du plaisir. Le repas était pour elle un moment de bonheur ; ah, déposer sur la table des plats copieux et pleins de couleurs, qui sentaient bon et faisaient envie… Elle se souvenait toujours de ce que chacun aimait particulièrement ou de ce qu'il avait apprécié lors du dernier repas. Je la revois pétrir une pâte à pain ou préparer de délicieuses boulettes de viande hachée qu'elle garderait au congélateur, toujours avec le *sourire aux lèvres*. Elle suait, soufflait tandis que la graisse se déposait sur les murs, mais elle était heureuse et dans son élément. Elle n'avait jamais l'air fatiguée ou fâchée quand elle préparait à manger.

— Mais c'est leur boulot, maman, de veiller à ce que les patients soient contents. Et si la seule chose qui te faisait envie, c'était du boudin…

— Non, Anne, tu te trompes. Leur boulot est de servir ce qu'ils ont au réfrigérateur, ce qu'ils ont prévu de servir à leurs patients ce jour-là. Alors ce qu'ils ont fait était tout à fait *extravagant*, c'était comme du caviar russe un jour de semaine, tu comprends ce que je veux dire ? Et je devrais avoir en quelque sorte le sentiment de l'avoir mérité ? C'est là qu'est le problème, Anne. Je ne le méritais pas. Je n'ai jamais rien fait de bien pour ces gens-là, et je n'en aurai jamais plus l'occasion, d'ailleurs. Même si j'aurais bien aimé faire la vaisselle pour eux. Oui, la vaisselle, comme je la faisais quand j'étais plus jeune, et surtout pendant les années dans la Kongens gate. Ah, si tu savais comme ça me manque de ne pas pouvoir… de ne pas pouvoir ouvrir un réfrigérateur. Mon propre réfrigérateur. L'ouvrir, jeter un coup d'œil à l'intérieur, être un peu surprise de ce qui se trouve sur les étagères, même si ce n'est pas beaucoup, car tout de suite je vois ce que je peux faire de ces quelques ingrédients pour les sublimer et vous surprendre. Vois-tu, c'est ça qui me manque. Se tenir devant le réfrigérateur ouvert et composer un repas.

Comment avait-elle tenu le coup ? Comment y était-elle parvenue ? Quand dormait-elle ?

Je pense par exemple au travail colossal qu'a représenté pour elle mon premier mariage, un travail qu'avec des œillères de bonne conscience, comme si cela allait de soi, je lui ai annoncé de but en blanc.

Nous avions décidé de nous *unir*, c'était le terme qui nous est venu à l'esprit, à Finn et moi, en discutant au beau milieu de la nuit, allongés sur le matelas en mousse sous les couettes synthétiques bon marché, avec des couches de couvertures en laine par-dessus.

C'était juste avant Noël et il faisait un froid de canard ; il avait fait un froid de canard de novembre à mars, cet hiver-là, quand j'avais quitté la maison en octobre, à l'âge de vingt et un ans. L'appartement se trouvait dans le vieux quartier sauvegardé de maisons en bois ; il n'avait pas dû être rénové depuis les années 1920, lorsqu'on y avait installé l'eau courante et le tout-à-l'égout. Il avait des fenêtres simples et des toilettes extérieures ; celles-ci étaient si horribles et si sales que l'on ne pouvait pas s'en servir, l'alcoolique du rez-de-chaussée vomissait là-bas régulièrement quand il était bourré.

Le vomi gelé ressemble en fait un peu au caoutchouc.

Nous avions donc installé des toilettes sèches dans une remise à bois sous l'auvent de la maison. Cette pièce minuscule n'avait aucune isolation, alors tout ce qui était à l'intérieur gelait. L'avantage était que ça ne sentait presque pas. L'inconvénient était qu'il fallait dégeler le seau d'excréments une fois par semaine en jetant de l'eau bouillante par-dessus, pour que le contenu se détache.

Une colonne gelée marron foncé finissait par en sortir en glissant et il fallait la fourrer dans un sac-poubelle que je déposais ensuite sur la marche devant les toilettes extérieures, le soir où l'éboueur allait venir.

Il était furieux à tous les coups et sonnait chez nous en plein milieu de la nuit. Je me penchais par la petite fenêtre du vestibule qui surplombait la porte d'entrée et me querellais avec l'éboueur qui, chaque fois, m'expliquait qu'il était impossible de presser le contenu du sac dans les toilettes municipales, le diamètre était trop grand, et il ne pouvait faire sa tournée avec du *matériau à part*, je faisais exprès de ne pas comprendre ou quoi ? Il ne venait pas *vider* les seaux, non, il venait avec un nouveau seau désinfecté et mettait un couvercle sur l'ancien, rempli, qu'il emportait ensuite. À l'arrière de son camion, il ne devait y avoir que des seaux avec des couvercles dessus, c'était comme ça que ça fonctionnait, et pas autrement.

— Mais c'est congelé ! objectais-je. Je ne peux pas vider les toilettes sèches dans le seau ! Alors je suis censée faire quoi ? *Faire bouillir* la merde ?

À la fin, je n'allais même plus à la fenêtre quand il sonnait, et il emportait le sac-poubelle avec son contenu. Il devait se sentir responsable au nom de la commune, malgré tout.

À l'intérieur de l'appartement, Finn et moi avions fixé ensemble les rideaux verts du salon et appliqué du papier journal sur la vitre, nous vivions en permanence dans une pénombre vert clair. Il n'y avait pas une seule fenêtre dans la cuisine. Les rideaux de la chambre à coucher n'étaient pas fixés, eux, car le rebord de la fenêtre nous servait de réfrigérateur.

Il ne nous serait pas venu à l'esprit de contracter un emprunt pour acheter des meubles ou des appareils ménagers, c'était tout simplement impensable : si on était jeunes, on était pauvres. Nous dormions sur nos matelas en mousse à même la moquette. Notre chambre à coucher était tout sauf une pièce d'exposition et les autres n'avaient rien à y faire, alors à quoi bon avoir un lit ? Tout était transitoire, c'est tout juste si nous savions à quoi ressemblait un beau lit moderne. Seuls les gens établis et bien adultes achetaient des meubles neufs. Et *Fretex*, ou le magasin de l'Armée du Salut, comme nous disions alors, n'avait pas grand-chose à proposer, les gens n'étaient pas encore entrés dans ce jeu où l'on consomme et l'on jette.

Cela se passait en 1978 ; nous étions des étudiants tout à fait ordinaires, et chaque étudiant qui ne pouvait pas habiter chez ses parents se fabriquait des étagères avec des planches et des briques ou bien avec des cageots en bois qu'on passait au brou de noix ou qu'on peignait. On achetait aux puces et on bricolait de notre mieux.

Si le fauteuil était vieux et moche, on posait une couverture ou un rideau dessus, et les placards étaient remplis de tasses et d'assiettes ébréchées, achetées pour trois fois rien ou apportées de la maison ; tout était dépareillé et vieillot. Ce côté misérable était la chose la plus naturelle du monde. Cela nous aidait à étudier avec acharnement, ce cadre nous motivait, nous rêvions d'avoir un jour du travail et les moyens d'acheter quelque chose de beau, qui ferait adulte. Mais cela avait aussi son charme : nous mettions des bougies partout, de préférence dans des bouteilles de vin vertes sur lesquelles la cire coulait en faisant des traînées de différentes couleurs. De mon côté, j'avais apporté une chaîne hi-fi, une Pye portable dont les haut-parleurs, posés de chaque côté de l'électrophone, formaient un couvercle si l'on voulait l'emporter au chalet.

J'étais très fière de cette chaîne hi-fi, j'avais travaillé l'été pendant six semaines pour me l'offrir. Pour ce qui est des autres articles de luxe, nous avions récupéré une vieille cuisinière Delta qui avait appartenu à la mère de Finn, deux des plaques fonctionnaient encore, plus le four, même s'il mettait un temps fou à chauffer. Avec notre budget nourriture on ne peut plus réduit, je variais à l'infini les pommes de terre, les farces, les soupes à base d'oignon, de chou et de fumet de poisson fait à partir des têtes que le poissonnier me fournissait presque gratuitement, tout comme les bouts de viande du boucher de la St. Olavs gate. J'essayais de me rappeler comment maman réussissait à faire de bons plats en deux coups de cuillère à pot. Je n'avais pas voulu lui poser directement la question, j'étais trop jeune pour demander des conseils, je voulais être autodidacte, voyante même, en tout cas pas question de traîner dans ses jupes maintenant que j'étais responsable de ma cuisine, fût-elle imparfaite. Mais je faisais du pain et des gâteaux, en grandes quantités. La farine et la margarine ne coûtaient pas cher.

Avec le salon plein de bougies allumées, Uriah Heep sur l'électrophone et l'odeur de petits pains frais, quelle importance si les étagères étaient des cageots à pommes et si la couverture à carreaux dissimulait un vieux fauteuil hideux ? Peu importait aussi que nous n'ayons pas de plan de travail avec cuve intégrée mais uniquement un évier utilitaire, de sorte qu'il fallait faire la vaisselle dans une bassine en plastique jaune poussin, ni non plus de salle de bains. En tout cas, moi, cela m'importait peu, j'avais l'habitude de vivre dans ces conditions, mais pour Finn, c'était pire.

Allongés sur nos matelas en mousse posés sur la moquette tachée et usée, mais sur laquelle je passais toujours l'aspirateur à fond, nous avions donc décidé de nous unir. Cela aurait lieu le soir de la Saint-Jean qui tombait un samedi, en cette année 1979 ; nous étions devenus amants le soir de la Saint-Jean, trois ans plus tôt. Nous irions voir maman et Elin le lendemain pour le leur annoncer.

Je trépignais d'impatience.

L'annoncer à ses parents *à lui* était moins urgent : son petit frère était décédé brusquement, quelques mois auparavant, et, en toute logique, ma future belle-mère en était encore très affectée. Nous pensions qu'ils trouveraient que c'était trop tôt, ce qui allait se révéler exact. La mère de Finn me tourna le dos en sanglotant lorsque maman remonta avec moi la nef de l'église Vår Frue, au son de *Purpose* de Nordraak ; maman portait pour l'occasion sa dernière réalisation : un caftan en brocart d'or et en soie rouge, des tissus qu'elle avait achetés au *Maroc des Bédouins* et où elle avait marchandé en arabe pour les obtenir à un prix dérisoire.

Quand j'avais eu vingt ans, maman m'avait priée de quitter la maison : elle trouvait qu'il était temps que je tienne sur mes propres jambes, et Elin avait besoin de ma chambre. Mais la vraie raison était d'ordre financier. Cela ferait une bouche de moins à nourrir et un corps de moins à habiller. Pourtant, je croyais, j'étais absolument convaincue que la nouvelle de mon mariage ferait ressurgir des trésors enfouis. Mais d'où les sortirait-elle ? C'était grotesque, quand j'y pense aujourd'hui. Quel égoïsme de ma part !

Car maman n'était pas la seule à avoir de nombreux souvenirs qui remontaient à la surface. À l'approche de sa mort, j'étais assaillie par tout ce qui me liait à elle, tandis que je la regardais dormir la tête entre les genoux. Les adeptes de yoga avancé rêveraient de réaliser une telle posture de gymnastique, mais elle était tout à fait naturelle pour maman, maintenant que son dos s'était voûté à force d'utiliser un déambulateur à la poignée beaucoup trop basse pour elle. Je pourrai, au jour de ma mort, fermer les yeux et la revoir exactement dans cette position, celle dans laquelle elle dormit les trois derniers mois de sa vie, même la nuit, la tête posée contre l'oreiller, sur ses genoux.

Ceux-ci saillaient sous son pantalon de jogging, juste à l'endroit où reposaient ses coudes ; ses boucles au milieu de la nuque, cette nuque étroite à la peau brillante ; et son visage légèrement duveteux à moitié caché, tourné vers le sol, les lèvres pendantes, visibles, de fines traînées de bave qui se formaient lentement. Elle dormait sans faire de bruit, comme elle l'avait toujours fait, même lorsqu'elle était en bonne santé et était couchée sur le dos.

Une petite vieille femme voûtée qui n'avait jamais été ma mère. Ce mur auquel je n'avais jamais fait attention avant de devoir m'appuyer contre lui et qui, désormais avait disparu pour toujours. J'ai regardé le sandwich en triangle aux œufs et au bacon, j'ai regardé les petites demi-lunes qu'elle y avait dessinées avec ses dents, les *Mozartkugeln* à moitié mangées et joliment empaquetées dans leur boîte, le verre d'eau à côté avec la trace de salive le long du bord, j'ai senti la honte me gagner, une douleur tout d'abord dans les mâchoires qui remontait ensuite jusqu'aux tempes et faisait jaillir les larmes. Il ne fallait surtout pas qu'elle se réveille maintenant, surtout ne pas sangloter, vite sécher les larmes avec une des serviettes posées sur la table. Elle avait assez à faire avec ses propres larmes.

J'ai ressenti la honte quand m'est revenu le souvenir de ces jours d'avant Noël et des six mois presque uniquement consacrés aux préparatifs du mariage. Dans notre excitation à nous marier, ni Finn ni moi n'avions pensé une seconde à maman, enfin, pas vraiment. Parce qu'elle était une machine, une machine éternelle, celle qui arrangeait tout, toujours, et non un *être humain* au sens proprement dit.

Elle n'était jamais malade.

Elle était éveillée et affairée quand j'allais me coucher. Elle était debout, éveillée et déjà en pleine action quand je me levais. À la maison, il suffisait d'appeler, elle était toujours prête.

— Maman !

— Oui, qu'y a-t-il ? Un problème ?

Peu importait que j'aie besoin de quelque chose, que je me pose une question ou que je veuille faire quelque chose, elle était là, pleine d'énergie, pleine de solutions, pleine de réponses. Pas servile, oh que non, rien que des idées à la pelle et une capacité de travail à revendre. Ce qui expliquait qu'elle ne pouvait s'empêcher de *raccommoder* mes Levi's 501 ou de couper, en bas de mes pantalons, les franges que j'avais eu tant de mal à réaliser avec la pointe du compas, fil après fil, pendant mes mortels cours d'histoire. Mes pantalons étaient censés avoir le look hippie négligé.

À toute heure du jour ou de la nuit, maman avait toujours mille choses à faire. En rentrant de l'école, je pouvais découvrir, effondrée, mon Levi's 501 abîmé, ou bien une longue écharpe magnifique qu'elle venait de tricoter – quand ? je ne sais pas – et avait déposée, joliment arrangée, sur mon bureau, comme la surprise du jour. Mais le mariage fut l'apothéose de sa capacité phénoménale de travail, de son besoin de sommeil minimal et de sa logistique quotidienne sans faille.

À vrai dire, assise là dans la maison médicalisée de Furuset, dernier arrêt, à côté d'une table avec des *Mozartkugeln* à moitié mangées et des sandwiches achetés chez *Narvesen*, j'aurais dû éprouver une profonde *reconnaissance* pour tout ce qu'elle avait alors fait pour moi, pour nous, mais je ne ressentais qu'une immense honte, même si je savais que ça lui avait fait plaisir et qu'elle s'était autant réjouie que nous à l'idée de ce mariage.

Cette honte me crucifiait, non pas parce que ce mariage n'avait duré que trois misérables années. Ce fut une douleur qui vint plus tard, rangée dans un autre tiroir, ce tiroir qui abrite la honte de n'en faire qu'à sa tête aux dépens du chagrin infini d'autrui, à l'image de tous les divorces.

Le soir où nous lui fîmes part de nos projets de mariage, elle laissa éclater sa joie et voulut tout de suite nous servir des gaufres ; elle venait d'être relevée par l'équipe de nuit à l'usine, était arrivée très précisément, comme d'habitude, à onze heures six, et nous avait trouvés devant la porte à l'attendre.

Je savais exactement le temps qu'il lui fallait pour marcher d'un pas rapide de l'usine jusqu'à la maison, cela ne faisait pas *si* longtemps que j'étais partie, et onze heures six était l'heure à laquelle tout le désordre des activités de la soirée devait disparaître, c'était la dernière chance : elle exigeait de rentrer dans une cuisine et un salon rangés, sans tasses sales ni cendriers pleins, même si Elin et moi (surtout moi) avions rempli la maison d'amis toute la soirée.

Mais à onze heures six, chaque soir, le plan de travail et la table du salon étaient impeccables, le chiffon de cuisine était suspendu au robinet quand maman tournait la clé dans la serrure, pleine d'envie de mettre à profit les dernières heures de la journée. Un jeudi sur deux, elle rentrait même à onze heures *cinq*, car chacun alors recevait sa paie, en espèces, dans un petit sachet plastique. Maman le fourrait dans son soutien-gorge avant de sortir, comme si elle avait le diable aux trousses : l'usine était située dans un quartier lugubre et un malheureux qui, un soir, lui avait demandé l'heure, avait reçu la pointe du parapluie de maman dans le ventre. Elle ne voulait prendre aucun risque, les factures attendaient.

Elle ne paraissait jamais épuisée quand elle revenait de huit heures de travail dans un bruit assourdissant, mais heureuse et soulagée que l'équipe de nuit ait pris le relais.

— Vous *marier* ? C'est *vrai* ? Quand ça ?

Elin s'était couchée, mais elle se réveilla en nous entendant entrer dans l'appartement en poussant des exclamations et des rires, car nous n'avions pas pu garder notre langue plus longtemps et l'avions annoncé avant même de franchir le seuil. Dans le réfrigérateur vert haut comme un homme, maman avait toujours une pâte à gaufres prête dans un broc en Tupperware avec un couvercle. Il suffisait d'ajouter un tout petit peu d'eau, de secouer le broc, puis de verser la pâte dans un gaufrier chaud. Notre labrador Jossi, le grand amour de la famille, avait toujours droit à la première gaufre après que maman eut un peu dansé dans la pièce en la tenant du bout des doigts et en n'arrêtant pas de souffler dessus.

Maman avait des doigts de cuisinière, qui pouvaient supporter une chaleur inhumaine ; elle avait travaillé pendant deux ans comme cuisinière à Tresco Abbey, sur les îles Scilly, au large de la côte de Cornouailles, avant de déménager à Oslo et de commencer à travailler au *Rikstelegraf* puis de rencontrer papa.

— Jossi ! Jossi ! Qu'est-ce qui te ferait plaisir, hein ? Une gaufre, peut-être ? Une toute petite gaufre que je viens de faire ?

Maman alluma une cigarette tout en jonglant avec la gaufre encore brûlante, souffla la fumée du coin des lèvres et laissa tomber le briquet sur le canapé. Jossi vint tout de suite le renifler avant d'avoir le regard à nouveau happé par la gaufre.

— Mon Dieu, Jossi, ils vont se marier ! Peut-être que tu seras chien d'honneur ? Elin ! Tu entends ? Ça va être la fête ! *Mon Dieu*, comme on va s'amuser !

Tout le petit salon de la Kongens gate 37 tanguait et tremblait tandis que maman faisait l'aller et retour entre la cuisine et le salon ; il faut dire que ma mère aussi habitait un des vieux appartements du quartier sauvegardé de maisons en bois, à un jet de pierre de Finn et moi qui vivions dans la Dronningens gate, et le plancher était ici simplement posé sur de vieilles poutres.

Quelques années auparavant, maman avait essayé de retaper le plancher. Elle avait rapporté à la maison un chargement de plaques d'aggloméré – maman vénérait l'aggloméré et avait obtenu un bon prix de la part d'un collègue d'usine qui vendait du matériel de construction à ses heures perdues.

Elle avait donc arraché les carrés de moquette en feutre synthétique acajou du salon, les avait joliment empilés, puis elle avait porté, scié et posé un sol en plaques d'aggloméré sur le vieux parquet pourri avant de recoller les carreaux en feutre synthétique déjà bien usés par-dessus les plaques en aggloméré.

— Tu entends, Elin ? Ohé ? Réveille-toi ! Ils vont *se marier* ! Anne et Finn ! Mon Dieu ! Mais *dis* quelque chose, Elin !

— Ouiiii…

Elin s'était assise dans un coin du canapé, dans sa chemise de nuit qui lui arrivait aux chevilles, les jambes repliées sous l'étoffe de coton blanc. Elle était là, éclatante de santé et dépourvue de tout sentiment de révolte adolescente ; à seize ans, elle était déjà presque ceinture noire en Taekwondo. À travers ses cils blancs, elle regardait la danse de Jossi ; le sol tanguait et émettait à présent de nets craquements assez inquiétants aux jointures des plaques en aggloméré. En effet, maman ne les avait pas fixées entre elles mais simplement posées sur l'ancien support, sans sous-couche résiliente, renfort, languette ni rainure d'aucune sorte.

— Mais réveille-toi, Elin ! dit maman. Et va me chercher un cendrier !

— Je suis si fatiguée, maman.

— Mon Dieu, Anne et Finn vont se marier, alors tu vas me chercher ce cendrier, oui ou non ? Tiens, Jossi, c'est pour toi…

Maman s'accroupit avec la gaufre tiédie dans les mains ; je connaissais bien cette sensation d'en avoir fini avec le travail, tard le soir, j'avais moi-même souvent travaillé très tard au kiosque *Narvesen* de la gare ; il y avait quelque chose de spécial à rentrer tard le soir, à être enfin libre ; une éternité vous sépare du lendemain, puisqu'on ne reprendra le travail que dans le courant de l'après-midi.

— Assis !

Jossi s'assit, sa queue de labrador posée derrière lui comme un gros boa constricteur.

Maman déchira soigneusement la gaufre en bandes. Jossi bavait, mais maman se moquait qu'il salisse le sol, cela lui était égal du moment que c'était quelqu'un qu'elle aimait. Elle n'aurait qu'à laver après : elle aimait que tout soit toujours d'une propreté irréprochable autour d'elle. Quand elle s'était retrouvée à l'hôpital, après notre escapade à Vienne, et que nous ne connaissions pas encore la tournure que prendraient les événements, j'habitais dans son appartement de Stovner à chaque fois que je descendais la voir, et je mettais un point d'honneur à le laisser propre comme un sou neuf. J'ignorais si elle pourrait le revoir un jour, mais je passai l'aspirateur, j'enlevai la poussière et je ne déplaçai rien : il est resté tel quel, comme maman voulait qu'il soit. Chaque fois que je le quittais pour aller en taxi jusqu'à l'arrêt de bus de Sveiva afin d'attendre là-bas la navette pour l'aéroport, il était exactement dans l'état où elle l'avait quitté la dernière fois. Elle n'aurait rien pu trouver à redire.

Même les toilettes extérieures dans la Kongens gate avaient droit chaque jour à un nettoyage en règle et ne sentaient rien, alors que nous avions le même type de seau placé sous le banc pour s'asseoir, changé chaque semaine, tard le soir, par le même type, parfois furax. Au fond, pour ce qui est des toilettes extérieures, je ne faisais que passer de l'une à l'autre. Mais celles de maman étaient une Rolls comparées à celles que nous étions censés utiliser, Finn et moi, et où il y avait toujours du vomi.

Maman lavait *tous les jours* le sol et le banc des toilettes extérieures ainsi que la lunette en polystyrène qui empêchait qu'on reste les fesses collées en plein hiver. Quand il gelait à pierre fendre, le sol était une vraie patinoire, il fallait se cramponner aux murs, mais maman n'en démordait pas : il fallait laver.

Elle allait jusqu'à laver *sous* le rabattant des W.-C., et je crois même qu'elle mettait de temps en temps la lunette et le rabattant à tremper dans une bassine d'eau chaude. Sous un couvercle de toilettes, il peut se former pas mal de saloperies quand le thermomètre descend ou quand des œufs de mouches s'y agglutinent par grappes, en été, j'en avais été moi-même témoin dans des toilettes moins fréquentées qu'ici, dans celles des chalets par exemple. Dans les toilettes extérieures de la Kongens gate, il y avait de jolis rideaux de dentelle et pas un cadavre de mouche sur les rebords des fenêtres, mais pas non plus de photos du roi aux murs.

— Auquel cas ce devrait être la reine Margrete, puisque c'est moi qui lave, disait maman si quelqu'un lui posait la question. Et personne ne veut avoir une reine danoise dans des toilettes extérieures norvégiennes. À l'usine, on l'appelait *l'ouvrière immigrée.*

— Vous n'avez pas de salle de bains ? demanda Finn.

Je venais de faire sa connaissance et, au détour d'une phrase, j'avais dû lui dire qu'être assise dans des toilettes extérieures me permettait d'avoir des pensées profondes : je voulais l'impressionner un peu, il avait six ans de plus que moi et étudiait la philosophie. À cette époque, je vivais encore à la maison avec maman et Elin, je n'avais que dix-huit ans.

— Une salle de bains ? Non.

— Comment vous faites, alors ? Quand vous devez vous laver ?

— Eh bien, on se lave à la cuisine.

— Vous avez une *douche* dans la cuisine ?

— Non, nous avons des bassines qu'on va chercher dans le cellier. Une grande dans laquelle on se tient pour se verser de l'eau, avec un broc, sur le corps après s'être savonnées, et d'autres plus petites pour une toilette de chat, et encore deux autres pour se laver les cheveux. Deux bassines d'eau chaude suffisent exactement pour qu'une personne se lave les cheveux : on verse de l'eau avec le broc sur l'arrière de la tête, et l'eau retombe dans une autre bassine posée sur un tabouret devant le plan de travail.

— C'est ce qu'on fait au chalet.

— Justement. Eh bien, nous, on est au chalet toute l'année.

Il venait d'une maison Block Watne à Skatval et considérait une salle de bains et des toilettes en porcelaine comme allant de soi. Évidemment. Il n'y avait pas tant de seaux que ça à l'arrière du camion de l'éboueur, signe que les toilettes extérieures, pour la plupart, avaient été supprimées, à Trondheim aussi.

— Tu as été contente quand Finn et moi t'avons annoncé que nous allions nous marier ?

— Contente ? Et comment ! Je rentrais du travail, je crois, il faisait un froid de canard, ce n'était pas juste avant Noël ?

— Si.

— Oh, j'ai été si contente, Anne, quand vous avez débarqué dans ce froid pour me dire que vous alliez vous *marier* ! Finn m'a fait porter plusieurs bouquets de fleurs depuis que je suis malade, tu sais. Je l'aime beaucoup. Faut croire qu'il y a quelque chose de spécial avec son premier gendre.

Elle a eu un rire étouffé et m'a regardée avec de grands yeux bien réveillés. Les miens étaient tout secs et de nouveau comme d'habitude.

— Tout le monde ne peut pas dire ça, maman ! Son « premier gendre »...

— Il y en a eu un certain nombre.

— Trois n'est pas « un certain nombre », maman. Trois, c'est trois.

— Et *tous* n'ont pas été si bien.

— Tous les *trois*, maman. Mais tu as été contente.

— Oui, absolument. Mon Dieu, comme j'ai été contente. Et fière.

— Fière ?

— Tu venais à peine d'avoir vingt et un ans et soudain tu étais devenue une adulte, tu avais tout bien arrangé dans cet affreux appartement condamné, tu en avais fait un foyer, et sans l'aide de personne. Oui, j'étais fière.

— Encore que ce n'était pas vraiment un appartement condamné.

— Oui, mais ce n'en était pas loin.

— Dans la Kongens gate non plus, nous n'avions pas de toilettes à l'intérieur. Ni de salle de bains.

— Non, je sais, mais Finn et toi n'aviez même pas de chauffe-eau !

— Ah bon ?

J'ai été sincèrement étonnée, car je ne m'en souvenais plus du tout, mais à peine l'a-t-elle dit que j'ai revu la grosse bouilloire grise mise à chauffer au plus bas, en permanence, sur la plaque du fond de la cuisinière.

— Tu devais faire bouillir de l'eau pour tout ! Pour la vaisselle, la lessive et la toilette. Je me souviens d'être venue vous voir une fois dans la matinée et il y avait une grande bassine, au milieu de la cuisine, remplie de linge de lit à laver. Tu faisais bouillir l'eau en même temps dans la bouilloire et dans une grande casserole, en ayant peur que la cuisinière ne le supporte pas, et j'avais si pitié de toi que je t'ai priée de mettre tes draps dans des sacs plastique pour que je les porte au pressing et t'offre le nettoyage. Et ça t'a fait tellement plaisir. On ne trouvait pas de laveries automatiques, dans ce pays qui n'en est pas un – ça n'a guère changé, d'ailleurs –, alors qu'au Danemark, on en trouve partout. Mais tu ne te plaignais jamais, non, vraiment pas, même si vous viviez dans des conditions assez misérables sur le plan pratique. Votre intérieur n'était pas dénué de charme, je le reconnais, mais pour le reste… Alors oui, je n'étais pas peu fière de toi.

— Tu ne me l'as jamais dit.

— Dit quoi ?

— Que tu étais fière de moi. Tu hochais seulement la tête, je me souviens, et tu me demandais si j'avais acheté des fusibles de réserve numéro dix et seize, car le panneau électrique était certainement très vieux et il fallait que je sache la différence entre ces fusibles, si je me retrouvais soudain plongée dans le noir complet.

— Ampères, Anne. Dix ou seize *ampères*, on dit. Pas numéro.

— En tout cas, c'est la seule chose que tu aies commentée. Cette histoire de fusibles.

— Mais j'ai eu raison de le faire… non ?

— Tu as ajouté que je devais aussi avoir une lampe de poche sous la main, au cas où.

— Ça aussi, c'est un bon conseil.

— Tu n'as rien dit sur le fait que tu étais fière. Même si j'ai certainement été super contente de ne pas avoir à laver les draps cette fois-là.

— C'est bien ce que je disais. Sinon, je t'avais aussi fait remarquer une foule d'*autres* choses qui n'allaient pas si bien que ça. Mais j'étais incroyablement fière de toi, sache-le.

— Bon, maintenant, je le sais. Voyons voir… trente-cinq ans plus tard.

— Ne sois pas sarcastique. C'est comme ça, quand on est mère. Cela aurait très bien pu te monter à la tête.

— À la tête ? Mon Dieu, moi qui étais morte de peur de ne pas tout faire comme il fallait. J'aurais bien eu besoin d'une tape sur l'épaule. Cela m'aurait fait du bien de savoir que…

— Puis vous êtes venus m'annoncer que vous alliez vous marier, et alors j'ai été encore plus fière.

— Oui. Bon. Mais ça n'a pas été une mince affaire, ce mariage.

— Ça oui, mon Dieu !… Anne, j'entends passer le chariot avec le café. Dis-leur que je voudrais du café et un morceau de gâteau, et comme ça, je te le donnerai.

— Qu'est-ce qui te ferait plaisir ?

— Rien.

— Un peu de thé ? Avec une *Mozartkugeln* ?

— Non, rien, ma chérie. L'eau de leur thé est tiède et a un goût de papier moisi.

— De papier moisi ?

— Je ne sais pas comment expliquer ce goût. Ça doit être à cause de la chimio. Mais profites-en, toi, ma chérie, ça me fait plaisir de te voir en profiter, puisque je n'ai rien d'autre à t'offrir ; comme ça, je peux me détendre un peu.

J'ai indiqué du doigt le thermos de café et le plat de gâteaux. L'aide-soignante a souri en me versant une tasse de café et en posant un gâteau sur une petite assiette en papier.

— *Thank you*, ai-je dit.

— Je me rappelle maintenant quelque chose que j'ai oublié de te dire. Enfin, à toi et à Elin, mais tu n'auras qu'à le lui dire.

— Et c'est quoi ?

J'ai compris à son intonation et à l'expression de son visage que ce n'était pas un souvenir qui lui était revenu tout à coup, mais quelque chose de mûrement réfléchi et qu'elle avait préféré nous cacher.

— Tu as peut-être remarqué que je ne t'ai pas demandé d'écourter mes jours, comme je te l'avais fait promettre un jour. Je ne me souviens plus quand c'était.

— Lors de tes soixante ans. Et je ne t'ai rien promis.

— Tu as une bonne mémoire. Elin et toi, vous tenez ça de moi. Mais je suis arrivée à la conclusion que je ne voulais pas exiger de toi… la réalisation de cette promesse.

— Je ne t'ai rien promis.

— Bois ton café, maintenant, et laisse-moi parler. Je suis arrivée à la conclusion que ce serait fort… *peu commode* pour vous, dans cette petite pièce, avec la porte toujours ouverte où chacun peut jeter un coup d'œil, ils soupçonneraient quelque chose si nous fermions soudain la porte, surtout que l'une d'elles a compris que je déteste avoir la porte fermée. Comme Elin est de la police, ce n'est pas non plus très futé. Alors on va tirer un trait sur ce plan, Anne.

— Parfait.

— D'ailleurs, je reçois assez de poison comme ça. De manière légale, peut-on dire. Mes cellules se jettent avidement dessus, alors j'ai toutes les raisons d'être satisfaite. Ce qui m'amène au point suivant : j'aimerais bien que mes cendres soient dispersées sur les îles Scilly, mais je me rends compte que ça risque d'être compliqué pour vous : il faut réserver le transport par hélicoptère jusqu'à St. Mary's très longtemps à l'avance – à moins qu'on puisse y accéder par bateau désormais, oui, bien sûr, j'ai pris le bateau pour St. Mary's quand j'ai réalisé le reportage de voyage pour P1 il y a quelques années de ça – c'est pourquoi je voudrais que mes cendres soient plutôt dispersées sur la plage d'Amager. Vous n'êtes pas obligées de vous précipiter à bord du premier bateau venu, mais ce peut être à l'occasion d'un voyage à Copenhague, quand vous rendrez visite à Lotte et aux autres.

— Bon, si tu veux.

— Je crois qu'on doit demander la permission de répandre des cendres et qu'on ne peut pas les répandre n'importe où, mais je te laisse te renseigner auprès de

Søren, il trouve toujours une solution à tout. Et autre chose. Je suis partie si vite de Stovnerskogen, c'est tout juste si j'ai eu le temps de me retourner. Et j'ai oublié que j'avais promis trois livres, c'était pour les aides-soignantes, tu pourrais t'en occuper, tu crois ? Je sais que tu n'as pas de livres ici, mais comme ta maison d'édition est à Oslo, j'ai pensé que tu pourrais peut-être…

— Respire, maman.

Elle a fermé les yeux et a inspiré et expiré lentement, plusieurs fois.

— Bien sûr que je vais m'en occuper. Trois de *La Tour d'arsenic* ?

Les yeux fermés, elle acquiesça.

— Pour Erna et Nina, et Fernanda, l'Espagnole amusante qui parle couramment norvégien. Et à Nina, il faut que tu montres… Oui, tu sais qui je veux dire, Anne ? Nina ?

— Oui, tout à fait. Celle avec une coiffure toujours originale et des lunettes rouges au bout d'une chaîne sur sa poitrine.

— C'est ça. Tu te rends compte, se raser une tempe et laisser les cheveux longs de l'autre côté ? Drôle de mode. Mais Nina refusait de croire que j'ai reçu quatre-vingts roses jaunes pour mes quatre-vingts ans, dans un seul bouquet. Elle m'a dit que c'était physiquement impossible, mais tu as la photo sur ton téléphone et je lui ai promis de lui montrer… mais ça m'est complètement sorti de l'esprit, et je suis partie un peu en catastrophe. De là-bas, je veux dire.

— Je vais m'en occuper, maman.

— Merci.

— À propos, est-ce qu'il y avait du courrier pour moi ?

— Uniquement ton magazine d'astrologie, je te l'ai apporté hier, c'est sur ta table de nuit.

— Oui, c'est vrai, j'avais oublié.

— Tu veux que je t'ouvre l'enveloppe ?

— Ce n'est pas si important. Il doit aussi y avoir une invitation à la prochaine réunion de l'Association d'astrologie, ces réunions sont si amusantes, alors ça va me rendre triste. Et les factures ?

— Elin s'en est occupée, tu n'as pas besoin d'y penser, maman.

— Je sais. Elin s'occupe de ce genre de choses. Pauvre Elin, je suis extrêmement fière d'elle. Elle est si douée. Quand je pense à ce foutu terroriste et à tout ce qu'il a détruit ! C'est vraiment trop bête de tomber malade juste quand Elin doit bosser nuit et jour à cause de ce crétin pâlot et grassouillet. Tu sais que le roi et la reine sont venus discuter avec eux quand ils étaient en pleine action dans le quartier des ministères ? Tout le monde a vraiment apprécié leur geste. On a pris une photo, Elin l'a imprimée pour moi, je l'ai à la maison, tu la trouveras certainement, Anne, si tu regardes dans la pochette plastique blanche à côté de mon imprimante. Je ne l'ai pas fait encadrer, car Elin n'a pas tellement envie de voir ça sur un mur quand elle est en congé, m'a-t-elle dit. Peut-être qu'elle l'a accrochée elle-même dans son bureau. Ce serait plus approprié, quand j'y réfléchis. Le roi et la reine, dis ! À côté d'Elin et de tous ceux qui ont travaillé pendant des semaines à fouiller les décombres… déterrer… Oui, tu comprends ce que je veux dire.

— Oui, maman. J'ai compris. Mais cette photo, ça ne me dit rien.

— À côté de l'imprimante, je te dis. Maintenant, elle va témoigner au tribunal. Quand je pense qu'ils diffusent l'intégralité du procès en direct à la télévision ! Elin va se tenir à la barre et dire tout ce qu'ils ont trouvé, pendant deux jours entiers, à quelques mètres seulement de celui qui… qui… Oui, j'espère qu'elle sait à quel point je suis fière d'elle, sinon, il faut que toi, Anne, toi, tu…

J'ai vu que ses paupières étaient lourdes et je suis restée assise à la regarder en silence tandis que sa tête, lentement, se penchait vers ses genoux. J'ai moi-même fermé les yeux et appuyé ma tête en arrière, contre le mur ; j'ai écouté le glouton qui haletait, les bruits du couloir, les grincements des chariots, les voix.

Je me suis assoupie et me suis soudain retrouvée chez moi, devant ma bibliothèque ; je scrutais les titres sur les dos des livres, mais ils étaient illisibles. Quand je les prenais sur l'étagère pour examiner la couverture, ils se décomposaient en cendres grises et tièdes entre mes mains, des cendres qui tombaient sur le sol, et je me suis réveillée d'un coup, en me cognant l'arrière de la tête contre le mur.

Le café était froid, mais je l'ai bu malgré tout, et j'ai docilement mangé mon gâteau tout en pensant à l'hélicoptère des îles Scilly qu'il fallait réserver longtemps à l'avance, à supposer qu'il y en ait encore en circulation. Cela me remit en mémoire notre excursion en hélicoptère au-dessus de Dubaï.

J'avais dit à maman qu'elle avait carte blanche pour nos activités là-bas.

Pour commencer, quand nous étions dans mon chalet, à Noël, à planifier ce voyage à Dubaï et Oman, elle osait à peine formuler ses rêves. Pourtant, je savais qu'elle avait fait des recherches sur Internet et s'était dûment documentée.

— Mais ça va coûter une fortune, Anne !
— C'est ça le but, maman. On va s'offrir la belle vie.
— Ça aurait été bien de prendre le café dans ce bel hôtel, *Burj al Arab*. C'est l'hôtel le plus luxueux du monde. Un sept étoiles, tu te rends compte ! Je crois qu'ils viennent te laver le dos si tu appuies sur une sonnette.
— *Burj al Arab*. C'est noté.

Nous découvrîmes qu'il était interdit d'arriver là-bas juste pour se promener et jeter un coup d'œil, comme des paysans en virée en ville. Nous dûmes réserver une table pour le thé et c'est uniquement avec ce numéro de réservation du *Burj al Arab* que notre taxi eut le droit de nous conduire jusqu'à l'entrée.

Maman but du thé, mangea des sandwiches au concombre et de minuscules gâteaux, qui étaient de véritables œuvres d'art, avec une grande ferveur, tout en écarquillant les yeux d'admiration face à la luxuriance arabe, somptueuse, et en chuchotant :
— Ça coûte combien ?
— Je crois que je vais plutôt prendre un peu de champagne, moi. Tout ce thé m'a donné chaud.
— Anne ! Mon Dieu !

C'était le premier jour du voyage et il fallait que je marque le coup pour qu'elle comprenne qu'elle devait se détendre et profiter, au lieu d'être à la fois reconnaissante et effrayée par le prix de chaque chose.

Mais quand on m'apporta la carte des boissons et que je vis les prix du champagne, je me retrouvai presque dans le même état d'esprit qu'elle. En faisant un effort surhumain pour contrôler les expressions de mon visage et la taille de mes paupières, je commandai un verre du mousseux le moins cher, absolument, de tous. Maman eut un sourire forcé quand le verre arriva.

— Tu es sûre que tu n'en veux pas ?

— Non, non ! Tu es folle !

Elle ne sut pas non plus le prix de la balade en hélicoptère. Je voulais que nous soyons seules à bord, et non avec d'autres touristes étrangers pour remplir les sièges vacants, alors forcément, ça coûtait plus cher.

— C'est bizarre qu'il n'y ait pas d'autres passagers, fit remarquer maman.

— Oui, c'est un peu bizarre, maintenant que tu le dis. Janvier ne doit pas être la haute saison, répondis-je.

Et la voilà assise, souriante, tandis que les moteurs commençaient à tourner. Une petite vieille dame avec un casque et une ceinture de sécurité trois points. Chaque fois que l'un de nous parlait, ça s'entendait dans les trois casques, alors c'était pratique de pouvoir parler de temps en temps norvégien entre nous, langue incompréhensible pour le pilote.

— Tu as un peu peur, maman ?

— Pas du tout, voyons. Tu dis vraiment n'importe quoi. Si tu savais comme je me réjouis.

— Prêtes ? On y va, annonça le pilote avec un accent bien américain en amorçant le décollage.

— Super hélico ! cria maman.

— Ce n'est pas la peine de crier. S'il te plaît. Nous t'entendons quand même.

— Ça oui, m'dame. Merci. Une bonne machine.

— C'est quoi comme engin ? s'enquit-elle, un chouïa moins fort.

Maman raffolait des véhicules motorisés en tout genre, et du cyclisme. Pendant le Tour de France, elle sortait à peine de chez elle. Elle restait collée devant l'écran si elle tombait sur une course de formule 1. À la mort d'Ayrton Senna, lors du grand prix de Saint-Marin en 1994, elle pleura pendant deux jours. Elle-même n'avait jamais eu les moyens de passer son permis ni de posséder une voiture. Elin et moi en étions plutôt soulagées, compte tenu de la difficulté qu'avait maman à contrôler ses impulsions. Mais dans une semaine, elle et moi allions faire du hors-piste dans le sable du désert d'Oman, tout était déjà réservé. Elle ne prendrait pas le volant, et moi non plus : j'avais trop peur de ne pas non plus réussir à me contrôler. Mes deux scooters des neiges de 1 200 cm^3 quatre temps, qui m'attendaient en permanence à Longyearbyen, l'avaient toujours laissée indifférente, quelles que soient leurs pointes de vitesse et leurs performances. Ils étaient enveloppés de ce froid glacial qu'elle abhorrait et ne présentaient donc aucun intérêt à ses yeux.

— C'est un Eurocopter AS 350 B3, m'dame.

— Il semble très sûr.

— En fait, c'est un hélico qui s'est posé au sommet de l'Everest. Un record mondial. Pas exactement cet appareil-ci, mais... OK ! Alors pour commencer, nous allons en direction de Palm Jumeirah et The World, et Burj al Arab, bien sûr.

— Oh ! C'est là que nous avons pris le thé hier ! s'écria maman.

— Je suis sûr qu'il est très heureux de l'apprendre, glissai-je.

Nous survolâmes *The World*, archipel artificiel constitué de plus de trois cents îlots de formes différentes composant ensemble la carte du monde. C'était si spectaculaire que c'en était irréel. L'air était d'une limpidité rare, expliqua le pilote. Nous pouvions voir les îles de luxe créées par l'homme, destinées à un minuscule segment de la population de la terre, une folie capitaliste érigée en système.

— Tu te rends compte, s'ils se prenaient un tsunami en pleine figure ? dit maman.

— Très juste ! C'est bien ce que j'ai compris, madame. Un tsunami ! Plus de palmiers ! Plus d'îles World ! En fait, les îles s'enfoncent, l'érosion se fait par en dessous. Ça deviendra un jour un *monde souterrain* ! Et maintenant nous allons en direction de Burj Khalifa, le plus haut bâtiment du monde. Les Chinois se lancent eux aussi dans cette compétition, mais ils n'ont rien à montrer à l'instant.

— Huit cent vingt-huit mètres.

— C'est exact, m'dame. On ne va pas survoler la pointe mais on va voler un peu autour du Burj.

— Pourquoi ça ?

— Nous avons une altitude plancher de deux mille pieds au-dessus de Dubaï, ce qui correspond à un peu plus de six cents mètres.

— J'ai envie qu'on vole carrément au-dessus, déclara maman.

— Mais tu as entendu ce qu'il a dit, objectai-je. Il faudrait auquel cas qu'il demande l'autorisation à une tour de contrôle ou l'équivalent.

— Alors qu'il le fasse, insista maman. J'aurai quatre-vingts ans en mai, Anne, et je ne vivrai pas éternellement. J'ai envie qu'on passe *carrément* au-dessus.

— Ma mère veut qu'on passe vraiment au-dessus.

— Absolument !

— OK. Eh bien allons-y, m'dame. Delta 6-2-7 demande permision de survoler *Burj Khalifa*.

— Tu entends ça, dit maman. Ils sont même capables de se poser sur l'Everest.

— Delta 6-2-7, autorisé au survol de *Burj Khalifa*, maintenez quatre mille pieds ou moins.

Ensuite, nous fonçâmes en décrivant un arc de cercle au-dessus de la flèche la plus haute et la plus élancée de *Burj Khalifa*.

— Voilà ! dit maman. Une bonne chose de *faite*, Anne.

— Peut-être que tu devrais garder ton sommeil pour la nuit, maman ? Mais je crois que je me suis moi-même endormie. Maman… ? Tu dors ?

— Or, or quoi ?

— Je voulais savoir si tu dormais.

— Voix-d'or ? Je n'ai pas bien compris, Anne.

— Tu as *retiré* tes trucs dans les oreilles ?

— Les abeilles ? Tu parles de quoi, Anne ?

— TES TRUCS DANS LES OREILLES !

— Ah, dans l'oreille… Oui, il y en a un qui faisait un son si désagréable.

— Alors remets-les.

Elle a trouvé en tâtonnant les tout petits embouts. Ses mains tremblaient tellement que j'ai dû détourner les yeux.

— Voilà. J'en ai qu'un seul. Celui qui est le plus près de toi. Celui qui ne siffle pas. Voilà. Il est bien mis.

— Tu m'entends, maintenant, maman ?

— Bien sûr, arrête de t'inquiéter ; je t'ai entendue tout le temps, mais tu articules si mal, Anne, et puis tu parles trop vite. Rassure-toi, j'entends tout ce que tu dis, pourquoi ne serait-ce pas le cas ? Et qu'est-ce que tu as dit ?

— Je voulais juste savoir si tu dormais.

— Mais non, ma chérie. Pas du tout. Je suis si contente que tu sois là ; et je suis contente aussi que nous ayons eu cette conversation tout à l'heure, c'est ça qui m'a détendue au point que mes yeux se sont fermés tout seuls.

— Au sujet des cendres ?

— Oui. Mais surtout cette histoire de livres, et aussi la photo des quatre-vingts roses.

— Je comprends.

— Même si tu dois en avoir vraiment assez d'être ici et de m'écouter tout le temps, tu passes des heures ici, mais comme tu dois écrire là-dessus, ce n'est peut-être pas du temps perdu, encore que je ne pense plus tellement à ce livre, maintenant. Le gâteau était bon ?

— Mais oui. Un gâteau au citron avec un glaçage au sucre.

— Tu n'as qu'à sortir fumer une autre cigarette. Cela me donnera le temps de me réveiller tout à fait. Je me suis seulement reposée un peu, tu sais.

Se reposer. Elle était sur le chemin de la mort, du repos définitif et intemporel. Et c'était si beau de voir qu'elle n'avait pas peur de *se reposer*. J'ai beaucoup repensé par la suite au fait qu'elle n'avait pas peur de *se reposer*.

En revanche, elle avait une peur bleue de *s'endormir*. Car dormir, on faisait ça dans un lit, et quand c'était la nuit, dans la pénombre. Elle ne supportait pas que la porte donnant dans le couloir soit fermée et se mettait dans tous ses états si une infirmière la refermait derrière elle par mégarde ; elle osait même tirer sur la sonnette, tant elle était gagnée par la panique.

La nuit était pour elle un voyage infiniment long jusqu'au lendemain, et elle avait une peur panique de s'endormir pour de bon pendant qu'elle était toute seule. Et c'est bien ce qui finirait par se produire, personne ne serait là avec elle, parce que le personnel soignant qui s'occupait d'elle pour la nuit ne reconnaîtrait pas les signes d'une mort prochaine. Et ce personnel ne *la* connaissait pas non plus, et n'avait donc pas remarqué les changements dans son comportement par rapport à la veille ou à l'avant-veille.

Maman a passé des coups de fil à droite et à gauche quelques heures avant de mourir, animée d'un sursaut de vitalité ; elle tenait à remercier certains amis pour ce qu'ils avaient fait et peut-être oublié, des épisodes qu'elle voulait se remémorer une dernière fois. Ceux qu'elle a appelés et qui ont répondu ont été assez perplexes devant un tel déploiement d'énergie et, en l'embrassant, lui ont souhaité un prompt rétablissement. Nous avons tous cru qu'elle était sur le chemin de la guérison. Curieusement, elle ne nous a pas appelées, ni Elin ni moi, mais il faut dire à sa décharge qu'elle venait juste de nous voir. Lorsque nous avons été mises au courant, plus tard, de toutes ces conversations, nous avons aussi appris qu'elle avait confondu les noms et mélangé les événements, ce qui ne lui ressemblait pas du tout. En outre, elle avait raconté qu'elle rentrerait sans doute chez elle le lendemain, car Elin et moi le lui avions dit.

Elin était restée la dernière, ce soir-là, jusqu'à huit heures et demie, lorsque les aides-soignantes ont voulu coucher maman. Nous comprenions ce qu'elles voulaient dire quand elles montraient son lit du doigt et inclinaient leur visage contre leurs mains jointes. Il s'agissait de lui ôter ses vêtements et de la faire grimper dans le lit avec un oreiller entre ses genoux. Ensuite, il fallait verrouiller la barrière du lit et pousser le dossier du fauteuil tout contre le lit : plusieurs fois, elle était tombée au cours de la nuit.

Elin avait trouvé que maman se comportait bizarrement et différemment. Elle m'a appelée alors que je venais d'atterrir à Værnes. Je devais faire une visite éclair de quelques jours chez moi à Trondheim à cause d'une fuite d'eau au chalet : faire venir des plombiers, prendre des photos pour la compagnie d'assurance, lire mon courrier et payer les factures, arroser les plantes et prendre des vêtements de rechange pour repartir ensuite à Stovner et à la maison médicalisée de Furuset.

— Elle était si bizarre, Anne, quand je l'ai quittée. Je n'arrive pas à bien comprendre ce qui se passe. Elle était si différente. J'ai téléphoné à Leelah.

Leelah est une bonne amie d'Elin, qui est médecin. Elle est spécialisée en contamination et en hygiène liée aux opérations chirurgicales. Elin est policière, ce qui veut dire qu'elle l'est vingt-quatre heures sur vingt-quatre, elle n'a pas le choix, cela fait partie de ses obligations ; mais ce soir-là, elle n'a pas pu s'empêcher de demander à Leelah s'il en était de même pour un médecin, dans un contexte comme celui-ci. Elle savait naturellement que Leelah est obligée de prendre ses responsabilités si quelqu'un avait besoin d'une aide médicale, par exemple dans une salle de théâtre ou dans un avion, ou encore si elle arrivait la première sur les lieux d'un accident même si c'était en dehors de ses heures de travail. Mais elle voulait savoir si Leelah avait le droit d'intervenir dans une maison de retraite médicalisée et de prendre une situation en main dans un lieu où elle n'intervenait pas d'habitude.

— Et qu'a dit Leelah ?

— Qu'elle pouvait le faire, a répondu Elin. Elle peut décider de l'hospitalisation d'une personne sur-le-champ quand elle comprend que c'est une question de vie ou de mort.

— Et est-ce qu'elle va le faire ? Il est maintenant... dix heures et demie. Tiens, voilà mon bagage qui arrive. Alors, est-ce qu'elle va le faire ? Attends deux secondes, Elin.

J'ai récupéré ma valise sur le tapis roulant.

— Tu es là, Elin ?

— Évidemment. Mais je ne sais pas, ça fait si dramatique. Pour Leelah aussi, si elle vient comme ça et passe vérifier qu'ils ont bien fait leur travail.

— Le travail du gardien de nuit, tu veux dire. Il n'y a aucun médecin, là-bas, maintenant.

— Non. Mais peut-être que nous pouvons organiser ça pour demain, tôt dans la matinée.

— D'accord, attendons jusqu'à demain matin, Elin.

La maison de retraite médicalisée ne bénéficiait d'aucune priorité quand ils avaient besoin de médecins : les infirmiers de garde devaient appeler les urgences, comme n'importe quel habitant d'Oslo. Il va sans dire qu'une vieille dame à l'esprit confus, couchée dans un lit, constituait tout sauf une priorité comparée à des enfants de Røa atteints de laryngite ou à des patients délirant de fièvre à cause de la grippe, à Majorstua ou Vålerenga.

Quand j'avais remarqué que la jambe de maman était en train de se déchirer sous la pression de la lymphe contenue à l'intérieur, j'avais pu, avant de partir ce soir-là, obtenir des gardes de nuit la promesse d'appeler les urgences et de me tenir au courant. Ce coup de fil n'est jamais venu, et lorsque j'ai appelé la maison de retraite le lendemain, aucun médecin n'était encore là. L'infirmière avait elle-même commencé à mettre des pansements, avec la date et l'heure, ici et là sur la jambe. Quand je suis arrivée auprès de maman vers midi, un des médecins rattachés à la maison de retraite était passé et avait pincé un peu la jambe de maman.

— Est-ce que c'était un médecin que tu connaissais, maman ?

— Je ne sais pas, je ne crois pas, de toute façon ils se ressemblent tous, ils sont si jeunes. Mais il m'a serré la main et s'est présenté, autrement dit, *lui* en tout cas ne m'a pas reconnue.

— Est-ce qu'il savait que tu suis une chimiothérapie et que tu viens d'avoir quatre transfusions sanguines après ta chute aux toilettes ?

— Aucune idée. Mais ça doit bien être marqué quelque part. Il n'en a pas parlé, il a tellement de personnes à voir, tu sais.

— Mais qu'est-ce qu'il a dit, alors ?

— Il a dit *oh là là*, a répondu maman.

— Bon, j'appellerai Furuset tôt demain matin, dit Elin. J'ai jeté un rapide coup d'œil sur la liste des gardes quand j'étais là ce soir, j'ai fait semblant de me tromper de porte en cherchant les toilettes, et crois-moi ou non, il y a une infirmière *suédoise* qui doit commencer son travail à partir de huit heures, c'est fantastique, non ? Je vais lui laisser un peu de temps, la laisser faire d'abord le tour des chambres, puis je l'appellerai. Et si la situation se révèle catastrophique, comme tout le reste à Furuset, Leelah sera là en l'espace d'une demi-heure, elle a posé sa journée. D'accord ?

De manière très prosaïque, je m'étais réjouie à l'idée d'avoir une bonne nuit de sommeil, dans un lit dont le surmatelas – aux yeux de maman, ce luxe superflu – n'avait pas été remplacé par une couette d'été et des couvertures qui glissaient n'importe où et se mettaient en boule sous les draps au cours de la nuit. En plus, il pleuvait, et j'adore écouter la pluie tambouriner en m'endormant. Tout était donc en place pour une parfaite nuit de sommeil ininterrompu dans ma propre maison, mon propre lit, ce dont j'avais fort besoin.

Mais à trois heures et demie, je me suis réveillée en sursaut, je me suis redressée et j'ai fait pivoter mes jambes en dehors du lit. Là, je suis restée un peu sonnée, dans l'obscurité. À peine dix secondes plus tard, mon portable a sonné sur la table de nuit, c'était Elin, maman était morte.

— Quand je suis partie, elle m'a dit que s'il y avait bien une chose au monde qu'elle ne voulait pas faire, c'était dormir, elle voulait rester éveillée toute la nuit, a dit Elin. Elle repensait beaucoup aux années où nous avons vécu dans la Kongens gate, Anne, à l'énergie qu'elle avait alors et à tout ce qu'elle arrivait à faire là-bas. C'est de ça qu'elle m'a parlé juste avant que je m'en aille.

— C'étaient de belles années, c'est vrai, Elin.

— Oui, comme tu dis.

— Et maintenant, elle est morte, c'est ça ?

— Oui. Ils l'ont simplement trouvée morte dans son lit. Ils n'étaient pas à ses côtés. Ils croyaient qu'elle dormait.

Mais elle ne voulait pas dormir, il en avait toujours été ainsi, même lorsqu'elle était en bonne santé et pleine d'allant ; elle considérait que c'était perdre un temps précieux. Quand elle venait chez moi à Trondheim pour Noël ou pendant l'été, elle était debout à six heures. Elle affirmait qu'elle se réveillait d'elle-même toujours aussi tôt, jusqu'à ce qu'un jour, je sois par hasard réveillée à la même heure et j'entende sonner l'alarme de son portable dans la chambre des invités. Elle l'a vite éteinte, à moitié endormie. Ensuite, elle s'est péniblement extirpée du lit en soupirant, avant d'aller dans la salle de bains pour se doucher, sans bruit, comme si elle dormait.

Je n'ai jamais compris comment elle réussissait à se doucher sans faire de bruit, on n'entendait même pas l'eau dans la tuyauterie. Puis elle montait dans la cuisine, préparait le café et, toujours en silence, épluchait une pomme, et quand je sortais de ma chambre et arrivais d'un pas mal assuré, en robe de chambre, en haut de l'escalier, environ trois heures plus tard – ou, pour être tout à fait honnête, plutôt quatre heures –, elle était assise dans le canapé du salon, plongée dans un livre. Elle lisait trois romans par semaine. Au moins.

— Ah, tu es debout ? Je ne t'ai pas réveillée, Anne ?

— Mais non. Tu as fait du café ?

— Depuis longtemps, Anne. Tu as les journaux et des petits pains frais dans la cuisine, j'ai aussi rapporté tes bouteilles vides à la consigne. Ah, je suis en train de lire un bon livre, je l'ai emprunté à la bibliothèque de Stovner. Ils me mettent de côté ce qu'il y a de mieux, tu sais, avec un prêt d'une semaine, *une semaine* ! Tu entends ça ? Un livre, ça se lit en deux jours.

Dormir était une défaite. Il fallait gaspiller le moins de temps possible.

Mais se reposer ?

Se reposer c'était rassurant en pleine journée, tandis que la vie battait son plein autour d'elle et que la lumière du jour pénétrait par la fenêtre de sa chambre de la maison de retraite. Et si je n'étais pas dans la pièce avec elle, c'était que je fumais sur le balcon à quelques secondes de là, et elle savait.

Combien d'heures n'ai-je pas passées accoudée à la balustrade du balcon pour fumeurs, au troisième étage de la maison de retraite de Furuset, quand elle était encore en vie ?

Elle restait assise à la fenêtre sale, dont les rideaux pendaient tristement de travers parce que plusieurs attaches s'étaient défaites de la tringle ; assise dans son fauteuil, la tête entre les genoux, avec l'oxygène qui entrait en sifflant dans ses narines. Sa position aurait, à mon avis, suscité l'admiration des adeptes de yoga, c'était aussi celle dont rêvait chaque hôtesse de l'air pour ses passagers en cas de crash. C'est marqué dans les consignes de sécurité : il faut mettre sa *tête entre les genoux*, ce qui est tout à fait ridicule : qui peut y parvenir dans ces sièges étroits, avec uniquement cinquante centimètres d'espace jusqu'au dossier du siège de devant ?

Ma mère, elle, le peut. Toujours sur le qui-vive et prête pour le choc. Son dos était si voûté qu'elle pouvait former un U inversé.

Elle restait assise là, jour après jour, quand Elin ou moi ne venions pas lui rendre visite, la tête entre les genoux, tandis que des traînées transparentes de salive tombaient sans bruit sur le linoléum.

Elle était en train de *mourir*, en fait.

Quelque chose d'aussi banal et d'aussi monumental à accomplir, de surcroît toute seule.

J'étais sur le balcon à fumer, avec un goût de café et de gâteau au citron dans la bouche, alors qu'il restait à maman encore quelques jours à vivre. J'ai regardé plus bas les taches grises formées par l'herbe ancienne, éparse, constellée de neige et de glace, les immeubles en béton laids, livides, aux jardinières fanées sur les balcons, la pompeuse mosquée de Furuset qui ressemblait de loin à une bulle de savon figée et décolorée.

Mon Dieu comme je me sentais seule. Comme Elin et moi nous sentions seules. Comme nous aurions aimé pouvoir parler à quelqu'un, à un médecin habitué à ce genre de situation, qui aurait su trouver les mots.

Avant que maman ne soit hospitalisée, elle avait un médecin traitant, qui avait un dossier sur elle, qui connaissait toute son histoire médicale.

À présent, maman n'avait plus de médecin attitré.

Elle avait *soixante* médecins.

Pas un seul de ces soixante médecins ne lui accordait plus la moindre pensée dès qu'il lui tournait le dos et quittait la pièce, pas un seul de ces soixante médecins ne se sentait *responsable*, pas un seul de ces soixante médecins n'avait une vision à long terme de ce qui se passait, pas un seul de ces soixante médecins ne pouvait nous aider, nous guider, Elin et moi. Non pas parce qu'ils s'en foutaient, mais parce que maman n'était guère pour eux qu'une partie du système ; elle était une non-personne.

Peut-être aurions-nous dû mettre un terme à cette chimio qui l'épuisait, et plutôt lui accorder une fin de vie digne. Mais qui sait si ce poison ne pouvait pas la guérir ? Pouvait-on y croire ? C'était quoi, merde, le pronostic ? Nous n'avions personne à qui le demander.

Personne.

Nous avions essayé. Nous avions téléphoné à l'hôpital d'Akershus, où on tolérait qu'elle passe quelques heures toutes les trois semaines pour recevoir du poison avant d'être renvoyée d'où elle venait : ils n'avaient même pas le nom d'un médecin qui savait quelque chose sur elle. À chaque fois, notre appel était transféré de bureau en bureau, alors qu'il existait forcément, ce médecin qui, entre Noël et le Nouvel An, avait pris la décision, avec autant d'indifférence que s'il travaillait à la chaîne – nous n'avions aucune idée –, de lui prescrire six chimiothérapies à trois semaines d'intervalle. Impossible de trouver le nom de ce médecin, ils ne savaient rien, là-bas.

Mais si nous décidions d'arrêter sa chimiothérapie, où vivrait-elle pour ses derniers jours ? J'étais prête à la soigner et j'en avais tout à fait la possibilité et les moyens, mais où ? J'avais trouvé sur Internet des lieux d'hébergement pour patients et pour personnes âgées, mais cela ne servait à rien, puisqu'elle était sous traitement. J'avais demandé :

— Quel traitement ?

Ah oui, c'était cette chimiothérapie toutes les trois semaines.

— Mais n'a-t-elle pas le droit d'être bien entourée et soignée pendant les semaines entre les séances de chimio ?

Naturellement, et c'était la responsabilité de la commune de Stovner, après que la réforme des services de santé fut entrée en vigueur.

— Mais ils ne prennent aucune responsabilité ! Elle ne bénéficie pas de la surveillance dont elle a besoin ! Ma sœur et moi sommes obligées de tout organiser pour elle. Elle n'a personne d'autre !

Elle pourrait demander un séjour de longue durée, mais pour cela, il fallait d'abord que son traitement soit terminé.

— Elle sera morte avant.

C'était à nous d'en parler avec son médecin.

— Mais elle n'a *pas* de médecin. Combien de fois dois-je le répéter ?

Je pouvais louer une suite au *Bristol*, je pouvais louer les services d'une infirmière privée qui s'occuperait de la partie médicale, j'en avais les moyens, mais comme elle était à cent pour cent dépendante d'un appareil à oxygène inflammable, cela n'était pas possible.

Son minuscule appartement alloué par la municipalité ne pouvait accueillir ni fauteuil roulant ni déambulateur dans la salle de bains. Sa douche faisait la taille d'un plateau à café. La situation devenait urgente. Nous sentions que c'était une question de jours.

Ma maison de Trondheim était trop petite et trop étroite, avec un escalier en colimaçon entre la salle de bains et le salon. L'appartement d'Elin était aussi beaucoup trop petit, avec seulement une chambre à coucher. Et si jamais c'était ses chimiothérapies qui lui donnaient la force de se battre ? Qui lui faisaient garder espoir ? N'était-il pas risqué de lui ôter cet espoir ? Ou peut-être que les chimiothérapies avaient aussi une action antalgique ? Il m'a semblé avoir lu ça quelque part.

Mais comment le savoir avec certitude ? Nous n'avions personne à qui poser la question.

Maman avait grandi à une époque où l'on était d'avis qu'il fallait combattre le mal par le mal, alors quand les chimiothérapies ont ravagé son corps, il est fort possible qu'elle se soit réjouie intérieurement : *Et voilà, c'est la guerre ! Et le mal que je ressens maintenant va mettre en fuite l'autre mal, beaucoup plus dangereux.*

Le mégot de cigarette auquel j'ai fait faire un vol plané a mis du temps avant d'atterrir sur les mottes d'herbe morte ; la neige fondait plus tard ici à Oslo qu'à Trondheim. Aucun signe de printemps. C'était une fin d'hiver glaciale, ce qui au fond était un soulagement. J'ai regardé ma montre. Cela faisait cinq heures que j'étais là.

Allez, il fallait rentrer et voir ce que je devrais rapporter à maman le lendemain ou ce qu'Elin pourrait apporter quand elle viendrait ce soir, il y avait toujours des bricoles.

— Il n'y a pas un livre qui te ferait plaisir ? Que je pourrais t'acheter ? Ou tu préfères que j'apporte quelques livres de ta pile de lectures à la maison ?

Elle lisait souvent plusieurs livres à la fois, dans des genres on ne peut plus variés, allant de l'*Iliade* à ce qu'elle appelait les « polars d'aéroport ».

— Non.

Elle avait cessé de lire, avait cessé de faire des mots croisés. Elle avait cessé quand elle avait reçu le diagnostic à l'hôpital d'Akershus, après Noël. Non pas comme une décision consciente et mûrement réfléchie : c'était comme un feu qui, à cet instant précis, s'était éteint.

— Tu sais, Anne, le vide que les livres ont laissé en moi est énorme, colossal. Cet appétit de découvrir des livres toujours nouveaux et passionnants, cette fièvre que je ressentais à la lecture d'un bon livre, se réveiller le matin, heureuse de me lever, de préparer du thé avant de reprendre ma lecture. Peut-on rêver meilleur commencement pour une journée ? Ce n'est pas que ça me manque tant que ça, non, je pourrais prendre ce livre et lire. Non, je regarde seulement ce grand vide, à distance, en quelque sorte, sans pouvoir rien y faire. La seule chose que je veux, c'est parler,

parler, parler, je veux que les choses *sortent* et non plus qu'elles *entrent*. Maintenant que je sais que cela ne sert à rien. Cela ne sert à rien d'emmagasiner davantage à l'intérieur. Même chose avec les mots croisés, ça me paraît si vide de sens. Oui, je sais que cela te blesse certainement, Anne, car on s'est bien amusées à les résoudre ensemble, mais maintenant, cela ne me dit plus rien. Tiens, tu peux remporter ce livre chez toi, la couverture est si rouge que je le vois tout le temps du coin de l'œil traîner là, pour rien, et ça me donne mauvaise conscience.

C'était le dernier ouvrage de Michael Connelly que j'avais commandé sur Amazon quelques semaines plus tôt, quand maman se torturait les méninges pour trouver quelque chose qui retiendrait son attention. Elle avait déjà chez elle treize livres de Connelly, comme nous le découvririons en vidant l'appartement, elle savait qu'il allait en publier un nouveau ces jours-ci.

Effectivement, le dernier opus de Connelly venait de paraître aux États-Unis, broché, je l'ai commandé avec livraison express et j'ai pu le donner à maman dès le lendemain soir. Elle avait lu une page et demie, mais ne comprenait plus le sens des phrases.

— Des journaux alors ? Ou bien *Se og Hør* ?

— Non, c'est plus agréable quand c'est toi qui me racontes, si jamais il s'est passé quelque chose de terrible.

Mais elle avait toujours besoin de petites choses : des ciseaux à ongles pour remplacer ceux qui avaient disparu, plusieurs serviettes humidifiées, encore un dentifrice, un autre pull, un qui ne lui serre pas autant le cou. Des choses apparemment anodines, mais qui prenaient une signification énorme, maintenant que son univers se réduisait à huit mètres carrés. Sans parler des soutiens-gorge. Bagatelles pour les autres, mais pas pour maman.

Elle avait trois soutiens-gorge et examinait chacun d'eux les yeux plissés, en l'approchant tout près de son visage, sans lunettes, quand elle devait les distinguer entre eux.

Ces trois soutiens-gorge étaient le Bon, le Mauvais, et le Moche, et il s'agissait de garder le Bon beau et propre à tout moment. Il n'y avait bien sûr aucun sèche-linge dans le petit appartement de Stovner alloué par la municipalité, elle ne possédait même pas de machine à laver, alors Elin ou moi emportions le Bon à la maison et le faisions bouillir dans une casserole. Si nous ne disposions pas de la nuit pour le faire sécher, il fallait utiliser le *sèche-cheveux* avant de revenir la voir. Nous savions qu'elle attendait, impatiente, en portant le Mauvais ou le Moche. Si nous l'avions seulement lavé à la main, elle le sentait immédiatement à l'odeur. Il fallait qu'il *bouille*.

Il y avait aussi pas mal de nouvelles choses à acheter, des choses dont maman, au fur et à mesure, remarquait la disparition. Chaque jour, je quittais maman avec une nouvelle liste de courses. Il ne fallait pas s'étonner que des choses disparaissent, vu la manière dont elle avait été trimballée de droite à gauche, sans avoir le temps de se retourner. Des aides-soignantes débordées avaient emballé pour elle ses affaires. Après sa mort, Elin et moi avons calculé qu'au cours des quatre derniers mois qu'a duré ce cirque infernal, les vêtements et les affaires de maman n'avaient été rangés dans une *vraie* penderie que pendant cinq jours au total. Le reste du temps, elle a vécu avec une valise, une valise pour ainsi dire inaccessible : incapable de se pencher aussi bas, elle ne pouvait naturellement pas prendre elle-même ses vêtements ni décider de sa tenue.

Mais pendant cinq jours entiers, elle avait eu ses affaires dans une armoire ; c'était durant les tout derniers jours à Stovnerskogen. Une aide-soignante avait dit à maman qu'elle pourrait certainement rester là un moment, c'est en tout cas ce que maman avait compris, et elle m'avait tout de suite téléphoné pour me l'annoncer. J'avais défait sa valise le soir même. Maman n'avait cessé de sourire pendant que je rangeais ; elle m'avait d'abord fait laver chaque étagère avec de l'Antibac.

— On n'est jamais trop prudent, Anne.

— Les étagères ont l'air très propres, mais je vais les laver quand même, tu sais.

— Elles peuvent très bien avoir passé le même chiffon partout, c'est ce que faisait la femme de ménage que tu m'avais trouvée pour la maison, à travers cette entreprise, Anne, tu te rappelles ? Elle utilisait un seul chiffon pour tout, oui, à part le sol, évidemment. Au début, j'étais à la maison pendant qu'elle nettoyait, mais la voir faire le ménage avec un seul chiffon, c'était au-dessus de mes forces. Alors, pour finir, je la saluais à toute vitesse avant de partir pour le centre commercial où je prenais du thé et un millefeuille en faisant des mots croisés jusqu'à ce qu'elle ait terminé. Et j'essayais de me persuader qu'aujourd'hui, elle s'y prenait certainement d'une autre façon, en utilisant des chiffons différents pour la salle de bains et la cuisine.

— Moins on en sait, mieux ça vaut. On se fait du mal pour rien.

— Détrompe-toi, Anne. Quand il s'agit de propreté, cette expression est absurde : des bacilles, il y en a partout.

Quand sa valise a été vide, je l'ai poussée sous son lit.

— Voilà. Tu veux voir ?

Elle s'est relevée en s'appuyant sur le déambulateur où était fixé l'appareil à oxygène, et a fait à grand peine les cinq pas nécessaires pour pouvoir jeter un coup d'œil dans l'armoire. J'avais soigneusement rangé ses vêtements en plusieurs piles, avec les plis bien visibles pour les distinguer.

— Tout en bas se trouvent les petites culottes, les chaussettes et les soutiens-gorge, ici tu as les t-shirts, et ici au-dessus, tu as tes deux pantalons, le bas de jogging vient d'être lavé, je te l'ai rapporté aujourd'hui.

Elle a passé plusieurs secondes à regarder le contenu de l'armoire, un sourire éclatant sur le visage.

— Comme tu as rangé joliment ! C'est parfait. Merci beaucoup, Anne. C'est vraiment gentil de ta part, ma chérie. Mon Dieu, comme ça fait du bien de ne plus avoir cette valise !

III

Elin dut soulever sa chemise de nuit pour enjamber Jossi avant de poser le cendrier de maman au seul endroit libre sur la table basse du salon, tout au coin. Maman y fit aussitôt tomber une colonne de cendres d'une longueur surnaturelle.

La table était couverte de bouts d'étoffe bleu foncé, découpés en des formes différentes et soigneusement disposés sur du papier de soie, ainsi que d'un grand morceau de tissu en laine également bleu foncé, de la taille d'une couverture, plié en quatre et posé au bout de la table. Sur un vieux plateau, des échevettes de laine à broder de plusieurs couleurs étaient minutieusement alignées. La plus grande pièce de laine serait la jupe, les autres morceaux le corsage, le sac et la coiffe.

Sur commande, Maman brodait des costumes folkloriques Graffer et tricotait aussi des pulls avec le motif Marius ; il ne lui fallait qu'une semaine pour réaliser un grand pull d'homme. Elle connaissait si parfaitement le motif Marius qu'elle pouvait regarder la télévision en même temps, il lui suffisait de baisser le regard une fraction de seconde quand elle devait changer de couleur. Quant aux costumes folkloriques Graffer, elle les brodait en écoutant la radio. Elle ne pouvait regarder la télévision que le week-end, comme elle était d'équipe du soir pendant toute la semaine, parce que c'était mieux payé.

— Elin, mets tes pantoufles, tu as les orteils tout bleus !

— Je suis si fatiguée, maman.

— Fatiguée ? Alors que nous allons manger maintenant des gaufres ! Anne et Finn vont *se marier* ! T'es quand même un peu contente, non ? Et on n'a pas les orteils bleus parce qu'on est fatigué, va mettre tes pantoufles.

— Nous avons un contrôle de maths pendant les deux premières heures de cours, demain. Mais bien sûr que je suis contente !

— Je te ferai un mot d'excuse, ne t'inquiète pas.

— Je ne veux pas de mot d'excuse. J'ai potassé comme une dingue, maman.

— Pauvre Elin. Toi qui dois travailler si dur. Avec Anne, ce n'était pas comme ça. Elle ne s'est jamais donné la peine de faire ses devoirs, elle feuilletait ses cours cinq minutes avant un contrôle et n'avait que des 5.

— N'importe quoi ! Elle s'est plantée en maths, protesta Elin en se réveillant un peu.

— C'était pas en maths ! rectifiai-je. Il fallait calculer avec des *lettres*. Un truc de malade !

— Ça s'appelle l'algèbre, dit Elin en me regardant droit dans les yeux. Et c'est facile comme tout. Et tu as aussi un 2 en allemand.

— Tu devrais mettre du mascara, répliquai-je. Tes cils sont tout blancs, t'as l'air d'une albinos.

— Vous n'allez quand même pas vous disputer maintenant ! Anne a quitté la maison et elle va se marier et tout et tout ! Alors réconciliez-vous et ne faites pas cette tête-là ! Et va chercher ta couette, Elin. Tu t'installeras avec dans le canapé. Comme ça, tu pourras dormir ou mâcher, c'est toi qui vois !

Maman parlait toujours fort quand elle rentrait de l'usine. Ils produisaient des sacs en plastique, des sacs à pain jusqu'aux sacs de course, et les machines faisaient un terrible vacarme, bien au-dessus du niveau raisonnable, mais maman refusait d'utiliser un casque de protection parce qu'elle finissait par avoir les oreilles en sueur. Et quand maman parlait fort, nous aussi devions parler fort, pour couvrir sa voix. J'ai d'ailleurs gardé ça de cette époque-là, de ces années où maman était d'équipe du soir et manipulait une énorme extrudeuse. Elle a parlé fort jusqu'à sa mort ; Elin et moi n'avons réussi à lui faire accepter de porter un appareil auditif que les deux dernières années de sa vie. Elle refusait d'admettre qu'elle entendait mal, ne cessant de nous dire que nous n'articulions pas assez et que nous parlions en même temps. Si seulement nous avions parlé *normalement*, elle aurait compris chaque mot sans problème.

— Un mariage, rien que ça ! Pour une surprise, c'en est une… Venez, allons plutôt nous asseoir dans la cuisine, ça m'évitera de déplacer tous les tissus et les fils à broder qui sont ici ; je préfère que ça reste en place quand je vais attaquer un nouveau costume : il faut que je vérifie que j'ai tout sous la main. Vous aurez vos gaufres toutes chaudes, au fur et à mesure qu'elles seront prêtes. Toi aussi, Elin. Mets donc tes pantoufles ! Combien de fois faudra-t-il que je te le dise ?

— Mais tu as dit que je pouvais…, se défendit Elin qui déjà se dirigeait vers le canapé avec sa couette.

— Il n'y a pas la place pour toute une couette à la table de la cuisine, tu comprends ça, quand même ! Alors mets tes pantoufles et repose la couette sur ton lit, mais ne la fais pas traîner par terre, sinon elle sera pleine de poils de chien ! dit maman en secouant la tête.

En ce temps-là, elle avait les cheveux lisses et une coupe page, qui ne lui allait pas du tout, mais était facile à entretenir : cela lui faisait gagner du temps le matin, et côté hommes, elle avait tourné la page depuis longtemps. *Forever and ever*, comme elle le disait elle-même.

— Ça te dirait, Elin, d'être demoiselle d'honneur ? demandai-je.

Elle se contenta de me lancer un regard torve où je perçus une once de révolte adolescente ; tout espoir n'était donc pas perdu. Soulevant haut sa couette, Elle marcha d'un pas résolu vers sa chambre.

Ma chambre.

Un sentiment de panique me saisit à la pensée de la vie d'adulte qui s'ouvrait devant moi. Et si je faisais erreur en me mariant si tôt ?

Comme j'aurais aimé revenir vivre à la maison, n'avoir à penser qu'à mes devoirs, mon hygiène personnelle, avec une mère qui veillait à tout le reste. Et voilà que je me retrouvais assise dans la cuisine, à attendre une gaufre chaude, et que j'étais fiancée…

Je payais mes propres factures à la poste, achetais mes propres rouleaux de papier toilette, mes flacons de liquide vaisselle et mes briques de lait, tandis qu'Elin vivait dans *ma chambre*. Elle y avait accroché plein de posters de chiens, surtout des bergers allemands, comme elle avait l'habitude de s'occuper d'une femelle de cette race qu'elle adorait presque autant que Jossi. C'était étrange de jeter un coup d'œil à cette pièce où toutes les traces de ma jeunesse avaient été effacées. Elin avait réussi à faire que cette chambre devienne la sienne en l'espace d'un week-end, avec l'aide efficace de maman. J'avais peint ma chambre en noir et violet, à présent elle était blanc et orange, et d'une propreté virginale.

Elin ne devait même pas savoir qu'on pouvait cacher du vin et de la bière derrière la porte de ramonage inutilisée dans le coin. Maman lui avait sans doute dit qu'il en tomberait des nuages de poussière et de cendres si elle l'ouvrait, et Elin l'avait évidemment crue sur parole. Mais j'avais passé l'aspirateur à fond dans ce coin ; qui sait s'il n'y restait pas quelques gouttes d'un vin doux du genre Fuhr Fino, dont la teneur en alcool était maximale par rapport au prix – nous l'avions calculée très précisément au lycée, quelques années auparavant. Grâce à des chiffres, et non des lettres, puisque j'avais arrêté la section scientifique après mon échec en maths et abandonné mon rêve de devenir vétérinaire. J'étais passée en section littéraire et avais ensuite suivi des études de langue à l'université.

Avant qu'Elin n'y colle ses posters de chiens, les murs étaient couverts de photos de David Bowie période années 1980, acquises difficilement. Sur un des murs, il y avait aussi ses ceintures de taekwondo, dans les couleurs correspondant aux grades qu'elle avait passés il y avait longtemps, disait-elle en faisant un peu sa crâneuse. Elle avait fixé les ceintures avec des épingles dans la toile de jute très ordinaire. Elles pendaient comme de longues épées entre les regards de bergers allemands, épaisses ceintures de coton aux coutures pratiquées dans le sens de la longueur, pour qu'elles ne se déchirent pas quand les sportifs se donnaient des coups de pied et envoyaient leur adversaire au tapis.

Maman avait fort à faire pour que la tenue de taekwondo d'Elin soit toujours impeccable et repassée. Mouillé, ce kimono blanc devait peser au moins sept tonnes, c'était du solide ; l'adversaire devait, lors du combat rapproché, pouvoir utiliser toutes ses forces sans craindre de déchirer le tissu.

Elin s'entraînait quatre fois par semaine et, quelques années plus tard, elle obtint la médaille de bronze aux championnats du monde à Naples et fut reconnue dans la rue là-bas, après être passée dans une émission sur la RAI à une heure de grande écoute ; ce soir-là aussi, comme d'habitude, sa tenue séchait au-dessus du poêle dans le salon, pantalon et veste, deux énormes vêtements blancs suspendus à de minces fils de Nylon ; nous avions tellement l'habitude de les voir que nous n'y faisions plus attention.

Maman lavait sa tenue dans la matinée les jours où Elin n'avait pas d'entraînement le soir même. Si Elin devait s'entraîner le lendemain ou avait une quelconque rencontre sportive, maman lavait sa tenue le soir, en rentrant de l'usine. Elle n'avait pas de machine à laver ; maman ne fit jamais confiance aux machines à laver, jusqu'au jour de sa mort : elle trouvait qu'elles n'utilisaient pas assez d'eau. Comment cela pouvait-il laver correctement avec si peu d'eau ?

Pour cette raison, elle lavait et rinçait tout à la main, autant dire un travail physiquement éprouvant. Elle faisait bouillir ce qui était en coton dans une grande bassine en acier qu'elle laissait ensuite sur la plus grande plaque de la cuisinière, toute la nuit, à la chaleur minimale. Ça sentait la lessive dans tout l'appartement quand nous nous levions le lendemain. Et même si la tenue d'Elin était justement en coton, Elin ne voulait pas que ça bouille, craignant que l'étoffe ne se fragilise et ne se déchire ; mais je savais bien que maman, de temps en temps, la faisait bouillir en douce.

Faire bouillir les tissus rassurait maman et la rendait heureuse, elle avait alors la certitude que les fibres étaient débarrassées de la moindre saleté et de tous les bacilles. *Les bacilles* étaient son grand ennemi. Les serviettes, les draps et les sous-vêtements n'y coupaient pas : ils étaient systématiquement bouillis. Et repassés. Maman allait jusqu'à repasser les culottes en coton et les gants de toilette. Elle arrivait à tout faire.

Et maintenant, pour couronner le tout, un mariage !

— Que voulez-vous avoir sur vos gaufres ? De la confiture, du fromage ?

— Les deux mon général, mais à tour de rôle, a répondu Finn, et maman a ri en le regardant, le visage radieux.

Quoi qu'elle fît dans cette petite cuisine aux murs tapissés d'un papier peint à grandes fleurs orange, jaunes et marron, il s'en dégageait de la vapeur et des parfums. Des volutes s'échappaient du gaufrier, de la casserole d'eau bouillante pour le café, de sa cigarette, et d'elle-même aussi qui, en secouant sa coiffure de page, ébouriffa plusieurs fois les cheveux de Finn, toujours stupéfaite de l'issue de cette journée.

Son premier gendre dont, heureusement, elle ignorait encore qu'il ne serait pas le dernier que je lui présenterais.

La cafetière électrique était abîmée, mais nous avions remarqué que le café était bien meilleur quand nous versions de l'eau bouillante directement sur la poudre dans le porte-filtre en plastique jaune criard, posé en équilibre sur la carafe en verre. Maman était toujours furieuse et se sentait personnellement trahie quand les choses se cassaient et qu'elle devait tout jeter à la poubelle, mais lorsque la cafetière cessa de fonctionner, aussi curieux que cela puisse paraître, elle garda à la fois le récipient en verre et le porte-filtre jaune, et jamais le café ne fut meilleur.

Elin arriva en traînant les pieds ; cette fois, elle avait mis ses pantoufles. Elle s'assit à la table de la cuisine où maman, Finn et moi tirions chacun sur notre cigarette. La fenêtre au-dessus du plan de travail était grande ouverte et laissait entrer le froid glacial du dehors. Personne n'avait encore de hottes aspirantes, à l'époque, je ne sais même pas si ça existait déjà, et Elin alla chercher un plaid du canapé et s'emmitoufla dedans en disant :

— Bon, je suis un peu mieux réveillée. Oui, ça sera la fête !

— Et comment ! s'écria maman qui souleva une nouvelle gaufre avec la fourchette et la prit entre ses doigts entraînés de cuisinière pour la déposer dans la corbeille en osier.

Elle versa davantage d'eau bouillante sur le café, dans le filtre, et la vapeur s'envola par la fenêtre. Seul manquait au tableau le pigeon Bruno, qui aimait se dandiner sur le plan de travail, mais il devait dormir la tête sous son aile, dans un mélèze, sur la place du musée ; il était près de minuit et les oiseaux n'aiment pas voler dans l'obscurité. Bruno, le pigeon blanc et brun de maman, avait l'habitude de rentrer par la fenêtre – personne n'avait entendu parler des puces d'oiseaux, à l'époque – et de recevoir toutes sortes de bonnes choses, sans que cela n'attire d'autres pigeons. Bruno venait toujours seul.

Jossi trouvait ce pigeon sur le plan de travail un peu exagéré, mais il ne manifesta jamais sa désapprobation, se contentant d'écarquiller les yeux et tolérant qu'une bouchée sur deux (peu importe de quoi) finisse dans le bec glouton, renversé en arrière, de Bruno.

— Mlle Aaseth doit être sens dessus dessous, maintenant, dis-je. Avec le bruit qu'on fait, aussi tard !

— Je lui expliquerai demain ce qui s'est passé, répondit maman. Ce n'est pas un problème.

Il s'était passé *quelque chose* parce que nous étions venus lui annoncer que nous allions nous marier. Finn et moi avions l'impression d'avoir, d'un coup de baguette magique, fait entrer un peu de bonheur dans nos vies à tous, un bonheur dont personne n'aurait soupçonné le *genre* ni le *degré* d'intensité. Un bonheur qui nous tombait dessus sans prévenir ; même Jossi se promenait partout en remuant la queue, qui venait cogner les pieds de table et nos genoux.

Pas un instant, je n'ai douté que maman parviendrait à tout gérer.

Pas *une seconde* je n'ai pensé à l'argent. C'est normal que les parents de la mariée paient pratiquement tous les préparatifs du mariage, les parents du marié se chargeant quant à eux des seules boissons. C'était la norme, et tout le monde le savait. Maman nous élevait seule, il n'y avait donc pas de couple de parents avec deux salaires, rien de cela ne m'avait effleuré l'esprit. Forte de cette bonne nouvelle, j'avais mentalement réintégré la maison et m'étais recroquevillée sous l'aile protectrice de maman, ce qui me permettait de me décharger de toute responsabilité. Maman arrangerait tout.

— Oui, peut-être que Mlle Aaseth sera contente, elle aussi, dis-je, quand tu lui raconteras pourquoi on fait la fête ce soir. Ça ne devait pas lui plaire que Finn et moi, on vive ensemble dans le péché.

Mlle Aaseth était pentecôtiste, célibataire et retraitée ; elle portait par tous les temps d'épais collants en laine couleur chair, des chaussures à lacets l'été et des bottines l'hiver. Elle ne mettait jamais de pantalons, mais des robes sombres à manches longues, non décolletées, et elle devait utiliser des combinaisons épaisses, car il était impossible de percevoir les contours de son grand corps en forme de tonneau ; l'étoffe flottait et se balançait régulièrement autour d'elle même si ses robes ne pendaient pas tout droit. Quelque chose de rassurant et de vieillot se dégageait de son apparence, jusqu'à ses cheveux foncés et lisses, rassemblés en un chignon strict dans une sorte de tulle transparent.

Cela faisait plus de quarante ans qu'elle vivait au rez-de-chaussée, et elle avait froncé les sourcils lorsque maman avait emménagé avec deux petites filles qui parlaient fort et un gros chien. Elle me raconta cela plus tard, une fois que nous eûmes fait plus ample connaissance. Le plafond au-dessus d'elle tanguait plus que jamais, car au cours des vingt années précédentes, l'appartement avait été occupé par un homme calme, d'un certain âge, qui avait ensuite déménagé pour rejoindre sa fille plus au nord et finir ses jours auprès d'elle. Il avait toujours marché en chaussettes, sans faire de bruit ; autant dire que c'était le jour et la nuit.

Jossi avait aussi la fâcheuse habitude d'aboyer quand quelqu'un venait en visite, que ce soit chez nous ou chez Mlle Aaseth. Nous lui criions de se taire, toutes les trois, jusqu'à ce qu'un jour Mlle Aaseth nous confie :

— Je me sens tellement en sécurité avec ce chien dans la maison, je suis si contente qu'il soit là, je ne suis plus toute jeune, et on s'inquiète, avec l'âge. Mais maintenant, je dors comme un bébé, parce que je sais qu'il aboiera si quelqu'un vient.

Jossi passa rapidement du statut d'animal de compagnie à celui de voisin à part entière après que Mlle Aaseth découvrit sa charmante nature et commença à lui donner des friandises. Elle n'avait pas eu de chien depuis qu'elle était petite mais, désormais, il pouvait rester chez elle si Elin et moi devions sortir et que maman était au travail. Elle avait un double de la clé et pouvait le faire descendre quand cela lui convenait.

Maman et elle tissèrent des liens d'amitié très particuliers, fondés sur le respect et l'acceptation mutuels. C'était étrange de voir deux personnes si différentes trouver un terrain d'entente, une athée et une pentecôtiste, d'un côté le mode de vie austère de Mlle Aaseth et de l'autre l'énergie vitale de maman, qui remuait des montagnes. Quand nous emménageâmes, l'arrière-cour était grise, sombre et sale à cause de la poussière de la route, mais maman la transforma en une oasis. En peignant la pompe à eau hors d'usage depuis plusieurs années en rouge vif, elle en fit un objet décoratif du passé, entre des brocs où poussaient généreusement capucines et géraniums rouges.

Elle reçut de l'argent du propriétaire pour repeindre les murs donnant sur la cour, pour lesquels elle choisit du blanc et une autre couleur qu'elle appelait bleu atlas ; elle aménagea un coin où, en été, il pouvait effectivement y avoir du soleil entre onze heures trente et midi, en fabriquant une petite table qu'elle peignit dans la même couleur bleue, et elle descendait les tabourets de cuisine quand il faisait assez chaud pour s'asseoir dehors. Comme mon école se trouvait au coin de la rue, je rentrais à la maison pendant la grande récréation pour manger des gaufres ; il y avait toujours des gaufres, et Mlle Aaseth buvait le café avec nous, dans ses collants couleur chair, même s'il faisait quarante degrés dans ce coin où le soleil tapait. Dans le réduit au-dessus des toilettes extérieures, maman trouva un vieux tuyau d'arrosage avec lequel elle nettoya les dalles en ardoise de la cour tous les deux jours durant l'été, pour enlever la poussière de la circulation. Jossi en profitait pour prendre une douche ; il adorait le tuyau d'arrosage et mordait dans le jet de sorte que l'eau, du fond de sa gorge, rejaillissait vers le ciel.

Presque tous les élèves de ma classe, à la Katedralskolen, habitaient dans de grandes villas, à Stubban ou Byåsen, avec une salle de bains et sans aucun doute plusieurs W.-C. Mais c'était *moi* qui habitais au coin de la rue et qui, pendant la grande récréation, pouvais ouvrir avec une clé le grand portail sombre un peu de guingois pour aller vers la lumière, retrouver un labrador tout fou, contourner une pompe à eau peinte en rouge vif avec des cascades de fleurs dans les brocs posés autour, sentir la bonne odeur des gaufres et du café, lever les yeux vers la fenêtre de la cuisine ouverte où la radio avait été avancée pour que le son porte davantage, et voir la coiffure de petit page de maman se pencher quand elle me criait :

— Deux secondes ! Tape sur la fenêtre de la cuisine de Mlle Aaseth et dis-lui que le café arrive !

Mlle Aaseth déclara carrément, bien qu'elle fût très collet monté et peu expansive de nature, qu'elle était très heureuse d'avoir fait notre connaissance, que maman avait apporté *de la vie et du mouvement* dans la Kongens gate 37, et qu'elle aimait discuter avec elle parce qu'elle était si cultivée et avait tant voyagé. Elle devait aussi apprécier le sens de la propreté chez maman : pas une seule fois je ne vis Mlle Aaseth nettoyer les toilettes extérieures. Quand bien même elle aurait *souhaité* les laver, maman l'aurait devancée.

Et maman se prit d'affection pour Mlle Aaseth.

— Elle me fait tellement penser à ma tante Oda, la seule à avoir été gentille avec moi quand j'étais petite, à part papa. Alors moi aussi, j'ai envie d'être gentille avec elle. Pauvre Mlle Aaseth.

— Pauvre ? Pourquoi ? demandai-je

— Tu comprendras ça quand tu seras plus grande, répondit maman. Quand tu auras une *vue d'ensemble*.

Maman allait sans cesse la voir avec du pain encore chaud ou des petites brioches, selon ce qu'elle avait eu envie de cuire au four, et s'amusait à annoncer que c'était de la part de Jossi. Mlle Aaseth était fascinée par les talents de cuisinière de maman, puisqu'elle-même ne se préparait que de la nourriture simple et ennuyeuse, comme elle le disait. À vrai dire, maman aussi préparait des choses simples à manger, mais elle avait le don de les mettre en valeur. Nous n'avions pas les moyens d'acheter des produits chers. Mais Mlle Aaseth n'avait jamais goûté de spaghettis avant d'en trouver chez maman, ce qui ne l'empêcha pas de réclamer des pommes de terre à côté ; elle ne savait pas que la sauce blanche devait cuire un quart d'heure pour faire disparaître le goût de la farine, avant d'y ajouter les quenelles de poisson.

Elle n'avait jamais cuisiné que pour elle-même toute sa vie, et n'avait pas cherché à faire les choses autrement. C'était avant que maman emménage et lui apprenne que la sauce pour la viande hachée était encore meilleure avec un tout petit peu de miel et de moutarde.

— Du miel et de la moutarde ? Dans la sauce pour la viande hachée ?

— Essayez et goûtez au fur et à mesure, conseilla maman qui ouvrait à Mlle Aaseth de nouveaux horizons : elle *adorait* goûter de nouvelles choses, elle ne savait simplement pas comment s'y prendre.

Quand elle dut partir pour Hammerfest pour vivre auprès de sa sœur jusqu'à sa mort et son enterrement, nous dûmes arroser ses plantes. J'aimais bien le faire, je trouvais passionnant d'entrer chez elle, dans son petit appartement ; c'était comme remonter dans le temps, il ressemblait à ceux que nous pouvions voir chaque mardi sur notre télévision en noir et blanc, quand *Au théâtre ce soir* diffusait des mises en scène de vieux classiques.

La moindre surface était recouverte de napperons blancs au crochet, même les dossiers des deux fauteuils étaient protégés par des napperons ronds au crochet. Au mur, il y avait l'horloge du grand-père avec son balancier protégé par une vitre : il pendait à la verticale, puisqu'elle s'était absentée et n'avait pas pu remonter le mécanisme. Il y avait des tableaux brodés aux murs, dans le style romantique rural, avec des motifs de la vie à la ferme, entre fjord et montagne. Mais nulle part on ne voyait de photo de famille encadrée.

La peinture du plafond s'écaillait et de minuscules bouts de peinture tombaient sur le tapis du salon ; Mlle Aaseth devait sans aucun doute passer régulièrement l'aspirateur quand nous marchions sur le sol peu stable au-dessus de sa tête.

La cuisine était d'une propreté irréprochable ; il en émanait une faible odeur de pommes de terre et de savon Sunlight. Au-dessus de la cuisinière, sous le plafond, elle avait tendu des fils de Nylon blanc. Là étaient suspendus un torchon propre pour les verres et des sacs en plastique lavés, retournés et accrochés avec des pinces à linge pour sécher, alors que maman pouvait lui donner autant de sacs en plastique qu'elle en voulait.

Je restais dans son appartement à écouter le bruit de la circulation dehors en pensant qu'elle avait passé sa vie entre ces quatre murs ; j'étais là, dans ma veste chinoise, et je savais, je savais vraiment que je me trouvais sur une autre planète tout en ayant la nostalgie de cette époque révolue que j'avais connue dans mon enfance. Une époque où l'on aimait rester chez soi, bien à l'abri ; ceci était son *foyer*, chaque chose ici lui était familière et chère, avec une histoire qu'elle portait en elle au quotidien. Avant d'être retraitée, elle avait travaillé dans *un bureau*, c'est tout ce que je savais. Pas sûr que maman en ait su davantage.

Dans sa chambre à coucher, au-dessus de la tête du lit, elle avait au mur un crucifix en laiton avec un Jésus-Christ tout maigre, et sur la table de nuit se trouvait un grand bol en bois rempli de petits papiers avec des abréviations de mots et des chiffres. Qu'est-ce que cela pouvait bien être ? Maman m'expliqua qu'il s'agissait de versets de la Bible.

— Si l'on est très croyant – et Mlle Aaseth l'est, on peut l'avancer sans se tromper –, on lit un verset de la Bible avant de fermer les yeux, le soir. Et pour avoir un peu de variation, elle tire au hasard un petit papier dans le bol, exactement comme toi et Elin tiriez des numéros lors des fêtes de Noël, quand vous étiez plus petites. Elle ouvre alors la bible à l'endroit indiqué et lit les versets correspondants avant d'éteindre sa lampe de chevet et de s'endormir.

— Est-ce que tu lui as raconté que tu avais fait entrer illégalement des bibles en Union soviétique ?

— Non ! Je lui ai dit que je ne croyais en aucun dieu à cause de mon enfance et de mon horrible mère. Si je lui avais parlé de cette histoire avec les Russes, ça n'aurait fait que la troubler.

— À raison.

Maman savait naturellement qu'un napperon au crochet sur le dossier d'un fauteuil s'appelait une têtière, en anglais un *antimacassar*, car cela devait protéger le tissu de l'huile de macassar qu'utilisaient les hommes pour plaquer leurs cheveux, avant l'apparition de la Brylcreem.

— Il n'y a pas tant d'hommes que ça qui s'assoient dans ce fauteuil. Avec de l'huile dans les cheveux.

— Non, sur ce plan, nous sommes pareilles, elle et moi, dit maman.

Lorsque Mlle Aaseth décéda après avoir passé seulement quelques semaines à l'hôpital, l'année suivant mon mariage, maman et moi allâmes à son enterrement ; Elin était à l'école. L'église était vide, à part nous et des pentecôtistes, une vingtaine peut-être ; des gouttes d'eau tombaient d'un coin du cercueil. Sur le petit programme des funérailles, je vis pour la première fois son prénom.

Svanhild.

Je n'avais jamais réfléchi au fait qu'elle avait un prénom, et je n'arrivais pas à détacher mon regard des gouttes d'eau qui tombaient régulièrement du cercueil : j'imaginais le corps diabétique et assez gonflé de Svanhild Aaseth.

Les pentecôtistes avaient ensuite préparé du café, des tartines garnies et des gâteaux dans une sorte de salle de conférence du *Missionshotell* ; il n'y avait personne de la famille, et quand nous en fûmes au café, ils commencèrent à tous lever les bras vers le ciel, à renverser la tête, les yeux fermés et, dans un état extatique, à « parler en langues ». Maman et moi n'osions pas nous regarder, mais nous aurions pu, car cela ne me donna pas du tout envie de rire : j'eus carrément peur, je croyais qu'ils étaient tous devenus cinglés.

— Ça m'a fait un de ces chocs, dis-je à maman sur le chemin du retour, vers cette maison désormais à moitié vide (le rez-de-chaussée serait peu de temps après loué à un formateur en polissage de pierre, avec un tonneau rotatif qui aurait pu couvrir les aboiements d'au moins deux labradors).

— Ce n'est pas dangereux. Ils croient que c'est un cadeau de Dieu.

— Tu crois que Mlle Aaseth faisait comme eux ? Lors de leurs réunions ?

— C'est fort possible.

Pendant longtemps, je fus incapable de chasser cette image de mon esprit. Mlle Aaseth, dans sa robe sombre si respectable, ses souliers lacés, tendant les bras en l'air, avec le visage qui criait des mots qui ne voulaient rien dire du tout. Une vie humaine pouvait dissimuler bien des secrets ! Si j'avais su que Mlle Aaseth se livrait périodiquement à ce genre d'extase, j'aurais porté sur elle un autre regard, de son vivant.

— Je suis sûre que Mlle Aaseth se réjouira ! Et elle viendra à coup sûr à l'église, vous verrez, elle vous fera un cadeau, dit maman.

Elle considérait comme acquis que le mariage se ferait à l'église, et c'était en effet le cas en 1978. Ceux qui se mariaient civilement le faisaient soit parce que la mariée était enceinte jusqu'aux yeux, soit parce qu'ils avaient déjà été mariés plusieurs fois, ou autre vice caché…

Alors il était évident que ce devait être un mariage à l'église ; toute autre chose serait passée pour une manifestation, une révolution, même si ni maman ni Elin ni moi ni Finn n'avions, à nous quatre, une once de foi. Et même si nous étions toutes des athées convaincus, il était quasi impensable de ne pas être membre de l'Église d'État. Maman nous avait un jour lu à haute voix un article d'*Adresseavisen* sur les gens qui demandaient à ne plus faire partie de l'Église ; elle avait eu en lisant un rire méprisant puis avait déclaré :

— C'est bien beau, tout ça, mais qui va les *enterrer*, hein ? Qui, si je peux me permettre ? Ils vont peut-être le faire eux-mêmes ? Ha ha.

Finn s'était déjà désinscrit, mais, à ma connaissance, il suffisait qu'un membre du futur couple fût membre de l'Église d'État. Mais je n'osai pas avouer à maman que Finn avait quitté l'Église ; pour elle, cela revenait pratiquement à être communiste.

Les communistes, c'était aux yeux de maman ce qu'il y avait de pire.

Nous étions les plus proches voisins de la librairie Oktober, située au sous-sol du Kongens gate 33, et la police nous avait plus d'une fois, peu avant mon départ de la maison, ordonné de sortir dans la rue au beau milieu de la nuit à cause d'alertes à la bombe concernant cette *librairie diabolique*, comme l'appelait maman.

C'était un bordel pas possible ; maman portait sa plus belle robe de chambre, la jaune citron avec des revers marron foncé, qu'elle tenait toujours prête pour ce genre d'alertes. Notre petit appartement n'avait que deux chambres à coucher, de sorte que maman dormait dans le salon, sur un canapé surdimensionné qui, une fois replié, ne permettait pas de deviner qu'il servait aussi de lit ; j'ai cherché pendant des années à en trouver un semblable, en vain. Dans la journée, il dissimulait sans problème la couette et les oreillers, était très bien ainsi, et tous les mécanismes qui le transformaient en un lit double gigantesque et moelleux étaient discrètement cachés sous des pans et des plis de tissu ; je crois qu'il avait été fabriqué aux États-Unis.

La sonnerie de la porte était installée en plein milieu du mur du salon, à environ un mètre des oreilles de maman. C'est pourquoi elle était toujours la première à se lever, effrayée, lorsque les policiers sonnaient comme des fous au milieu de la nuit et nous priaient d'évacuer les lieux en raison de l'éventualité d'une bombe.

Mon Dieu, ce qu'on pouvait détester ça ! Jossi aboyait naturellement comme un possédé et se jetait sur toutes les portes, je devais m'habiller tout en essayant de le tenir en laisse, puis on se retrouvait dans la rue, à côté des rails du tramway, avec un labrador déchaîné, moi faisant la gueule, ma petite sœur titubante de fatigue, et ma mère, dans sa plus belle robe de chambre, prise de logorrhée sur l'emplacement géographique de cette *librairie diabolique*. Et elle ne pouvait pas dire ce dernier mot à haute voix, car elle ne jurait jamais quand Mlle Aaseth risquait de l'entendre ; elle aussi était évacuée, et elle sortait toujours en manteau d'hiver et bottines aux pieds, se couvrant le plus possible.

Aucune bombe n'explosa jamais, alors au bout d'un moment, avec la bénédiction de la police, nous regagnions nos pénates et la chaleur, et avions droit à des gaufres (grâce à la pâte gardée dans un Tupperware) histoire de calmer nos nerfs. Pour maman, cela passait aussi par un grand nombre de cigarettes, fumées à la chaîne.

Moi et tous les élèves de ma classe de Katta achetions des chaussures et des vestes à la librairie Oktober – des chaussures et des vestes chinoises, s'entend –, et même le petit livre rouge de Mao. Je l'ouvris à peine, mais je trouvais qu'en dépit de sa petite taille, avec sa couverture raide en vinyle rouge vif, il incitait les autres livres de mon étagère à la révolte. Et comme maman ne mettait jamais les pieds dans cette *librairie diabolique*, elle n'avait aucune idée de ce à quoi ressemblait le petit livre rouge de Mao, et elle ne le remarqua jamais sur l'étagère dans ma chambre.

Les chaussures chinoises ressemblaient à des tennis traditionnels, elles étaient en tissu bleu rayé, avec des semelles et des lacets blancs, toutes plates ; les vestes étaient coupées tout droit, comme un rectangle.

— Où as-tu acheté cette veste ? Et ces tennis ? me demanda maman.

— C'était super bon marché, répondis-je.

— Mais où ça ?

— Au Sundt.

Le Sundt était la zone marchande en plein centre-ville, avec des boutiques de vêtements, des petits commerces et un café.

Et comme maman détestait cette *librairie diabolique*, elle ne jetait jamais le moindre coup d'œil dans les vitrines sombres du sous-sol de Kongens gate 33 qui présentaient un choix séduisant de chaussures et de tenues chinoises. Si elle avait tourné la tête, j'aurais été mal…

Quand, un jour de juin, j'appelai maman pour lui raconter que je changeais de maison d'édition et passais chez Oktober, ses frêles valves cardiaques s'affolèrent.

— C'est une blague, Anne ?

— Non, mon éditeur travaille là-bas, maintenant, du coup, moi aussi je dois y être.

Elle resta un long moment silencieuse.

— Mais Anne… ah, mon Dieu ! Je ne sais pas quoi dire, j'ai juste envie de pleurer. Oktober. Mon Dieu, c'est affreux. Mais qu'est-ce qui t'a pris, Anne ? Tu ne me cacherais pas quelque chose ?

— Maman, du calme. Il n'y a aucun problème. Ils appartiennent à Aschehoug, maintenant. C'était *avant* qu'ils…

— Tu me prends pour qui ? Je suis quand même au courant de ce qui se passe.

— C'est une maison d'édition comme les autres, maintenant, maman.

— Tu te feras avoir, tu verras. Ils ne supportent pas que certains gagnent plus que d'autres. Ce sont des *communistes*, Anne !

— Je dois travailler avec mon éditeur. C'est aussi simple que ça.

— Lui aussi doit être un communiste, puisqu'il travaille là-bas maintenant.

— Ça ne m'a jamais sauté aux yeux. De toute façon, nous n'avons jamais discuté politique ensemble.

— Évidemment qu'il est communiste.

— En fait, je m'en fous. Gullik est pour moi, avant tout, le meilleur éditeur du pays.

— Je n'aurais jamais pensé vivre une chose pareille ! Voir les livres de ma fille publiés dans une maison d'édition qui l'a fait sortir pieds nus, en chemise de nuit, pour se retrouver sur les rails du tramway en pleine nuit ! Je suis effondrée…

— J'étais rapide, maman, j'avais toujours le temps d'enfiler un jean et un tee-shirt. C'était *Elin* qui restait en chemise de nuit. Et c'étaient les *autres* qui menaçaient de faire exploser une bombe, pas ceux qui travaillaient chez Oktober.

— Oui, je sais ! Parce que c'étaient des communistes !

Au cours des années où elle a travaillé à l'usine de sacs en plastique, soit de 1971 à 1983, maman a toujours été regardée de travers par ses collèges parce qu'elle avait des positions politiques diamétralement opposées aux leurs. Ce n'était pas parce qu'elle était danoise, et donc une travailleuse immigrée, même si elle avait acquis la citoyenneté norvégienne depuis des années, non, c'était avant tout parce qu'elle votait à droite et qu'en plus, elle *ne s'en cachait pas*.

L'usine regorgeait de communistes en tout genre, et maman se distinguait à la fois par son « volume » et parce qu'elle était la première femme à oser être machiniste sur une grande extrudeuse, une extrudeuse particulièrement redoutée : au mieux, on se brûlait les doigts au contact du fer chauffé à blanc, au pire, la machine vous les coupait net. Les femmes à l'usine *emballaient* les sacs en plastique, elles ne les fabriquaient pas. Mais en tant que machiniste, elle touchait un peu plus, et cet argument l'emportait sur tous les autres.

— Pourquoi cette machine serait-elle plus dangereuse pour moi que pour vous, les hommes ? leur avait-elle dit.

Il lui fallait être d'une extrême vigilance pour garder ses doigts, puisque pour mettre du beurre dans les épinards, elle tricotait à côté les pulls à motif Marius et brodait des costumes folkloriques. Nous n'aurions pas survécu si maman s'était retrouvée en congé maladie sans possibilité de compléter ses revenus.

Mais ce qui la choquait le plus, au travail, c'était qu'ils disaient du mal du propriétaire de l'usine, un certain Rambech. Surtout quand les hommes l'apercevaient de la fenêtre, au volant de sa Mercedes. La Mercedes leur sortait par les yeux.

— Et pourquoi n'aurait-il pas le droit de rouler en Mercedes s'il en a les moyens ? Pourquoi n'aurait-il pas le droit de gagner plus que nous ? Hein ? Nous pouvons rentrer chez nous quand nous avons fait nos heures, nous ne sommes pas obligés de penser à l'usine avant de retourner au boulot le lendemain, alors que lui doit vivre avec, jour et nuit. Il est responsable de tout ! De nous. De préserver nos emplois. Vous êtes seulement envieux de sa voiture. Vous n'auriez pas tenu une semaine dans son boulot, je vous le garantis. Alors épargnez-moi votre propagande communiste, je ne supporte plus d'entendre votre *galimatias de merde* !

— Je te conduirai à l'autel, dit maman en déposant une gaufre toute chaude sur la corbeille en osier. Ton père n'a rien à voir là-dedans. Je vais enfin pouvoir me coudre une robe avec les étoffes que j'ai achetées au Maroc. Depuis le temps qu'elles traînent dans l'armoire ! Je vais demander à celle qui assemble les costumes folkloriques pour moi, peut-être qu'elle pourrait me coudre un caftan ? Ce serait bien.

— Où aura lieu la réception ? demandai-je.

— Il faut que je réfléchisse un peu, dit maman. Chaque chose en son temps. Ce soir, c'est la fête !

Maman commença les préparatifs du mariage en aménageant une sorte de cellier dans un débarras sur le palier de l'escalier qui partait de chez Mlle Aaseth. Comme ces vieilles maisons en bois dataient du XIXe siècle, elles étaient truffées de pièces poussiéreuses et de cachettes, avec une hauteur de plafond de moins de deux mètres – les gens devaient être plus petits, à cette époque, à moins qu'ils aient eu le dos voûté par les soucis ou le dur travail physique.

Un jour, en janvier, je passai la voir et découvris toute une petite armée de panneaux d'aggloméré en rang d'oignons sous le portail. En manteau et moufles, maman était en train de mesurer et de noter des repères sur la première planche. Il faisait moins dix, à tout casser.

— Qu'est-ce que tu fabriques ?

— Je t'ai déjà expliqué, Anne, c'est pour la pièce que je vais aménager. Tu ne devrais pas être en cours ? Si je peux me permettre de te poser la question.

— L'eau a gelé chez nous, j'ai oublié de la laisser couler cette nuit.

— Qu'est-ce que ça a à voir avec les cours ? J'espère bien que tu ne laisses pas tomber tes études simplement parce que tu vas te marier ? Et tu crois que Finn va t'entretenir ? Il passe sa licence de philo, Anne. C'est pas ça qui nourrit son homme. Il faut que tu penses à gagner ton propre argent.

— Je n'ai pas pu me laver, c'est pour ça que je n'y suis pas allée.

— On annonce du redoux pour demain, alors vous aurez de nouveau de l'eau. Mais tu n'as qu'à monter dans la cuisine et te laver ici.

— Je n'ai pas bu de café non plus.

— Eh bien, occupe-toi de tout ça, j'ai bientôt terminé. Au fait, tu sais à qui j'ai parlé, avant-hier ?

Maman se redressa et me sourit ; sa joie était telle qu'elle paraissait avoir tout à coup dix ans de moins.

— Avant-hier ? Non...

— Audrey de Southampton.

Maman n'avait pas le téléphone à la maison, et naturellement, Finn et moi non plus ; nous utilisions la cabine téléphonique de la St. Olavs gate si nous devions appeler des instances officielles. On communiquait par lettres, cartes postales et cassettes audio, sinon on sonnait les uns chez les autres. Passer un coup de fil à l'intérieur du pays coûtait cher, et appeler à l'étranger était toute une histoire. Il fallait aller au bureau des télécommunications du centre-ville où ils nous mettaient en relation avec la personne demandée après nous avoir priées d'entrer dans un petit box fermé où il faisait trente degrés. Ensuite, il fallait payer au guichet, en fonction de la durée de la conversation.

Maman avait appelé quelquefois le Danemark depuis là, lorsque son père était mort ; je l'avais accompagnée et j'avais attendu, assise sur un banc en skaï, pour pouvoir ajouter quelques « salut ! salut ! » à la fin de la conversation. Téléphoner à Southampton, même si l'appel ne durait pas longtemps, coûtait dans les cent couronnes à une époque où l'on achetait un litre de lait, un pain et une boîte de maquereaux à la tomate pour moins de dix couronnes.

— J'ai eu l'idée lumineuse de demander si je pouvais utiliser le téléphone de l'usine, celui du bureau de la gestionnaire pour la paie. Comme ça, elle comptabilise le temps et peut me retirer l'argent de ma paie, oui, parce que je voulais aussi appeler Ib et Lotte. Et je suis restée à parler anglais, et voilà qu'est arrivé Fritz Rambech en personne, il a accroché son manteau en me souriant, et il m'a demandé ensuite la raison de cet appel. Alors je lui ai expliqué que ma fille aînée allait *se marier* et qu'il fallait lancer les invitations longtemps à l'avance, et que cette conversation serait naturellement déduite de mon salaire, et tu sais ce qu'il a dit ?

— Non ?

— Laissez tomber, a-t-il dit, c'est aux frais de la maison, madame Ragde. Vous êtes une très bonne collaboratrice. Tu te rends compte, Anne ? Il a *dit* ça. Mon Dieu ! J'étais comme sonnée ! Mais je n'avais pas encore appelé Ib et il fallait *absolument* que je lui dise que j'avais négocié *deux* appels avec sa gestionnaire. Et il m'a répondu qu'il n'y avait pas de problème, puisqu'il s'agissait de circonstances particulières et que ç'aurait pu être pire, un décès par exemple, alors j'en ai profité pour passer un coup de fil à mon frère à Copenhague pour lui annoncer la bonne nouvelle.

— Et qu'est-ce qu'ils ont dit ?

— Tu le sauras quand je monterai tout à l'heure ; en attendant, lave-toi et mets l'eau à chauffer pour le café.

Prends la serviette rayée, elle n'a *presque* pas servi. Tu n'auras qu'à la jeter dans la casserole d'eau bouillante après.

Audrey et son mari, Fred, voulaient venir au mariage, en arrivant deux semaines avant et en restant une semaine après, ils s'étaient décidés sur-le-champ : cela faisait plusieurs années qu'ils parlaient de venir en Norvège, où ils n'étaient jamais allés. Et comme ils avaient tout le temps de planifier et d'économiser pour les billets d'avion, la question ne se posait même pas.

— Ils arrivent ! Mon Dieu, ça me fera plaisir de revoir Audrey et qu'on puisse parler librement, toutes les deux. Elle et Fred auront mon canapé-lit et je dormirai dans l'ancienne chambre d'Elin. Je pensais en faire une salle de couture, mais ça attendra.

— J'ai cru que c'était pour ça que tu aménageais cette pièce, pour y dormir !

— Non, non, c'est pour faire un garde-manger ! Pour le congélateur et les étagères.

— Mais nous avons… enfin, tu *as* déjà un congélateur.

— Tu comprends bien qu'il sera beaucoup trop petit. Il faut que je stocke de la nourriture pour trois semaines, Anne ! Tout doit être prêt à l'avance, alors crois-moi, je ne chôme pas ! Il faut que j'aie le repas prêt pour eux avant de commencer mon travail à trois heures, et ils doivent aussi avoir une collation le soir, sans parler des petits déjeuners et du lunch. Et je voudrais leur montrer la ville, je ne peux pas rester enfermée à faire la cuisine. Il me faut du pain, des brioches et des gâteaux pour trois semaines, et, j'ai compté, vingt et un repas chauds. En outre, je ferai tous les gâteaux pour le repas de noces sauf le gâteau de mariage, je passerai commande chez *Erichsen*. Il y a pas mal de gâteaux que je suis obligée de faire la veille, évidemment, comme les bavarois et le gâteau au fromage blanc, mais pour les autres, je peux m'y prendre à l'avance. Et le gâteau de fête avec les anneaux en pâte d'amandes n'est que plus moelleux après un petit tour au congélateur.

Je me contentai de hocher la tête, de fumer et de boire mon café.

Il était à présent décidé que la réception aurait lieu au *Trubadur Restaurant*, de l'autre côté de la rue. Maman avait réservé tout le rez-de-chaussée, de sorte que leurs invités habituels devraient ce soir-là se rabattre sur le premier étage. Mais elle connaissait bien la gérante de l'endroit, dont la chienne, un caniche, était le grand amour de Jossi. Nous récupérions parfois des restes pour Jossi, quand le caniche ne parvenait pas à tout manger.

En réalité, le *Trubadur Restaurant* ne servait que de la viande hachée, du pâté de poisson et de la soupe à la viande – à vrai dire, le plus souvent, c'était bière et vin avec des cacahuètes –, mais pour la Saint-Jean, ils loueraient les services d'un vrai cuisinier pour nous. Il y aurait un menu ; maman était passée à la banque et avait obtenu la promesse d'un prêt, dont le montant exact serait déterminé quand le prix du repas serait fixé. Le restaurant ne manquait pas de charme, avec ses petites lampes à facettes et ses fresques. Mais ce n'était pas ce qu'on appelle un *bel* endroit, là où les gens comme il faut sortent pour manger. En fin de semaine, il y avait des concerts de jazz, ce qui provoquait beuveries et bagarres sur le trottoir, obligeant la police à intervenir. Nous étions habituées à cette atmosphère animée venant du *Trubadur*. Le bâtiment brûlerait entièrement quelques années plus tard et il ne resterait plus rien, ni de l'art, ni du reste.

Louer un restaurant digne de ce nom coûtait les yeux de la tête et il n'en était pas question, même si maman caressait le rêve secret de tenir cette réception dans le très honorable *Britannia Hotel* ; elle me confia cela le jour où je me mariai pour la troisième fois et que nous organisâmes le mariage *pour de vrai* au *Britannia*, ce qu'elle ignorait heureusement avant ce jour gai de janvier.

Comme elle était tombée d'accord avec la propriétaire du caniche qui mettrait à notre disposition un cuisinier, une table en U avec des nappes blanches, ainsi que des guéridons au bout de la pièce pour le café et la danse, avec de la musique d'un orgue Hammond où jouerait le frère de la propriétaire en personne, tout ça pour un dixième du prix au *Britannia*, elle avait à présent les moyens de lancer des invitations à la fois à Southampton et à Copenhague. Nous n'avions pas de famille à Trondheim, mais Finn avait beaucoup d'oncles et de tantes, et nous voulions inviter nos proches amis.

Maman avait aussi dit à Mlle Aaseth qu'elle serait la bienvenue, mais celle-ci préférait s'occuper de Jossi de l'autre côté de la rue et nous laisser nous amuser.

— Et elle prône la tempérance, dit maman. Ça risque de faire beaucoup pour elle, si les invités se lâchent en dansant.

Muhammed était depuis longtemps rentré, amer, à Alexandrie, et oncle Ib, tante Lotte et nos deux cousines n'avaient pas les moyens de venir. La famille avait acheté une résidence secondaire au Nord-Sjælland et chaque couronne était dépensée pour la remettre en état ; nous le savions grâce aux cassettes qu'ils nous avaient envoyées à Noël, où tous les quatre parlaient et riaient tous en même temps, entrecoupés par la musique de *Gasoline*, un groupe pop que les deux cousines *adoraient*.

La sorcière vivait toujours, mais maman n'avait aucun contact avec elle, depuis la mort de grand-père. Ma grand-mère n'était apparemment même pas au courant que j'allais me marier. Maman ne lui envoyait ni carte de vœux ni cadeau de Noël, mais grand-mère nous avait envoyé à Elin et à moi des tablettes de chocolat.

— C'est dommage que la famille du Danemark ne puisse pas venir, fis-je.

— Ils étaient déjà ici l'été dernier.

— Cela aurait fait beaucoup de monde, le plancher se serait effondré sur la tête de Mlle Aaseth.

— Mais non, ils auraient campé à Flakk.

— Mais la nourriture… Tous les repas…

— Alors j'aurais acheté deux nouveaux congélateurs à crédit. Il ne faut jamais lésiner sur l'alimentation, mais ça n'a pas besoin d'être du foie gras et du champagne, du moment que c'est préparé avec amour.

Elle couvrit le sol et les vieux murs du débarras avec les plaques d'aggloméré, peignit le plafond et les murs et colla du linoléum par terre. Elle fit passer un câble électrique qu'elle fixa le long du mur jusque dans la petite pièce pour alimenter un immense congélateur ainsi qu'une petite applique. Elle cloua dans les coins des bouts de bois sur lesquels elle posa les planches : les étagères étaient prêtes, et elle put commencer à stocker l'alimentation. La pièce n'étant pas isolée pour l'instant, on ne pouvait y mettre que de la nourriture sèche ; même les conserves pouvaient geler et exploser.

On entreposa donc d'abord du café, de la farine, du sucre et, au fur et à mesure, des gâteaux secs type *shortbreads* faits maison, de formes diverses, le temps que le congélateur arrive.

— Les Anglais mangent des *shortbreads* avec tout, expliqua maman : pour le thé avec quelque chose de sucré dessus, ou pour le petit déjeuner avec du fromage. Comme nous faisons avec le knekkebrød. Mais les Anglais détestent les fibres et la farine complète, ils ont vraiment ça en horreur, ils trouvent que c'est pour les pauvres, je crois. Ils ne le disent pas ouvertement, mais selon eux, la farine complète n'est pas assez raffinée. Au sens propre. Seule la farine blanche trouve grâce à leurs yeux.

Dès que le congélateur trouva (à grand-peine) sa place dans le débarras, maman fit de la cuisine et de la pâtisserie non-stop pendant plusieurs mois. Elle fit précuire des fonds de tarte qu'elle empila au congélateur dans des boîtes à gâteaux achetées pour quelques *øre* chez *Baker Sand*, le magasin à côté du *Trubadur Restaurant*. Elle cuisit cinquante baguettes, une quantité impressionnante de croissants, de brioches, de petits pains et de scones, elle prépara des tartes à la crème, de gâteaux aux noix et des anneaux de pâte d'amande.

Elle commençait chaque jour par la préparation d'une nouvelle pâte, puis elle brodait ou tricotait pendant que la pâte reposait ou levait ; ensuite, elle recommençait à broder, tricoter, laver et repasser en chantonnant une fois qu'elle avait glissé les préparations au four.

Peut-être se réjouissait-elle tout autant de la venue d'Audrey que du mariage proprement dit ? Voire encore plus ? Je me suis posé la question après sa mort, un jour que je songeai avec honte à ce mariage si bref. Une union d'une durée qui ne fut pas à la hauteur de l'engagement dont maman fit preuve ce printemps-là. Je repensai à une phrase qu'elle m'avait dite un jour, dans la maison de retraite médicalisée de Furuset :

— Mais au fond, qu'est-ce que j'ai à voir, moi, avec cette journée, Anne ?

C'est de ces années dans la Kongens gate que maman a parlé à Elin le dernier soir de sa vie.

Toujours est-il qu'en ce printemps 1979, maman savait exactement ce qu'elle avait à faire, chaque jour, chaque minute et chaque seconde.

— Est-ce qu'Audrey sait que nous n'avons pas de salle de bains ?

— Bien sûr. Audrey sait tout de ma vie. Tout. Cela ne leur pose pas de problème de faire leur toilette dans la cuisine, car Audrey sait à quel point je suis à cheval sur la propreté. Et elle est comme moi sur ce point. Ce qui veut dire que les règles d'hygiène sont strictes et qu'elle le sait : toutes les bassines sont rincées à l'eau bouillante, les serviettes, bouillies, etc.

Maman et Audrey s'écrivaient ce qu'elles appelaient des *bookletters*, une sorte de journal intime qu'elles mettaient des semaines à écrire. Il y était question du déroulement de leurs journées, des livres qu'elles avaient lus, elles y collaient des images de magazines, dessinaient, mais surtout, elles parlaient de nourriture.

Maman pouvait se sentir extrêmement frustrée sur le choix des produits alimentaires disponibles dans les boutiques d'alimentation de Trondheim. Le seul avantage pour elle, c'était que si elle se cantonnait aux plats quotidiens un peu tristounets de Trondheim, ces magasins lui cédaient les abats pour trois fois rien : des cœurs et des rognons de porc et de bœuf. Elle était la seule à en vouloir et le boucher devait croire que c'était pour Jossi qui restait à la porte, attaché, quand elle faisait ses courses. Le choix d'épices était restreint. Les gens d'ici utilisaient le sel, le poivre et le Gastromat, et se fendaient d'une feuille de laurier s'il fallait jouer le grand jeu. Mais il n'y avait pas d'ail dans le Gastromat, à l'époque, nous en avions à peine entendu parler, presque personne n'en mangeait.

L'origan avait été introduit dans la cuisine norvégienne l'année précédente, avec la pizza. Nous n'avions pas vraiment de recette, alors j'ai fait ma première pizza dans un moule de gâteau à la crème avec des bords de dix centimètres de haut, en mettant toute la viande en tas au milieu et tellement d'origan par-dessus que ça piquait le palais. Elin trouva que ça sentait le savon ; ça en avait aussi le goût, et elle n'en voulut pas. Si quelqu'un avait une haleine d'ail, nous trouvions ça épouvantable et prenions nos distances ; cette personne était stigmatisée pendant un bon moment car, pour nous, c'était le signe d'un manque d'hygiène, plus exactement de brossage de dents défaillant. Il nous fallut des années avant de faire le lien entre cette odeur et la dégustation d'ail.

Chaque Noël, Audrey avait pris l'habitude d'envoyer à maman un mélange d'épices à base d'oignons et de sauge pour la farce de la dinde. Et quand ils viendraient pour le mariage, Audrey apporterait du thé noir Typhoo et du *lemon curd* pour les bavarois. Ces deux produits étaient introuvables à Trondheim.

— Elle prendra certainement un peu de *sage & onion*, c'est sec et ça se gardera très bien jusqu'à Noël.

Nous ne connaissions personne qui mangeait de la dinde à Noël : les habitants de Trondheim mangeaient des côtes de porc et de la choucroute. Lorsque la dinde est devenue à la mode pour le réveillon de la Saint-Sylvestre, des années plus tard, en étant considérée comme un plat *simple* à préparer, maman fut choquée.

— Ils ne savent pas de quoi ils parlent ! *Simple ?* Alors je te garantis qu'elle sera aussi sèche que du papier. C'est dix fois plus de travail de cuire une bonne dinde qu'un *flæskesteg* ordinaire ! Avoir du gras croustillant sur un *flæskesteg* est à la portée de n'importe quel *petit enfant* !

Maman bichonnait cette dinde pendant des jours, la tartinait de beurre, massait les suprêmes et les cuisses pour les adoucir, la farcissait d'oignons, de pommes, de pruneaux et du mélange d'épices apporté par Audrey, puis la faisait cuire longtemps sous une couche de bacon. Elle se servait des abats pour la sauce, qui restait sur le feu la moitié de la journée et à laquelle elle ajoutait les sucs de cuisson de la dinde elle-même. Enfin, il y avait tellement d'accompagnements que maman ne disposait pas d'assez de casseroles ni de plaques de cuisson. Pour pallier ce problème, elle formait de petits récipients avec des feuilles d'aluminium, les disposait serrés les uns contre les autres sur une plaque, couvrait le tout d'une grande feuille d'aluminium et réchauffait ces accompagnements au four, pendant que la dinde reposait et était ornée de manchettes blanches autour des chevilles.

Remplir de bonne nourriture tout un congélateur ne lui posait aucun problème. Quand elle avait terminé tout son travail de boulangère et de pâtissière, les températures s'étaient radoucies, il ne gelait plus la nuit. Alors elle pouvait stocker à la fois sur les étagères et dans le congélateur.

— Si je n'avais pas eu *Sjokkpris*, j'aurais été ruinée, aimait-elle à dire.

Son travail du samedi dans le supermarché *Sjokkpris* lui ouvrait des possibilités infinies de mettre à profit la nourriture qui n'aurait pas tenu jusqu'au lundi. Si elle recevait des bananes à deux doigts d'être périmées, elle faisait des gâteaux à la banane, si c'étaient des oranges et des citrons, elle en remplissait des bocaux de confiture qu'elle laissait cuire pendant des heures, à l'anglaise, et avec des pommes à la peau abîmée, elle faisait de la compote pour les *tilslørte bondepiker*, recouverte ensuite d'un mélange de gâteaux secs émiettés et de noisettes concassées revenu à la poêle avec de la cannelle et du beurre, le tout surmonté de crème chantilly.

— Ça prend cinq minutes de préparer ce dessert !

Après Noël, il y avait beaucoup d'invendus, dont des paquets de figues et de dattes séchées dont maman faisait du *mincemeat*, et des boîtes de chocolats périmés qu'elle faisait fondre au bain-marie avant de s'en servir de base pour des gâteaux. Le samedi, elle rapportait à la maison les farces et la charcuterie qui ne pourraient plus se vendre le lundi, et elle les reniflait attentivement avant de couper menu la charcuterie et de la faire revenir à la poêle avec la viande. Elle émincait des oignons, des petits pois et des carottes tout en faisant bouillir des pommes de terre pour en faire de la purée. Tout ça deviendrait un *shepherd's pie*.

— Oh, Anne, tu ne sais pas ? J'ai eu une idée géniale ! me cria-t-elle par la fenêtre de la cuisine, un jour de printemps où je passais la voir.

— Attends que je monte !

— Je n'ai qu'un seul plat en verre qui aille au four, comme tu le sais, et il sera pour le *shepherd's pie*, comme ça on pourra voir les deux couches superposées, mais je ne savais pas comment j'allais pouvoir en congeler plus d'un. Mais cette nuit, j'ai trouvé ! J'avais pensé ne le cuire qu'à moitié avant de le congeler, mais tu sais ce que je vais faire ? Il y a du café, si tu veux, dans le thermos. Eh bien, je vais tapisser l'intérieur du plat avec du papier sulfurisé, verser dessus la préparation de viande puis la purée de pommes de terre, mettre ça au congélateur, et une fois que ce sera pris, je n'aurai qu'à soulever tout le machin, retirer le papier et l'envelopper dans du plastique. Terminé ! Il suffira de le décongeler dans le plat en verre et, hop, un petit tour au four. Comme ça, je pourrai en préparer un joli nombre, tu verras. Crois-moi. Même si normalement il y aurait dû avoir de la vraie viande dedans, de préférence de l'agneau, je n'en ai pas les moyens, et la farce et la charcuterie font très bien l'affaire : j'ai goûté et c'est délicieux. Audrey et Fred vont adorer. Quant au *Yorkshire pudding*, j'attends un peu, je peux le faire en un rien de temps, à Tresco je faisais du *Yorkshire pudding* en dormant…

Les plats utilisés pour les *pies*, à présent rangés dans des boîtes à gâteaux au congélateur, pouvaient resservir. Ils étaient *neutre*s, comme elle disait, et pouvaient accueillir des préparations aussi bien salées que sucrées : avec des fruits, cela devenait un dessert et, avec des restes plus des légumes, cela devenait une tourte pour le déjeuner.

Les plats de poisson ne lui disaient trop rien.

— Ils n'aiment pas tellement le poisson, les Anglais. Peut-être un *kipper* pour le petit déjeuner, auquel cas Audrey sait qu'elle doit apporter elle-même ses boîtes de conserve, car on n'en trouve pas par ici. On doit les réchauffer dans du lait, tu le savais ? Ça a le goût du maquereau. Non, le poisson, ce n'est pas leur tasse de thé… Un jour, je leur avais envoyé une boîte de maquereaux à la sauce tomate, un essai comme ça, pour les remercier de leur envoi à eux, je voulais quelque chose de *norvégien* ; à peine ont-ils senti l'odeur que la boîte a fini illico à la poubelle. Selon eux, la tomate n'a rien à faire avec le poisson ; pourtant Audrey était folle de *bacalao* lorsque nous habitions au Pays basque. C'est plutôt Fred, à mon avis, qui l'a jetée ; Audrey m'a raconté à quel point il était jaloux de sa jeunesse libre.

Elle convint d'un menu avec le cuisinier. L'entrée serait un cocktail de crevettes. Comme il ne figurait pas à la carte du *Trubadur*, la propriétaire du caniche emprunterait des coupes à un bon restaurant dont elle connaissait le cuisinier, puis ces coupes seraient divisées en deux avec des glaçons dans la partie inférieure. Le plat principal serait un filet de veau Oscar, le dessert de la glace et le *kransekake*. Maman ferait elle-même les anneaux en pâte d'amande, économisant ainsi quelques couronnes là aussi, et le montant du prêt bancaire put être fixé. Elle le rembourserait sur trois ans.

Pour les décorations de la table, elle commença à crocheter de petites corbeilles avec une anse en fil de soie blanc. Les invités seraient au nombre de quarante-deux. Les corbeilles seraient ensuite figées dans un glaçage, avec un petit verre à liqueur en plastique dans le fond, et l'anse serait maintenue en place grâce à une boule froissée en papier aluminium, le temps que le glaçage prenne. Puis chaque corbeille serait garnie de marguerites et de bleuets et servirait de support pour une carte de table. Je proposai de mettre deux cartes de table par corbeille, placées en angle, pour qu'elle n'ait besoin de crocheter que la moitié du nombre.

— Pas question, les invités repartiront avec chacun la sienne. C'est l'usage, à l'étranger, que les invités aussi reçoivent un cadeau en souvenir de cette journée. En Angleterre, on envoie en outre un petit morceau du gâteau de mariage à ceux qui n'ont pas pu venir ou qui n'ont pas été invités, les enfants par exemple si la réception était réservée aux adultes. On fait réaliser spécialement à cet effet d'adorables petites boîtes en carton avec le nom des mariés dessus.

— Mais on doit en mettre partout, avec la crème, la confiture et…

— En Angleterre, c'est un cake aux fruits sous un glaçage de massepain, Anne. Les gâteaux de mariage sont des étouffe-chrétiens qui se tiennent parfaitement emballés dans une boîte. On peut même les envoyer par la poste. Non, mes invités auront en tout cas chacun une corbeille en crochet, et j'en ferai une plus grande, sans anse, pour ton bouquet de mariée, et il trônera sur la table pendant le repas. Alors s'il te plaît, ne *jette* pas le bouquet à quelqu'un devant l'église, Anne ! On n'est pas dans un vieux film américain.

Dans le courant du printemps, il devint impossible de différer plus longtemps l'inévitable, même si Finn et moi avions fait traîner les choses au maximum.

Maman et les parents de Finn devaient se rencontrer. Il était normal qu'ils fassent connaissance, puisque leurs enfants allaient s'unir. Il fut décidé qu'ils viendraient déjeuner dans la Kongens gate un mercredi 2 mai, et qu'ils combineraient cela avec une autre course à faire, car le trajet en voiture était assez long.

Finn et moi serions aussi présents ; le contraire eût été impensable, je ne pouvais pas laisser maman seule dans cette situation.

C'étaient des habitants de Trondheim pas gais et taiseux, qui n'ouvraient pas la bouche si on ne leur posait pas de questions, sauf pour parler de la météo. Ils avaient fait une fois un voyage en voiture en Suède, c'était tout, et n'étaient jamais allés à Oslo, pour quoi faire, d'ailleurs ? C'était l'époque où les Norvégiens commençaient à prendre des charters pour le Sud.

— Quelle bêtise ! disait Karl, le père. On habite en Norvège. Ce n'est pas naturel de voyager si loin de chez soi.

La mère, Helga, ne se réjouissait pas outre mesure de ce mariage qui, selon elle, arrivait trop tôt après la mort du petit frère de Finn. C'est pourquoi, dans ma naïveté, je lui avais demandé si elle voulait coudre ma robe de mariée, puisqu'elle avait travaillé comme couturière avant son mariage. Je pensais que ça lui ferait plaisir, qu'enfin peut-être quelque chose lui ferait plaisir.

— Bon, répondit-elle.

Elle possédait différents patrons que je pus voir la fois suivante où Finn, Jossi et moi allâmes leur rendre visite en bus. Nous avions pris l'habitude d'aller chez eux le week-end, ce qui nous permettait d'économiser sur notre budget alimentation. Helga nous donnait aussi un peu de nourriture faite maison à ramener chez nous. Mais elle ne m'aimait pas. Pour Noël, après l'annonce de notre mariage, Finn eut droit en cadeau à une parure de lit pour *une personne*, et moi à une nappe.

Durant le printemps, à intervalles réguliers, je me retrouvai donc juchée sur un tabouret dans la cuisine de leur maison de Block Watne, les bras en croix comme la statue de Jésus à Rio, tandis que Helga, sans un mot, posait sur moi des feuilles de patron et des bouts de tissu – des pièces de tissu cousues petit à petit entre elles, à l'envers – qu'elle fixait ici et là avec des épingles. Elle tenait ces dernières serrées entre ses lèvres, mais elle ne parlait pas davantage quand elle avait la bouche vide.

J'étais en sueur mais essayais de faire le vide en moi pour rester immobile, et écoutais le son de la télévision en provenance du salon. Je n'en parlai pas à Finn. Je pensais qu'elle était peut-être malade à cause de ce qui s'était passé avec son jeune fils. Il n'était jamais question de leur chagrin. Pour Finn, tout ce qui se passait chez ses parents était naturel, quoi de plus normal ? Les pauvres conversations sans intérêt, les éternels repas pris en silence, la nourriture bonne mais austère, jamais bien présentée ni agrémentée d'une façon ou d'une autre. Les repas étaient consistants, ça remplissait son homme ; ils achetaient un demi-cochon et des agneaux entiers qu'ils découpaient, broyaient, tranchaient. Il n'y avait jamais de serviettes, rien que des morceaux d'essuie-tout pour les plats risquant de faire des taches, par exemple le *fårikål*. Pour le petit déjeuner et la collation du soir, du pain, qu'ils mangeaient à même la table en formica, sans assiettes. La surface de cette table était naturellement d'une propreté irréprochable, mais je n'étais pas habituée à cela. Maman aussi avait une table en formica, mais nous utilisions des assiettes.

— Au fait, est-ce que tu as parlé à ton père des boissons ? demandais-je régulièrement à Finn, mais je n'obtenais que des réponses vagues.

Quand il était chez lui à Skatval, il devenait aussi peu causant que ses parents. Seul avec moi, il parlait comme tout un chacun, sans gêne aucune. Et à la maison, chez maman et Elin, il en allait de même, il était bavard et gai – si tant est qu'on ait pu en placer une entre les monologues de maman...

— Maman, s'il te plaît, ne fais pas des choses trop compliquées, c'est juste pour que vous fassiez connaissance avant le mariage. Pourquoi ne ferais-tu pas juste des gaufres, comme d'habitude ?

— Des *gaufres* ? Anne ! Il s'agit de tes futurs beaux-parents que je vais enfin pouvoir rencontrer ! Des gaufres... Laisse-moi rire.

— S'il te plaît, maman, ils ne sont pas tellement...

— Tellement quoi ?

— Ce ne sont pas des gens qui... sont portés sur la nourriture, comme nous.

— Ils ne *mangent* pas ? C'est ça que tu veux dire ?

— Mais si ! Helga cuisine bien, mais ils n'ont pas l'habitude de... de... je ne sais pas comment t'expliquer.

— Ils habitent dans une immense maison individuelle, Anne.

— Immense, c'est vite dit. C'est une maison tout à fait normale.

— Tu entends ce que tu dis ? Une maison *tout à fait normale* ? Comment veux-tu que je rivalise ? Ici, ils vont découvrir des toilettes à l'extérieur, alors il faut bien que je compense un peu. Je veux leur préparer un bon déjeuner, que ça te plaise ou non. D'ailleurs, tu n'as rien à voir là-dedans, quand j'y pense. Ce sont *mes* invités. Et Finn et toi aussi, à ce déjeuner-là. Tu es partie de la maison l'année dernière, je te le rappelle, au cas où tu l'aurais oublié.

Le déjeuner qu'elle prépara fut encore plus somptueux, à supposer que ce fût possible, que lors de la visite des parents de Muhammed. Quand les riches Égyptiens s'étaient retrouvés dans le salon au sol flottant pour manger de copieux *smørrebrød* danois, les invités avaient été dans le style du repas quant à la magnificence de leur tenue, avec de l'or et du brocart de soie, une conversation à bâtons rompus, une politesse et un respect mutuels. Le père de Muhammed avait même utilisé nos toilettes extérieures plusieurs fois, il avait un problème de prostate, expliqua Muhammed plus tard. Les toilettes extérieures étaient monnaie courante dans les pays arabes, alors même s'il avait chez lui une salle de bains luxueuse avec des W.-C. à l'européenne, il s'était forcément, au cours de sa vie, accroupi au-dessus d'un nombre incalculable de fosses d'aisance creusées dans le sol.

Revenir ensuite de ce genre d'endroit à un délicieux déjeuner dans le salon n'était pas du tout contradictoire, c'était là une des facettes d'une réalité complexe et acceptable. Maman leur avait indiqué la serviette pour s'essuyer à côté de l'évier de la cuisine sans en éprouver aucune honte ; elle ne voyait aucune raison de s'excuser, précisément parce qu'ils étaient arabes.

En revanche, les gens de Skatval, à Trondheim, représentaient pour elle l'inconnu.

En entrant dans le salon, je sentis monter une nausée à la vue de la table mise.

Maman avait dressé la table du salon avec son service en porcelaine à motif de mouettes ; elle avait réussi jusqu'ici à collectionner ce qu'il fallait pour huit personnes. Ils se serrèrent la main de manière très formelle, puis Karl et Helga prirent place dans le canapé, Helga pour ainsi dire au bord du coussin, les genoux serrés. Jossi fut un dérivatif bienvenu les premières secondes : les parents de Finn adoraient les animaux et ils adoraient Jossi, qui leur fit fête en remuant la queue et en se trémoussant, de sorte que nous dûmes veiller à ce qu'il ne fasse pas tomber toute la porcelaine royale danoise par terre. Mais ce n'était pas le service en lui-même qui posait problème : Helga possédait elle-même un joli service à café qu'elle sortait le dimanche pour servir des *lefser* et un cake.

Au milieu de la table, sur le plateau à café que maman avait recouvert de papier aluminium, étaient posés deux grands plats remplis de *smørrebrød*. Les tranches de pain blanc étaient lourdement garnies soit d'un monticule de crevettes avec citron, aneth et mayonnaise, soit de pâté de foie avec bacon et gelée de jus de viande et champignons, soit de rosbif avec câpres, cornichons et oignons frits, soit de brie avec un peu d'oranges et des cerises confites, de jambon avec salade Waldorf, ananas et pincée de noisettes, de saumon fumé avec du poireau et œufs brouillés, et comme si cela ne suffisait pas : ici et là, entre les tartines garnies, elle avait fabriqué de petits arbres en asperges, rassemblés et tenus tout droit dans une sorte de bouquet avec une tranche de lard grillé autour du ventre, du meilleur effet et à la saveur délicate.

— Bon, je vais chercher le café, dit maman. Ou l'un de vous préfère-t-il du thé ?

Ils secouèrent tous deux la tête et regardèrent fixement la nourriture. Et quand maman, quelques secondes plus tard, les pria de se servir, Karl déclara :

— Eh bien, c'est la première fois que je me sers des tranches de pain avec une pelle à gâteau. Tu as vu, Helga ? Tu devrais faire la même chose pour le déjeuner.

Au fond, il est étrange que je n'aie jamais rappelé à maman ce fameux déjeuner, surtout quand on se donnait rendez-vous au bar de la bibliothèque du *Bristol*, où elle n'arrêtait pas de dire qu'elle aurait réalisé au moins *cinq* tartines avec la quantité de crevettes que les cuisiniers du *Bristol* mettaient là-bas sur *une seule*. Tant d'années s'étaient écoulées depuis, tant de mariages, que j'aurais pu évoquer ce repas, plaisanter et en rire…

Non. Il ne s'était pas écoulé tant d'années que ça. Et le compte ne serait jamais bon.

La conversation fut poussive, on parla beaucoup de Jossi. Helga ne dit pas un mot. Elle se contenta de rester assise là, dans sa robe bordeaux qu'elle avait cousue elle-même, avec une broche en argent à gauche sur la poitrine. Finn caressait sans arrêt Jossi, qui se mettait sur le dos et écartait les cuisses et les pattes avant dans tous les sens ; Finn le grattait et le regardait tout en mangeant une tartine qu'il tenait de la main gauche. Jossi n'avait sans doute jamais eu droit à autant de grattouilles, et aussi longues, de toute sa vie.

Le mariage ne fut mentionné à aucun moment. Karl et Helga ne posèrent aucune question et maman ne réussit pas à trouver d'ouverture ; les pauses dans la conversation étaient remplies du bruit que faisait le tram, une voiture ou un bus en passant sous nos fenêtres. Nous fîmes tous, à l'exception de Helga, des pauses pendant le repas pour fumer, regardant alors avec intérêt la fumée de nos cigarettes flotter dans l'air. La conversation sembla enfin prendre un tour un peu plus vif quand Karl demanda comment étaient les signaux de télévision au centre-ville : n'y avait-il pas trop d'autres fréquences qui troublaient la réception ?

— Je ne regarde pas beaucoup la télévision, je suis toujours d'équipe du soir, mais on dit qu'il y a beaucoup de perturbations, oui ! répondit maman. Le week-end, il n'y a pas de problème. L'image est parfaite, même si ça défile parfois, mais ce n'est pas la faute des fréquences, c'est la faute de notre vieux téléviseur ; il suffit de taper un peu dessus pour stabiliser l'image !

Ils ne cherchèrent pas à en savoir davantage sur son travail. Il savait par Finn et moi qu'elle travaillait à *l'usine* et ne désiraient apparemment pas avoir d'autres détails. Karl travaillait chez le trésorier de la ville de Stjørdal et maman ne savait pas non plus quel commentaire faire à ce sujet.

— Mais servez-vous, surtout !

— Moi, ça va, dit Karl. C'était délicieux. Beaucoup de choses inhabituelles, mais c'était bon ! Je n'avais encore jamais mangé de dessert sur des tartines.

— Ah ? fit maman en lui adressant un sourire. Que voulez-vous dire ?

— De l'ananas avec du jambon et des fruits rouges sur le fromage, répondit Karl, c'était nouveau pour moi. Il faut dire que nous ne mangeons pas souvent des tartines avec un couteau et une fourchette.

Helga hocha soudain frénétiquement la tête, tout en fixant ses mains qu'elle gardait jointes sur ses genoux. Elle n'avait pas touché à la serviette bleu clair que maman avait glissée sous le côté gauche de chaque assiette.

— Dans ce cas, je vais rapporter tout ça à la cuisine, dit maman.

Je me levai aussitôt pour l'aider, croyant que c'était terminé.

— Et je reviens avec les gâteaux, annonça-t-elle. Anne, apporte les assiettes dans la cuisine pour que nous puissions les laver.

Elle avait préparé un gâteau au chocolat, un bavarois avec, en couverture, des fruits pris en gelée, et un gâteau aux noix avec une crème au café. Les trois plats ronds à gâteaux furent placés au milieu de la table. Le gâteau au chocolat était décoré de billes en argent à l'intérieur de petits carrés de crème au chocolat déposés avec une douille. Sur la gelée, des quartiers de mandarine formaient un joli motif avec des fruits confits verts, et de longs copeaux de chocolat noir venaient décorer la crème au café.

— Anne arrive maintenant avec les assiettes, et voici les fourchettes à gâteau, annonça maman. J'espère que les assiettes ne sont pas trop chaudes, Anne ? Tu les as bien rincées à l'eau froide avant de les essuyer, pour que les parts de gâteau ne fondent pas ? Ce serait dommage.

— Mais oui.

— Merci pour ce déjeuner et merci de nous avoir accueillis, dit Karl au moment de partir.

De nouveau, tous deux serrèrent la main de maman.

Finn tint à les raccompagner à leur voiture et je restai seule avec maman. Nous commençâmes à ranger.

— Bon, dit maman. Ça s'est plutôt bien passé.

— Hein ? *Bien ?* Tu plaisantes ou quoi ?

— Mais Anne ! Qu'est-ce qu'il y a ? Ils n'étaient pas contents, tu crois ?

— Mais non, c'est sûr, elle ne va *jamais* m'aimer. Jamais ! Et *merde* !

— Que veux-tu dire ? Elle ne t'aime pas ?

— Tu ne pouvais pas simplement faire des gaufres ? Tu ne pouvais pas, merde, pour une fois faire seulement ces *foutues gaufres* ? Comme je te l'avais demandé !

— Mais je ne comprends pas…

Maman se laissa tomber sur une chaise de la cuisine et alluma une cigarette.

— Pourquoi es-tu si en colère, Anne ? J'ai pourtant… Je me suis levée à quatre heures et demie ce matin pour tout préparer le mieux possible… Et les toilettes sont lavées, Mlle Aaseth savait qu'ils viendraient et elle m'a promis d'ouvrir la fenêtre en bas si elle… d'ailleurs ils n'y sont pas allés. Peut-être qu'ils étaient déjà au courant ?

— Je ne sais pas. Je ne me souviens pas. Peut-être. Quelle importance ? Vraiment, je m'en fous. Tout est gâché, maintenant.

— Que veux-tu dire ? Gâché ? Mais vous allez vous marier !

— Oui, mais… je n'ai plus la force d'en parler. Tu ne comprends rien.

— Mais pourquoi elle ne t'aime pas, Anne ?

— Parce que c'est trop tôt pour se marier. À cause du petit frère de Finn. Peut-être que ce n'est pas pour ça. Je n'en ai aucune idée. Mais maintenant, tout est gâché.

— Mais, Anne, voyons. J'ai fait tout ce que j'ai pu.

Elle se mit à pleurer. Je m'assis moi aussi sur une chaise et pris une cigarette du paquet de maman.

— Maman. Ils n'utilisent pas d'assiettes. Ni pour le petit déjeuner, ni pour la collation du soir. Mais ça va aussi, la table est toute propre, comment t'expliquer…

— Ils mangent *à même la table* ? Tu me fais marcher…

— Non. Et ils ne décorent pas la nourriture. Ils se contentent de la manger. Helga fait de la très bonne nourriture, mais tout est différent, là-bas. Ils ne mettent même pas un peu de persil sur la nourriture, Karl appelle ça de *l'herbe*. Il n'y a que du concombre et de la tomate. Tout est complètement différent ! Mais les gaufres, ça reste des gaufres, c'est pourquoi ça aurait été bien si tu leur en avais proposé. Comme je te l'avais demandé !

— Bon, maintenant ça suffit ! cria maman.

Elle se leva, jeta sa cigarette dans le cendrier sans écraser le mégot, sortit une poignée de sacs en plastique tout neufs du placard, des sacs qu'elle-même avait vu rouler et fondre en passant dans l'extrudeuse. Et avant que j'aie eu le temps de réagir, elle avait renversé les deux plats de tartines et les trois gâteaux dans les sacs et avait fait un nœud.

— À propos, est-ce que tu leur as demandé s'ils vont payer pour les boissons ? Si. Je. Peux. Te. Poser. La. Question.

— Je… C'est normalement l'usage… que les parents du marié… Mais tu ne vas pas tout *jeter* ? Maman ! Qu'est-ce qui te prend ?

Les sacs étaient si gonflés que je distinguais la couleur de la nourriture qui faisait des bosses dans le plastique.

— Tu ne leur as pas demandé ? Finn non plus ? Mon Dieu ! Ça coûte presque autant que la nourriture, la table, les fleurs et la location du restaurant ! Il faut du vin et de la bière pour le repas, ensuite du cognac et de la liqueur pour le café, et peut-être que quelqu'un prendra une eau-de-vie ou un autre verre d'alcool après, j'ai calculé qu'ils devraient…

À cet instant, Finn ouvrit la porte.

— Que se passe-t-il ? Je meurs de faim, lança-t-il.

— Maman a jeté toute la nourriture, dis-je. Et les gâteaux.

— Jeté ? Mais pourquoi ?

— Vous pouvez partir, maintenant, dit maman.

— Partir ? s'étonna Finn.

— Toi, tu n'as rien à voir là-dedans, c'est moi qui ne comprends pas, j'ai une fille qui trouve que rien de ce que je fais n'est assez bien, alors j'aimerais, mon cher Finn, que tu prennes ma fille avec toi et que vous rentriez chez vous. Je ne suis pas assez bien pour tes parents.

— C'est curieux, dit Finn. Ma mère m'a dit exactement la même chose quand elle s'est assise dans la voiture. Qu'elle ne se trouvait pas assez bien. Qu'elle n'était pas à la hauteur d'une nourriture aussi raffinée.

— Est-ce que tu *comprends*, maman ? Est-ce que tu comprends maintenant ce que je veux dire ? Elle ne se trouvait pas assez bien ! Tu ne saisis toujours pas ?

— Non, je ne comprends rien du tout. Soyez gentils et partez, maintenant. Je dois bientôt aller au travail. Excuse-moi, Finn, ce n'est pas ta faute.

Sur les photos officielles du mariage, nous posâmes sans un sourire, mais c'était parce que c'était à la mode d'avoir l'air de souffrir. À cette époque, sur les photos de mariage publiées dans les journaux, personne ne souriait, tous les couples devaient poser un regard tragique sur le bouquet de la mariée ou bien fixer un point au loin par-dessus l'épaule de l'autre. Finn et moi eûmes plusieurs fous rires chez le photographe, mais nous parvînmes à nous contrôler entre deux crises pour que les clichés nous montrent suffisamment tristes et conformes à l'époque.

Toute la journée du mariage fut fantastique et très joyeuse, à l'image des semaines précédentes, avec les *préparatifs-de-dernière-minute* ; Audrey et Fred s'étaient installés chez maman et Elin. Audrey tenait du thé et de la nourriture prêts chaque soir à onze heures six, et la dernière chose que maman faisait avant de se coucher dans le vieux lit d'Elin était de sortir du congélateur le repas du lendemain pour qu'il décongèle. Tout se passait comme prévu côté logistique.

Maman me conduisit à l'autel de l'église Notre-Dame, vêtue de son nouveau caftan cousu dans des étoffes marocaines somptueuses, avec sa coupe de cheveux petit page que la coiffeuse avait réussi à faire boucler. Elle me tenait fermement par la main, moi sa fille aînée qui avançais dans l'allée centrale, portant la-robe-de-mariée-cousue-par-Helga, avec un bouquet composé de roses jaunes, de freesias blancs et de lierre.

Sur les photos prises pendant que j'avançais dans la nef, j'étais pâle comme un linge après avoir avalé trois paracétamols parce que j'avais eu mes règles le matin même ; je me retenais de vomir tout en fixant le revêtement en raphia entre les rangées de bancs et le bout de mes chaussures blanches qui se déplaçaient lentement vers l'avant, au rythme de *Purpose* de Nordraak. Le chemin était long jusqu'à l'autel où Finn m'attendait. Il était bien là, souriant, les yeux humides. Mon mari.

Helga avait le dos tourné et je l'aperçus à peine. Ses épaules tremblaient faiblement, elle pleurait. Ni elle ni Karl n'adressèrent la parole à maman, que ce soit sur le parvis de l'église ou au *Trubadur* lors du repas. Comme la table longue avait été transformée en plusieurs petites tables, ils s'assirent avec leur propre famille dans un coin. Cela, en partie, ne m'échappa pas, mais j'étais si contente, si soulagée, si heureuse et si pleine d'analgésiques que cela ne m'affecta pas plus que ça. À dix heures et demie du soir, Helga et Karl disparurent soudain.

— Mais où sont tes parents ? demandai-je à Finn.

— Je les ai priés de débarrasser le plancher.

— Hein ?

— Je ne supportais plus de les avoir ici. Merde, quoi ! Ils n'ont même pas *parlé* avec Birte. Pas une seule fois.

— Mon Dieu, et les boissons ? Maman croyait qu'ils... Est-ce que maman sait qu'ils sont partis ?

— Je me suis excusé auprès d'elle. De leur part.

— Et qu'est-ce qu'elle a dit ?

Je dus crier, car l'orgue Hammond donnait sa pleine puissance sous les doigts agiles du frère de la propriétaire du caniche. Je jetai un coup d'œil à maman, assise à une des petites tables en compagnie d'Audrey et de Fred et de plusieurs de nos amis, à Finn et à moi ; ses boucles tremblotaient à chacun de ses mouvements, elle riait, une des petites corbeilles en crochet était renversée entre les verres de liqueur, les morceaux de *kransekake*, les cendriers et les feuillets avec les paroles des chansons de mariage qu'on avait terminé d'entonner, dont les invités avaient plus ou moins fait des rouleaux ; elle paraissait heureuse, ses yeux brillaient. Je ressentis une nouvelle douleur dans le bas-ventre : il fallait que je reprenne un cachet, peut-être avec un verre de liqueur. J'attrapai Finn par le poignet et lui dis :

— Je t'aime.

— Mais tu ne veux pas savoir ce qu'elle a dit ?

— Si.

— Elle a dit que ton père était pire encore. Et que ce n'était pas ma faute.

Papa était passé au *Trubadur* dans la matinée, alors que la cérémonie se déroulait à l'église Notre-Dame, et il avait laissé une enveloppe avec une carte cadeau et un billet de mille couronnes ; il l'avait donnée à la maîtresse du caniche et était tout bonnement rentré chez lui, sans même accepter la tasse de café qu'elle lui avait proposée.

— C'était minable, dit maman quand elle nous rapporta la scène.

Je me tenais devant la table des cadeaux, la petite enveloppe de papa était glissée entre un gaufrier et une énorme soupière rouge vif en céramique.

— Minable ? Il n'a même pas été invité ! Et mille couronnes, c'est une fortune pour Finn et moi.

— Il aurait pu accepter une tasse de café et peut-être la prier de me dire bonjour de sa part. Le jour où nous allions marier notre fille.

Un peu plus tard, j'étais aux toilettes, ma robe de mariée relevée sous les bras, écoutant l'orgue Hammond qui jouait quelque chose d'espagnol, tandis que du premier étage me parvenait une musique de jazz endiablée. Des quatre parents, maman a été la seule à faire face, pensai-je. Une sur quatre. Peut-être devrais-je m'estimer heureuse. J'avais vingt et un ans et je venais de me marier, ce n'était pas rien. Et beaucoup de personnes, riaient là-bas, c'était un mariage réussi, une fête réussie.

Quand je suis repassée dans la Kongens gate, lundi dans la matinée, Audrey et Fred étaient seuls dans le salon. Fred avait sur les genoux plein de brochures de voyages, Audrey brodait un motif sur une pièce destinée à un costume folklorique.

— Salut tout le monde. Dites… où est maman ?

— Elle avait un rendez-vous à la banque. Elle va bientôt rentrer. Tu veux une part de tourte ? Elle est délicieuse. Tout comme toi, Anne. Tu as l'air tout heureuse d'être mariée, si je puis me permettre !

— Fred ! S'il te plaît ! Tu la gênes ! lança Audrey en riant.

Maman obtint un prêt plus important. Dorénavant, les échéances s'étaleraient sur cinq ans au lieu des trois convenus au départ.

Pourquoi ne lui ai-je pas donné le billet de mille couronnes de papa ? Cela aurait pu beaucoup l'aider, oui, l'aider considérablement dans son remboursement de la réception au *Trubadur*.

Mais elle aurait aussi pu se sentir affreusement offensée.

Tout le printemps qui précéda le mariage, elle était si fière de réussir à tout organiser. Je l'entendis plusieurs fois se vanter de payer *pour l'ensemble*, même quand nous croyions encore que Karl paierait les boissons. Mais je ne fis même pas une *tentative* de lui donner le billet de mille couronnes de mon père détesté.

Je savais qu'elle aimait se considérer comme une mère qui *se sacrifie*, puisqu'elle avait honte d'avoir été une si piètre mère quand nous étions toutes petites. C'était sa manière de compenser, comme si la vie était une balance qui penchait d'un côté ou de l'autre selon le poids de chaque plateau : des toilettes extérieures compensées par une nourriture raffinée servie dans de la porcelaine délicate, ou des gifles et un manque de tendresse équilibrées par le mariage, le sacrifice et l'oubli de soi.

Même à un âge adulte bien avancé, après un, deux et trois mariages, je me comportais comme une gamine très égocentrique quand je passais quelques jours chez elle, à Oslo.

Je ne débarrassais pas mon assiette et ne la posais pas à côté de l'évier, je laissais tomber ma serviette par terre dans la salle de bains après m'être douchée et je balançais mes culottes dans un coin derrière le cabinet de douche.

Je n'insistais plus pour qu'elle dorme dans son lit, au contraire, je m'y vautrais moi-même avec un infini plaisir tandis qu'elle-même dormait dans un sac de couchage sur un lit de camp dans le salon, même quand elle fut plus âgée et qu'elle s'installa dans un logement social de trente-huit mètres carrés à Stovner, celui qui serait sa dernière résidence. C'était elle qui insistait.

— Je peux très bien dormir quelques nuits sur un lit de camp, Anne, pour une fois que tu viens me voir, c'est le moins que je puisse faire. C'est si rare que tu sois là, alors je veux que tu dormes bien, tu peux comprendre ça.

C'est seulement les sept ou huit dernières années que je me suis mise à descendre systématiquement au *Bristol* et que maman a pu garder son lit pour elle-même, celui sans surmatelas.

Le petit déjeuner m'attendait sur la table, le café versé dans ma tasse à la seconde même où je quittais la salle de bains, douchée et habillée ; elle y entrait ensuite pour ramasser ma serviette et ma culotte.

— Mon Dieu, ce que tu peux faire comme désordre, Anne ! disait-elle en souriant, contente, avant de se dépêcher de m'apporter un cendrier propre.

Elle avait soudain annoncé vouloir déménager à Oslo. J'arrivai en bus de l'université, un jeudi d'avril, pour venir chercher mon fils ; elle le gardait trois matinées par semaine cet hiver-là. Comme je n'avais pas voulu qu'il aille au jardin d'enfants à un âge aussi jeune, j'avais fait mes études à la maison, sans aller à aucun cours, jusqu'à ses trois ans. Mais pour la linguistique, en deuxième année, j'avais des cours magistraux auxquels je devais assister, c'était trop difficile de s'en sortir par soi-même si on ne faisait pas partie du sérail. Et puis, à l'automne, il aurait quatre ans et pourrait entrer au jardin d'enfants.

— Anne, j'ai réfléchi. Maintenant que Stian va entrer au jardin d'enfants, il n'y a plus personne ici qui ait besoin de moi. Et avec Elin à Oslo… Je n'ai plus le courage d'habiter ici plus longtemps.

— Qui ait besoin de toi ? Mais même s'il commence au jardin d'enfants, tu restes quand même sa grand-mère.

— Non, Anne. Il est temps que je pense un peu à moi.

Elin était entrée dans l'école de police à Oslo. Finn et moi avions divorcé l'année précédente, ce qui avait été un tel choc pour maman qu'elle avait dû se mettre en congé sans solde et partir en stop jusqu'à Istanbul, alors qu'elle avait toujours son emprunt à rembourser et que le loyer et les frais d'électricité ne s'interrompraient pas pour autant. Il fallait qu'elle parte, comme elle le dit elle-même, parce qu'elle devenait folle de voir que les choses *n'allaient pas comme il fallait autour d'elle*. Surtout quand il n'était pas en son pouvoir d'y remédier.

Elle avait pris le parti de Finn quand nos chemins s'étaient séparés, affirmant que je n'en faisais qu'à ma tête et que j'en demandais trop.

— Et puis, j'en ai assez de mon travail. Je ne me plais pas, là-bas, pourquoi devrais-je être obligée de fréquenter tous ces fichus communistes, ils n'arrêtent pas de se faire porter pâles, ils ne pensent qu'à eux, et moi je suis là à commander l'extrudeuse et dois collaborer avec des gens dont je n'ai pas l'habitude, aux dépens de la sécurité. Ils ont recruté tellement de jeunes ces derniers temps, et eux sont d'une paresse crasse, on n'est plus payés à la pièce à cause d'eux, je suis épuisée et frustrée ; pourquoi les gens ne peuvent-ils pas simplement *bosser* ? Je vais donner ma démission maintenant, comme ça je pourrai arrêter avant les grandes vacances. Je ferai des heures en plus à *Sjokkpris* le matin, c'est mieux payé que le tricot et la broderie, comme ça j'aurai remboursé le plus gros de la dette du mariage avant de partir.

— Tu vas partir où ? Tu déménages à Copenhague ? Pour être près de tante Lotte et oncle Ib ? demandai-je.

Stian était allongé par terre à feuilleter une pile de *Donald Duck*.

— Non. Je ne peux pas vieillir au Danemark, je n'ai aucun droit là-bas, j'ai seulement travaillé en Norvège et c'est ici que j'ai des points de retraite. Au Danemark, tout ce qui m'attend, c'est de moisir dans une maison de retraite, alors qu'ici en Norvège, j'ai tout du moins un certain espoir.

— Voyons, maman, personne ne moisit en maison de retraite, que ce soit au Danemark ou en Norvège. Et ce n'est pas demain la veille, tu es encore jeune !

— Justement ! Je veux vivre ! Être un peu libre ! J'en ai aussi assez du climat de cette ville. C'est mieux à Oslo. Donc, je vais déménager à Oslo.

— Oslo ? Mais il faut que tu aies un travail et un endroit où vivre ?

— Est-ce que grand-mère va déménager ? C'est vrai, grand-mère ? voulut savoir Stian en se retournant pour la regarder.

Il avait les joues rouges et de la farine dans les cheveux ; ils avaient dû faire des gâteaux, comme souvent. Chez maman, Stian avait son tablier personnel qu'elle lui avait cousu, et quand plus tard j'ai pris ses affaires, il avait effectivement un sachet de petits pains aux raisins tout frais dans son sac.

— Pas encore, mon trésor, pas avant cet été. Ce n'est pas pour tout de suite. Ce ne sera pas avant que tu n'entres au jardin d'enfants. Et tu sais, j'en ai assez de servir de salon où se réchauffer à toutes les dames de l'immeuble, Anne.

Les amies de maman, du temps où nous habitions en immeuble – avant d'emménager dans la Kongens gate –, passaient souvent la voir. Elles aussi avaient des enfants adultes, à présent, et étaient libres pendant la journée. Presque aucune d'elles n'avait travaillé, puisqu'elles avaient des maris qui les entretenaient. Plusieurs fois par semaine, elles faisaient un tour en ville et venaient prendre le café et un petit gâteau chez maman, qui vivait à peu près au centre-ville.

— Il leur arrive de m'apporter un paquet de café ou quelques viennoiseries, mais ce n'est pas souvent. C'est agréable de papoter avec elles, mais ça me mange toutes mes journées, même si je tricote en même temps. Après ça, elles rentrent retrouver leurs maris pour dîner et passer une soirée détendue, alors que moi, je dois aller travailler avec l'équipe du soir. Si tu savais comme tout ça me fatigue. Quand elles arrivent, je ne peux pas lire non plus, moi qui adore lire un peu durant la dernière heure avant de marcher jusqu'à l'usine, mais quand elles sont ici, j'utilise ce temps pour ranger. Il leur arrive de rester ici jusqu'à deux heures passées, et tu sais à quel point c'est important pour moi de revenir dans une maison impeccable, le soir.

— Mais oui maman, je sais, je sais tout ça. Mais où vas-tu habiter ? De quoi vas-tu vivre ?

— Au début, j'habiterai chez Elin.

— Mais Elin n'a qu'une chambre, chez une autre fille.

— J'ai parlé avec elle. Il y a là-bas une petite pièce, non aménagée, où je peux mettre un lit de camp en attendant de trouver quelque chose à moi. Oh, Anne, si tu savais comme j'ai hâte !

Je la fixai sans rien dire.

— Et j'ai envoyé une demande d'emploi chez Manpower ! Ils ont toujours besoin de monde, j'ai lu ça dans le journal. Je peux faire des remplacements à gauche et à droite, rencontrer des gens nouveaux, habiter dans une ville avec toujours de nouvelles expositions à voir, aller au théâtre, au cinéma, avoir enfin accès à de la vraie culture.

— Mais nous avons des cinémas et des théâtres, ici en ville, maman. Et des expositions.

— Mais le soir, je suis au travail !

— Tu pourrais aller au cinéma ou au théâtre le week-end. Et les galeries sont toujours ouvertes le dimanche. Et si tu trouvais un autre travail en ville ? Un travail de jour ? Peut-être à *Sjokkpris* ? À plein temps ?

— Anne, ma décision est prise.

— Je vois ça.

Elle travailla comme une folle jusqu'aux grandes vacances, début juillet, et vendit ou donna presque tout ce qu'elle possédait. Elle n'avait pas grand-chose, mais elle passa une petite annonce dans *Adresseavisen* pour vendre les quelques meubles, la cuisinière et le réfrigérateur, ou le fit par l'intermédiaire de collègues de travail.

— Tu peux avoir le service à mouettes, Anne.

— Tu veux me le *donner* ? Mais…

— Que veux-tu que j'en fasse maintenant ? Je vais aussi te donner des petites choses que j'ai héritées de mon père. Un peu d'argenterie que je n'ai pas réussi à vendre lorsque j'ai voulu assister à la coupe du monde de football, il y a deux ans, mais je sais que ça te fera plaisir. Tu es une vraie maîtresse de maison, Anne, même si tu as divorcé. Tu aimes dresser une jolie table, tu tiens ça de moi. Je n'emporte que mes livres et mes vêtements. Elin et son amie ont un grenier où je pourrai entreposer mes livres. Je pars du principe que je louerai un meublé. Ce sera beaucoup plus simple, là-bas, pour lire la presse. Ici, je dois aller jusqu'à la gare pour acheter un mauvais journal d'Oslo. Je n'ai pas peur de vivre dans des conditions modestes, Anne, du moment que je peux respirer.

Elle débordait de joie et d'énergie tandis que l'appartement se vidait de plus en plus. Le canapé-lit de maman fut la dernière chose à quitter le parquet flottant : elle l'avait vendu à une collègue qui eut la générosité de la laisser l'utiliser jusqu'au dernier moment. Il serait récupéré le matin même de son départ.

Un jour de juillet, elle prit donc le train pour Oslo. Ses caisses de livres et les valises seraient acheminées plus tard par chemin de fer. Elle n'emporta pas une fourchette, pas une assiette ni une casserole, seulement des livres, des vêtements et les derniers bijoux qu'elle n'avait pas vendus.

J'avais passé mon permis mais n'avais pas de voiture, aussi ne pouvais-je pas la conduire jusqu'à Oslo. Elin n'avait pas de voiture non plus et ne pouvait donc pas venir la chercher. L'année précédente, quand je l'avais conduite au carrefour de Klett d'où elle était partie pour son voyage en auto-stop, j'avais pu emprunter la voiture de Finn que son père lui avait donnée après notre séparation. Il a eu droit à une voiture, en consolation.

Quand elle est partie pour vivre sa vie, l'esprit libre, je n'étais pas sur le seuil de la porte à lui dire au revoir de la main, j'entrais en licence ; j'allais travailler comme une forcenée, terminer ma formation et être une aussi bonne mère que possible. La seule famille que j'avais en ville était mon fils. Nous habitions à la cité universitaire à Moholt, où nous avions des toilettes, une salle de bains avec une baignoire et de la place pour une machine à laver, tout allait bien se passer. Mais Stian, Jossi et moi descendîmes en bus pour la voir lors de son dernier après-midi à Trondheim, avant qu'elle ne prenne le train le lendemain. Elle avait trouvé que le train de nuit avec couchette revenait trop cher.

À la suite, je compris que cela avait été une erreur. Stian erra dans les pièces vides en me demandant où était passé le moindre objet dont il se souvenait, surtout la cuisinière et le réfrigérateur, et ce qui était arrivé à toute la nourriture.

Lorsque Finn avait déménagé, l'année précédente, Stian avait aidé son père à charger la voiture, il n'avait pas vraiment compris ce qui se passait, gai et souriant comme d'habitude ; d'ailleurs, les pièces ne se retrouvaient pas entièrement vides, tous ses jouets étaient à leur place, ses vêtements aussi, et moi. Il croyait peut-être que papa allait seulement faire un petit tour en emportant beaucoup de choses sur la banquette arrière.

— Mais grand-mère, il est où, mon tablier ? demanda-t-il avec des sanglots dans la voix.

— Maman l'a emporté à la maison, mon trésor, comme ça tu l'as chez toi. Bon, j'ai acheté des petits pains aux raisins et j'ai du jus d'orange pour nous.

Sans cuisinière, maman ne pouvait pas faire de café. Nous étions assises côte à côte sur le canapé dans la pièce vide, à mâchonner des petits pains aux raisins *achetés* et à boire du jus d'orange dans des gobelets en carton, les yeux rivés sur les carrés de moquette, les fenêtres sans rideaux aux rebords dénudés – maman avait donné ou jeté toutes ses plantes vertes luxuriantes. Tout était silencieux, ni télévision ni radio, seul le bruit de la circulation nous parvenait. Il ne restait plus de lampe non plus, mais on était en juillet, et il faisait clair. Nous aurions pu nous asseoir dans la cour, mais elle était sale et laissée à l'abandon, la table bleue avait été repliée et jetée.

Maman donna à Jossi de minuscules morceaux de pains aux raisins ; il bavait tellement que ça formait de petites flaques sur la moquette. Sa salive n'était pas absorbée par la feutrine et il fallait toujours la récurer avec de l'eau et du savon pour que ça ne laisse pas d'affreuses taches mates, mais à présent, cela n'avait plus d'importance. Toute la maison de Kongens gate 33 avait été vendue et allait faire l'objet d'une rénovation pour devenir une petite galerie d'art. Quelques années plus tard, j'oserais franchir le seuil et c'est à peine si je reconnaîtrais les lieux. La cuisine était devenue un petit bureau avec des panneaux d'affichage, une caisse enregistreuse et un petit plan de travail avec une cafetière filtre. La séparation des pièces était la même, et je suis entrée dans mon ancienne chambre où de parfaits étrangers se baladaient en contemplant des tableaux accrochés aux murs. Un petit canapé destiné au public se trouvait sous la fenêtre que, chaque soir, j'avais entrouverte avant de me coucher ; je n'y suis plus jamais retournée ensuite, pas même lorsqu'ils ont exposé un artiste que j'appréciais énormément.

— Mais quand est-ce qu'on viendra te voir, grand-mère ?

— Vous viendrez dès que j'aurai trouvé un petit appartement agréable, mon trésor, et c'est promis, on passera du bon temps ensemble. Et tu peux aussi venir me rendre visite en avion, tu sais, venir seul, et je viendrai te chercher à l'aéroport.

— Mais maman, alors ? Mais *maman* ? Quand je viendrai…

Il se remit à pleurer, lâcha son gobelet, et un fond de jus d'orange coula sur la moquette.

— Fais quand même attention de ne pas en mettre sur le canapé, dit maman. Il n'est plus à moi, Anne. On viendra le chercher demain.

Je posai mon gobelet par terre et pris mon fils sur mes genoux. Il enfouit son visage contre mon menton, sanglotant de plus belle, puis me chuchota :

— Est-ce que je pourrai emporter mon tablier, maman, quand je prendrai le gros avion pour Oslo ?

— Bien sûr, répondis-je tout bas. Mais nous pourrons aussi emprunter la voiture de papa et partir ensemble chez grand-mère, toi et moi, et pendant ce temps-là, papa gardera Jossi. Maman viendra avec toi, tu sais. N'aie pas peur, maman viendra avec toi…

— Oh oui, on fera ça, maman ! On peut faire ça, grand-mère ?

— Je n'ai pas entendu tout ce que ta maman a dit, mais c'est certainement possible, mon trésor.

Elle appelait de temps en temps. Mon logement étudiant avait un téléphone fixe où je pouvais recevoir des appels de huit heures du matin jusqu'à trois heures et demie, alors elle se débrouillait pour passer un coup de fil depuis les différents endroits où elle effectuait des remplacements. Manpower l'avait effectivement reçue à bras ouverts : ils avaient trop peu de femmes dans la fleur de l'âge ayant le sens des responsabilités, le genre de femmes qui ne déclinent pas une offre au dernier moment à cause d'un enfant tombé soudain malade ou d'une gueule de bois. Maman remplaçait précisément ce genre d'employées à l'accueil de toutes sortes d'entreprises.

Elle m'appelait le plus souvent le matin, de façon à pouvoir aussi parler avec Stian avant qu'il ne parte au jardin d'enfants. Un jour, je l'entendis dire :

— Tu es triste, grand-mère ?

Et après quelques secondes :

— Moi, je suis triste. On viendra quand te voir, grand-mère ?

Il recevait d'elle des cartes rigolotes et des babioles et mettait tout de côté, refusant presque d'ouvrir les paquets ou de savoir ce qu'il y avait d'écrit sur les cartes. Je voyais que ça le rendait triste, sans qu'il veuille en parler. Mais quand nous enregistrions des cassettes pour elle, il se lâchait.

— Maintenant on joue à imaginer que grand-mère est à l'intérieur du magnétophone et qu'elle t'écoute ! disais-je.

— Oui, oui ! Appuie sur *record*, maman ! Appuie sur « rikoorde » ! Ça y est ?

— Oui.

— Grand-mère ! Grand-mère, tu entends ? T'as envie d'entendre la blague du Norvégien, du Suédois, du Danois et du cochon ? Le Norvégien est allé voir le cochon et il a pété, puis le Danois a pété et le Suédois aussi, alors à la fin, le cochon est sorti ! Et maintenant nous allons… Maman ! Qu'est-ce qu'on doit faire ?

— Pas de précipitation, Stian, on a tout notre temps. Maintenant, je vais te préparer quelques tartines ; la cassette dure une heure entière, elle dure deux fois plus longtemps que le programme pour enfants à la télévision ; si tu préfères, c'est comme deux émissions l'une après l'autre, donc tu as de la place pour raconter plein de choses, tu n'as qu'à parler à ton rythme. Pendant ce temps-là, je te beurre quelques tartines. Tu veux quoi, dessus ?

— Il ne faut pas que tu me demandes ça quand grand-mère m'entend. Tu m'entends, grand-mère ? Je veux une saucisse et du Banos dessus ! Tu sais quoi, grand-mère ? Sarah, au jardin d'enfants, eh ben elle a eu un tout petit chiot ! Et il deviendra un chien quand il sera adulte. Maman !

— Oui ?

— Est-ce que nous aussi, on peut avoir un chiot ?

— Un chiot ? Mais nous avons déjà Jossi.

— Jossi… ?

— Oui. C'est un chien. Et c'était un *chiot* quand il était petit. C'est même pour ça que les deux mots se ressemblent.

Maman avait pu récupérer un vieux radiocassette dans une des entreprises où elle avait fait un remplacement.

— Mon Dieu, Anne. C'est un vrai moulin à paroles, il me fait mourir de rire. J'ai dû passer la dernière cassette une vingtaine de fois depuis que tu me l'as envoyée ! me dit-elle au téléphone.

Elle adorait vivre à Oslo.

— C'est extraordinaire d'avoir mes soirées de libre. Et je dépense si peu en loyer que je n'ai pas besoin de prendre des commandes de tricot ou de broderie. Donc je peux lire, lire autant que je veux ! Mon Dieu, c'est merveilleux, j'appelle maintenant tous les bibliothécaires du coin par leur prénom !

Elle avait alors quitté le réduit du studio d'Elin, et Stian et moi descendions de Trondheim dans la voiture de Finn pour lui rendre visite.

Du côté de Nordstrand, qui domine à l'est le fjord d'Oslo, elle avait loué une mezzanine chez une famille grecque qui possédait une immense maison. Elle n'avait ni porte ni entrée à elle, et seul un escalier en colimaçon la séparait de ses hôtes. Elle entendait tout ce qui se disait à l'étage en dessous, mais curieusement, elle ne comprenait pas le grec, et ne saisissait donc que les disputes entre les parents et les enfants, faites dans un mélange de norvégien et de grec. Et quand il y avait une réunion familiale, elle était invitée à participer aux festivités. Les propriétaires n'en revenaient pas qu'une femme qui avait largement plus de cinquante ans veuille louer leur modeste mansarde. Elle essaya de leur expliquer qu'elle voulait être une nomade libre, et ils furent encore plus stupéfaits en voyant que Stian et moi, quand nous vînmes lui rendre visite, avions l'air de gens tout à fait « normaux ».

Nous dûmes enjamber un tas de chaussures et de cartables inconnus, traverser un salon et grimper l'escalier en colimaçon jusqu'au domaine de maman, en pleine préparation de gaufres grâce à un gaufrier qu'elle venait d'acheter, placé sous un vasistas pour évacuer un peu la fumée. Elle avait placé le beurre et la confiture sur un tabouret à côté, et sa nouvelle bouilloire électrique était par terre, à côté d'une boîte de café soluble. Nous mangeâmes dans des assiettes en carton et bûmes du café dans des gobelets, puisqu'elle était obligée de descendre dans leur cuisine pour faire sa vaisselle. Sa mezzanine n'avait ni point d'eau ni réfrigérateur.

— Je ne vais pas rester ici longtemps, mais pour l'instant, c'est tout à fait idéal, ça coûte trois fois rien, et avec le gaufrier et la bouilloire, je peux faire beaucoup de choses. Un jour sur deux, je me prépare des tartines au fromage, et pratiquement partout où je travaille, ils ont une cantine ou une cafétéria, ce qui me permet d'avoir ma dose de légumes.

Elle trouvait apparemment qu'elle s'en sortait de manière remarquable et n'éprouvait aucun besoin de s'excuser ou de se justifier. Qu'elle fût moins bien logée que sa fille ne lui faisait ni chaud ni froid : elle avait retrouvé sa jeunesse, c'était de nouveau l'aventure, elle travaillait chez Manpower et connaissait des histoires à n'en plus finir, plus invraisemblables les unes que les autres, à propos de tout ce qui se passait sur ses différents lieux de travail à Oslo. Ses caisses de livres, dont certaines étaient ouvertes, traînaient dans un coin, avec ses valises collées contre le mur à côté. Une petite télévision de voyage trônait à l'extrémité d'une table basse blanche, devant un canapé convertible dans le style chalet, encore plus étroit et plus dur que celui qu'elle avait vendu à Trondheim.

Stian écouta les histoires de maman en riant et en mangeant des gaufres, et il but une canette de lait chocolaté pendant que je songeais à la somme de contradictions qu'un être pouvait porter en soi. L'instant d'avant, elle était remplie de honte à l'idée que sa maison n'était pas assez *bien* pour certaines personnes, et l'instant d'après, elle n'éprouvait pas la moindre gêne de vivre au jour le jour, avec deux tabourets pour tout mobilier de cuisine, comme dans une maison de poupées. De même qu'elle affirmait détester la « gymnastique au lit » pour, l'instant suivant, avoir un rire voluptueux en louant les hommes à l'abondante pilosité. Quand elle était revenue de la coupe du monde de football, elle avait parlé pendant des semaines des cuisses de Dino Zoff, le gardien de but de l'équipe italienne : ayant obtenu une place en tribune dans le virage derrière la cage de but, elle avait admiré ses cuisses pendant toute la seconde mi-temps, lorsque l'Italie avait battu en finale l'Allemagne de l'Ouest 3-1. C'était l'époque où tous les footballeurs portaient des shorts courts et moulants. Si nous regardions un film à la télévision et que deux personnages commençaient à s'embrasser, elle détournait le regard avec une moue méprisante en disant :

— Ce n'est pas la peine d'en faire tout un plat !

Et voilà qu'ici, je ne voyais même pas une penderie, tout se trouvait apparemment à l'intérieur de ses valises placées contre le mur. Malgré cela, elle était d'excellente humeur, répétant même plusieurs fois qu'elle avait l'impression de *recommencer à zéro*. Mais de recommencer *quoi* ? La vie ? Le souffle ? Elle avait plus de cinquante ans. J'en avais vingt-sept et terminais l'université, ce que l'on pouvait qualifier d'une sorte de départ dans la vie, même si mes projets d'avenir, après l'obtention du diplôme, restaient flous, mais une chose était sûre : jamais je n'habiterais une mezzanine à Nordstrand. Jamais, sous aucun prétexte. Plutôt me faire sectionner les doigts dans une extrudeuse et n'avoir que des toilettes à l'extérieur.

Stian avait insisté pour emporter son tablier de cuisine ; j'avais été réticente, mais il déclara lui-même une fois sur place :

— Nous ne pouvons pas faire de gâteaux ici, grand-mère.

— Non, ce sera pour la prochaine fois, quand j'aurai déménagé et que j'aurai un four.

Ayant prévu de passer la nuit chez elle, nous dormîmes sur des matelas en mousse à même le sol ; j'avais des sacs à viande pour Stian et pour moi, et maman s'était fait prêter les matelas par le propriétaire. Nous fîmes notre toilette dans une salle de bains qui servait aussi de buanderie.

— Il n'y a que moi qui me serve des toilettes et de la douche, ici, annonça maman, alors c'est moi qui nettoie ; tu n'as pas d'inquiétude à avoir : tout est parfaitement propre. C'est tellement agréable de commencer la journée avec une douche chaude dans une salle de bains impeccable ! Chez Elin et son amie, ça péchait un peu côté propreté, ça allait, ce n'est pas ça, disons que ça ne correspondait pas à mes critères à moi.

— Tes critères sont extrêmes, maman !

— Oui, je sais, je sais… Sur ce plan-là, je suis un peu hystérique. Ha ha !

Nous nous endormîmes dans les éclats de rire et de conversation de la famille du dessous et au son du jet d'urine que le père de famille grec, heureux, fit dans la cuvette des W.-C., heureusement pas dans celle que maman, Stian et moi utilisions.

Au bout de quatre mois dans la mezzanine des Grecs, maman trouva un petit appartement plus loin, à Vollen, en partie meublé et avec une minuscule cuisine entièrement équipée. Elin, policière fraîchement formée, était à présent plus mobile, elle avait un travail rémunéré et était devenue l'heureuse propriétaire d'une très vieille Fiat Mirafiori vert phosphore, avec un volant sport. Maman trouvait que cette voiture avait fière allure, principalement en raison du volant. Elle se montrait en revanche moins enthousiaste quant à la couleur.

Elin transporta à Vollen les affaires de maman, qui allait faire pendant six mois un remplacement dans une scierie. À force de rester aussi longtemps au même endroit, elle y accumula une armada de plantes en pot. Et au bout de six mois, livres, vêtements, plantes, bouilloire, gaufrier et quelques ustensiles de cuisine furent chargés dans la Fiat et transportés cette fois dans un petit appartement de Skullerud, d'où il était plus facile de faire l'aller et retour en ville.

— Vollen était beaucoup trop éloigné d'Oslo, une fois que mon remplacement s'est terminé, Anne. Et les bus n'étaient vraiment pas pratiques. Je n'ai jamais compris leur système. Skullerud n'est pas tout près non plus, mais pour les moyens de communication, ça marche comme sur des roulettes.

Et maintenant qu'Elin possédait une voiture, Stian et moi pouvions prendre l'avion dans les deux sens pour rendre visite à maman et ma sœur venait nous chercher à Fornebu. Stian avait cessé de parler de son tablier, même si maman disposait dorénavant d'une cuisinière. Avoir une tante policière, c'était autrement intéressant ! Il eut la permission de venir la voir au travail et de monter à bord d'une voiture de police. C'était quand même autre chose que de faire des petits pains aux raisins ; d'ailleurs, nous faisions beaucoup de pain et de gâteaux chez nous, à Trondheim, mais il n'utilisait jamais son tablier fétiche. Je l'avais rangé dans une armoire et je le jetai quand deux ans plus tard, nous quittâmes mon logement universitaire. Je ne voyais pas l'intérêt de le garder.

À Skullerud, maman avait une cuisine équipée, mais aucun meuble. Elle s'acheta à crédit un canapé, un lit et une table basse blanche avec un dessus en verre, ainsi qu'une petite table de jardin et quatre sièges pliables qui servaient pour les repas.

— Cela a beau s'appeler une table de jardin, on peut parfaitement l'utiliser *à l'intérieur*, Anne ! Et c'est bien meilleur marché ! Les chaises font très bien l'affaire ; d'accord, elles ne sont pas très confortables, mais maintenant j'ai aussi un canapé, et de toute façon, elles ne sont pas prévues pour qu'on reste longtemps assis, c'est juste pour manger. Et j'ai acheté une jolie nappe, de sorte qu'on voit à peine les pieds frêles de la table.

Petit à petit, elle avait aussi fait l'acquisition d'une poêle et de quelques casseroles bon marché, de quelques assiettes, de mugs et d'un minimum de couverts.

Allongée au fond du lit de mon logement étudiant, fût-il petit, avec Stian qui dormait, la respiration régulière, dans le lit à côté du mien, je réfléchissais à cette période trépidante de la vie de maman, ballottée d'un endroit à l'autre dans la Fiat vert phosphore d'Elin. Je pensais, presque impuissante et stupéfaite, à toutes les secondes où l'on se sent terriblement seul au moment de s'endormir, quand on n'est plus qu'à moitié éveillé, qu'on se retourne dans son lit, qu'on se tient sous les néons aveuglants de la salle de bains, le matin, pour s'occuper du visage que renvoie le miroir, qu'on est aux toilettes à faire sa besogne en regardant ailleurs, bref, à toutes ces secondes où l'on essaie de chasser les pensées qui se pressent en soi et qu'on laisse prendre l'air une brève seconde, avant de les étouffer. Que pensait-elle durant toutes ces secondes ? Quand elle était face à elle-même, nue, honnête, coincée dans des conditions de vie pour le moins difficiles ?

La seule fois où j'ai observé une faille, une déchirure dans sa vie trépidante et résolument optimiste, ce fut le jour où je dus l'appeler pour lui annoncer la mort de Jossi.

— Oh, mon Dieu ! Non ! Pas Jossi !

Elle se mit à sangloter et dut s'éloigner du téléphone pour fermer la porte du bureau où elle était assise. Elle reprit le combiné en pleurant comme une madeleine, avant de s'écrier :

— Mais qu'est-ce que *j'ai fait* au bon Dieu ?

— Ce que tu as fait ? dis-je. Comment ça ? Jossi avait presque douze ans !

Incapable de répondre, elle raccrocha sans demander comment Stian surmontait cette épreuve, ou moi d'ailleurs. Apparemment, ce jour-là, elle dut rentrer chez elle, me raconta Elin plus tard.

À Skullerud, les choses finirent par devenir trop compliquées. Maman n'avait plus le courage de ressortir en ville le soir, une fois rentrée à la maison.

— Je ne profite pas assez de l'offre culturelle, Anne.

— Pourquoi ne peux-tu pas en profiter tout de suite après ton travail, comme tu es déjà en ville ?

Elle ne perçut pas la pointe de sarcasme.

— Non, je suis trop fatiguée à ce moment-là. Et même si j'adore lire et que je peux passer toute la soirée avec un livre, j'ai aussi envie d'autre chose. La qualité de transmission de la télévision est trop mauvaise, ici, comme tu t'en souviens certainement.

— Tu n'as pas besoin de te justifier devant moi, maman. Déménage !

Son prochain arrêt fut une immense villa à Vinderen : elle avait obtenu un remplacement chez Selvaagbygg, qui possédait la propriété. La villa elle-même allait être démolie pour laisser place à un immeuble bas, mais pour l'instant, des étrangers qui travaillaient au projet de Selvaag y étaient logés dans des studios. Plus maman.

— Il n'y a que moi et les travailleurs immigrés, Anne ! dit-elle en riant au téléphone. Ah, si les communistes de l'usine me voyaient !

Le studio était minuscule, avec tout juste la place pour le lit, la table basse et les quatre chaises pliables. Le canapé et la table de jardin furent remisés dans la cave de la villa.

— J'habite ici presque gratuitement, déclara-t-elle avec satisfaction quand je vins lui rendre visite.

— C'est l'occasion d'économiser un peu, dis-je.

— Ce n'est pas prévu. Je n'ai pas encore fini de rembourser les meubles. Mais j'aimerais bien avoir les moyens de faire un voyage, voilà ce qui est prévu. Je n'ai jamais été à Rome et j'ai très envie d'y aller pour voir l'église Saint-Pierre, le Colisée et la fontaine de Trévi. Tu te souviens du film, Anne ? Il est passé à la télévision quand nous habitions dans la Kongens gate ! *La Dolce Vita*… Oui, il faut que je fasse un tour à Rome.

J'étais très heureuse de ne pas avoir emmené Stian avec moi à la villa de Vinderen et d'être venue seule quelques jours ; je dormirais chez Elin. Je ne voulais pas qu'il se souvienne de sa grand-mère dans de telles conditions de logement. Même la mezzanine était mieux que cela, car Stian l'avait vue comme un lieu provisoire, en attendant de trouver quelque chose de mieux, peut-être de définitif. À Vinderen, elle partageait la cuisine avec les autres – tous des hommes, naturellement – et les espaces communs étaient crasseux. Ils rentraient le soir dans leurs bleus de travail, les chaussures et les vêtements pleins de poussière de brique, de sciure et de mortier.

— Je ne peux pas non plus commencer à nettoyer pour eux. Je manipule uniquement ce qui m'appartient et j'utilise des gants jetables quand je me sers de la cuisine. Je mets ma nourriture dans une boîte hermétique au réfrigérateur et personne n'y touche.

— Mais pour les toilettes et la salle de bains ?

— Je pose du papier sur la lunette des W.-C. et j'ai mon propre tapis de bain que j'utilise dans la douche ; sur le reste du sol, j'étale des journaux. Et puis c'est un peu amusant d'habiter à Vinderen ! C'est ici que j'ai rencontré ton père, tu sais. J'ai rencontré Martin quand je travaillais ici !

— Ah bon ? Tu ne travaillais pas à la poste, quand tu l'as rencontré ?

— Non. J'ai travaillé là seulement tout au début, quand je suis arrivée en Norvège. Une petite annonce dans un journal anglais à l'adresse des lecteurs scandinaves indiquait que *Riksen* proposait un poste, ils avaient besoin de quelqu'un qui maîtrisait plusieurs langues. Mais je n'ai travaillé là-bas qu'une petite année, puis j'ai trouvé ce travail ici, à Vinderen, comme gouvernante.

— Tu ne m'avais jamais raconté ça.

— Peut-être parce que tu ne m'as jamais posé la question. Je crois qu'on dit *fille au pair*, aujourd'hui. Les enfants étaient adorables, huit et dix ans, puis ils sont partis pour les grandes vacances et j'ai eu la maison pour moi toute seule pendant trois semaines ; je n'avais naturellement pas la moindre envie de rentrer à Copenhague retrouver cette maudite bonne femme qui se faisait appeler ma mère. J'avais espéré qu'Ib vienne me rendre visite pendant l'été, je m'étais arrangée avec la famille et me réjouissais beaucoup. Mais ç'aurait été trop beau. La sorcière est devenue complètement hystérique à cette pensée et lui a interdit de partir. Il avait dix-huit ans et était pour ainsi dire adulte – il n'avait que deux ans de moins que ton père –, mais il n'a pas osé partir, pas avec la grande scène que lui a jouée la sorcière, et de toute façon, il aurait été obligé de revenir chez elle à un certain moment. J'allais donc vivre là, seule, pendant trois semaines. Heureusement, ils avaient une bibliothèque très fournie, et j'en ai profité pour bronzer dans le jardin et lire sur l'histoire norvégienne, du moins la première semaine, jusqu'à ce que… Je suis allée me promener le soir et j'ai retrouvé la maison, Anne ! Elle n'a pas changé du tout. Une villa majestueuse. Oui, car à Vinderen, les *maisons* n'existent plus, tu sais. On dit *villas.* Et puis il y a les petits immeubles que construit Selvaag, bien sûr. Certains s'y opposent de façon tout à fait virulente, mais tant qu'ils restent aussi bas, personne ne peut protester officiellement. Si tu savais comme le vieux Selvaag est gentil, nous discutons beaucoup, et il trouve que c'est rassurant d'avoir une dame d'âge mûr à l'accueil. Il aurait dû partir à la retraite depuis longtemps, mais il n'arrive pas à lâcher prise, il adore avoir des projets professionnels qui se bousculent. Chaque nouveau bâtiment qui sort de terre, sans exception, est décoré d'une sculpture d'un artiste norvégien à une place d'honneur, à la joie des habitants et de l'artiste en question, tu te rends compte ! Le vieux Selvaag est vraiment un bel homme et une bonne personne, crois-moi.

— Mais que faisait donc papa à Vinderen ?

— Il faut dire qu'il n'était pas encore papa, à ce moment-là… ha ha ! Non, il faisait son service militaire. Il avait deux ans de plus que les autres, car il avait obtenu un sursis pour pouvoir aider à la ferme, parce que ton grand-père paternel avait été assez malade ; malgré cela, il avait tout de même six ans de moins que moi, un jeunot. Il était dans la Garde royale et se faisait un peu d'argent en s'occupant l'été des jardins de particuliers. En tant que fils de fermier, il avait la main verte, tu sais. Et soudain, un jour, j'ai vu ce type travailler dans le jardin. J'ai couru dehors pour le chasser et j'ai appris qu'il avait tout à fait le droit d'être là. En danois, j'aurais dit qu'il était *obligé* d'être là.

— Et vous êtes devenus amants.

— Au début, on est seulement allés au cinéma, on s'est baladés, ce genre de choses.

— Et puis vous êtes devenus amants.

— Oh, Anne, il faut toujours que tu… Oui, on peut dire ça comme ça. Petit à petit…

Après Rome et la fontaine de Trevi, elle s'installa à Sandaker, dans un coin qui, ironiquement, s'appelait Nordpolen, le pôle Nord. Le nom venait d'un restaurant qui n'existait plus depuis longtemps. Elle habitait dans un appartement qui était un long boyau peint en violet foncé, avec de profonds rebords de fenêtres ; maman adorait pouvoir recouvrir les rebords de fenêtres de plantes vertes. Elle aussi avait toujours eu la main verte, incroyablement verte ; les plantes les plus demandeuses de lumière se plaisaient dans la pénombre du moment que c'était chez elle, et non contentes de survivre, elles *fleurissaient*.

— Chaque pièce est violette, maman. Ça ne te rend pas dingue ?

— C'est toute l'année l'Avent ! Mais je ne sais pas combien de temps je vais habiter ici, quelque chose de mieux peut se présenter.

— Tu pourrais peut-être mettre du papier peint ?

— J'ai déjà assez à faire comme ça à tout nettoyer, les anciens locataires ont vraiment dû être des *branleurs de première*. Même les boutons des placards n'étaient pas…

— Je comprends. Tu n'as pas eu de chance, question propreté, dans les derniers endroits où tu as habité.

— C'est parce que je suis perfectionniste. Il s'agit d'avoir le coup d'œil et de réfléchir à tous les endroits où la saleté aime se nicher. J'ai vu beaucoup de cuisinières qu'on avait *astiquées* comme des malades sur le dessus, mais les boutons étaient *enduits* de graisse et de saleté.

— Tu fais très attention aux boutons, maman.

— Oui, et tu ferais bien de m'imiter. Nettoie bien tes boutons, je ne te dis que ça !

L'appartement de Nordpolen avait vraiment une construction bizarre : toutes les pièces étaient en enfilade, comme percées d'un mur épais à l'autre. J'eus une violente crise d'asthme lorsque nous vînmes lui rendre visite en mai, Stian et moi, je n'arrivai pratiquement plus à respirer.

Nous descendîmes près du fjord d'Oslo, maman ayant jugé que l'air de la mer me ferait du bien, mais le pollen formait là de gigantesques arcs jaunes qui s'avançaient jusqu'au quai du Kongenbrygga. Une fois rentrés à l'appartement-boyau de Nordpolen, Stian couché et endormi, je me penchai à une fenêtre triangulaire un peu capricieuse pour fumer une cigarette, malgré mon asthme, trouvant que la fumée aidait un peu mes bronches. Dehors, des sans-abri squattaient les bancs du parc sous lesquels grouillaient des rats.

On aurait pu entendre trotter une souris : assis sur leur queue, les rats attendaient que les sans-abri posent leurs bouteilles de bière par terre. Alors, le festin pouvait commencer. La bouteille se renversait et les rats lapaient la bière qui coulait dans l'herbe jaunie pour y rester à trembloter sur la terre desséchée. Quand un bras cherchait à tâtons sa bouteille sous le banc, ils sautaient élégamment de côté ou battaient en retraite sans faire de bruit.

Ils étaient incroyablement mignons. Petits, pleins de vie, poussés par un instinct de survie profondément rationnel. Je n'ai jamais eu peur des rats. Au contraire, depuis qu'oncle Ib était venu nous voir à Trondheim quand j'avais six ans, j'allais en avoir sept en décembre, et qu'il m'avait donné un coffret à cigares marron où l'on entendait des petites pattes gratter ferme, j'ai adoré les rongeurs.

Un petit hamster marron sauta hors de sa boîte lorsque je soulevai le couvercle, grimpa à la vitesse de l'éclair le long de la manche de mon pull et s'assit calmement sur mon épaule, plissa les yeux et renifla en levant en l'air son nez minuscule. Dès la première seconde, je l'aimai, comme j'aimais oncle Ib qui enfin était venu nous rendre visite. Depuis le temps que je l'attendais ! Ah, cet oncle Ib qui m'avait offert ce petit miracle inattendu, oncle Ib jamais à court d'une espièglerie, qui avait le rire facile et sonore, toujours une bonne histoire à raconter, avec sa grosse barbe brun foncé et ses yeux turquoise, d'un bleu absolument unique, mon oncle adoré qui aimait à dire qu'il était arabe si quelqu'un à Trondheim ne comprenait pas son accent. Des années plus tard, il serait renversé par un taxi devant la gare principale de Copenhague, au moment où il traversait la rue pour nous retrouver, maman et moi, qui arrivions avec le bus express d'Oslo pour fêter ses soixante ans. Maman comprit ce qui était arrivé : alors que je lui parlais, elle s'était avancée le long du trottoir avec sa valise à roulettes, en le cherchant des yeux. Il aurait dû la retrouver à l'arrêt de bus, comme convenu, mais elle ne vit que les lumières clignotantes de police secours et quelqu'un qui lavait la chaussée après le départ d'une ambulance. Quelques heures plus tard, tante Lotte et elle purent le voir à la morgue, mais maman regretta de ne pas avoir laissé Lotte y aller seule pour attendre dans le couloir.

— Sa tête était tordue sur le côté, comme un œuf de travers, ce n'était plus mon petit frère.

J'ai caressé doucement le dos de la petite bête, c'était comme de toucher du coton chaud.

— Il est à moi ? C'est vrai, oncle Ib ? Il est *vraiment* à moi ?

— Absolument, *petite Anne chérie*. Il est à toi, dit oncle Ib en hochant la tête, de sorte que sa grande barbe toucha son thorax.

Maman fut furieuse quand elle découvrit le hamster. Elle n'eut pas peur du tout, car elle ne craignait ni les rats ni les souris.

— Ib ! Est-ce que tu as introduit clandestinement un animal dans ce pays ? *Espèce d'abruti !*

— Un petit hamster. Du calme, grande sœur, ce n'est pas la peine de s'emporter.

— Il peut véhiculer toutes sortes de maladies ! C'est pour ça que c'est interdit de faire entrer des animaux, j'ai lu des articles là-dessus dans les journaux !

— Mais regarde comme la petite Anne est contente.

— Et qu'est-ce qu'elle va en faire ? Qui va s'en occuper, si je peux me permettre ?

— Elle s'en chargera toute seule, voyons. Elle a six ans, c'est une grande fille, elle se débrouillera très bien, tu verras.

— Mais Martin ! *Dis* quelque chose ! cria maman.

— J'ai un cageot de pommes vide à la cave, dit papa. (Il n'avait pas encore déménagé, cela n'eut lieu que deux ans plus tard.) Je vais descendre le chercher.

— Oui, je vais m'en occuper toute seule, affirmai-je. Ne sois pas fâchée contre oncle Ib, maman. Merci beaucoup, oncle Ib.

— Je ferais n'importe quoi pour toi, ma petite princesse. Comment vas-tu l'appeler ?

— Je ne sais pas encore…

— Appelle-le Carl Johan, c'est un bon nom dano-norvégien, dit-il.

— Quel ignare ! lâcha maman. Carl Johan était à l'origine un Français, et il est devenu roi de Norvège et de Suède. Qui plus est, c'est à cause de lui que le Danemark a *perdu* la Norvège au profit de la Suède.

— Moi, je trouve que c'est un joli nom, oncle Ib, dis-je. Je veux bien l'appeler Carl Johan.

— Et j'ai aussi des réglisses danoises pour toi, mon trésor, dit-il en voulant me faire sauter dans les airs comme à son habitude.

— Non ! Fais pas ça ! Carl Johan va avoir peur, m'écriai-je. Attends que papa revienne avec le cageot.

— Elle doit dîner maintenant puis se brosser les dents, elle aura les réglisses demain, décréta maman.

En un temps record, elle plaça devant moi une assiette de tartines ainsi qu'un verre de lait, qu'elle posa si violemment à côté de l'assiette que le lait en éclaboussa presque la table. Le salami était mal disposé sur le pain et les tranches de fromage s'empilaient n'importe comment. Carl Johan n'avait pas bougé de mon épaule.

— Je m'occuperai de lui toute seule, maman. Je te promets. Croix de bois croix de fer, si je mens je vais en enfer.

— Oui, bien sûr. Qui d'autre veux-tu que ce soit ? rétorqua maman. Mais débarrasse-toi de lui quand tu manges. Ce genre de bêtes ne doit pas approcher de la nourriture. Elles la contaminent.

— Mais non, tu te trompes, grande sœur. Le hamster est d'une extrême propreté, corrigea oncle Ib. Il n'arrête pas de se laver. S'il était malade, et donc contagieux, en quoi que ce soit, ce serait à cause des cigares, et les cigares n'ont jamais fait de mal à personne, que je sache.

C'était une expérience stupéfiante et nouvelle pour moi que d'être l'élue de quelqu'un, même si ce *quelqu'un* était seulement, aux yeux d'un adulte, un petit animal. Il ne voulait se lover que dans *ma* main, seule *mon* épaule était un havre suffisamment sécurisant après son long voyage du Danemark jusqu'en Norvège. J'étais la préférée d'entre toutes, ce que jusqu'alors je n'avais connu dans ma courte existence qu'avec Tove, ma meilleure amie. Nous étions la préférée l'une de l'autre et marchions main dans la main, à l'école.

Cette confiance inconditionnelle de Carl Johan fit que je lui prodiguais une attention extrême ; j'aimais le moindre poil de son corps, le moindre frétillement de ses moustaches, son regard brillant, étonné, ses minuscules pattes qui ressemblaient à des doigts miniatures, avec leurs ongles et leur duvet blanc, la chaleur qu'il dégageait en dormant dans le creux de mon cou pendant que je lisais *Donald Duck* dans le canapé, ses oreilles toutes rondes dont le fin bord extérieur était toujours un peu froid quand je les approchais de mes lèvres pour l'embrasser et lui faire des câlins, l'enthousiasme dans ses mouvements quand il me sautait dans la main. Toutefois, nous découvrîmes assez rapidement qu'il s'agissait d'une *femelle* ayant douze bébés hamster dans le ventre, et Carl Johan devint Caroline.

C'était surprenant aussi de voir qu'une si petite bête, au poids ridicule de deux cents grammes – je l'avais pesée sur la balance de cuisine de maman quand elle était sortie faire les courses, alors que je croyais encore que c'était un mâle portant le nom d'un roi norvégo-suédois – pouvait mettre au monde douze petits bonbons roses, parfaits, luisants et tout en boule…

Les bébés n'avaient pas un seul poil beige sur le corps, pas même de moustaches. Ils reposaient blottis les uns contre les autres dans un coin de son cageot quand je revins de l'école. Je venais d'entrer au cours préparatoire et ne comprenais pas pourquoi, ces derniers jours, Carl Johan avait mis en pièces les bouts de tissu et les vieux chiffons de cuisine que je lui avais donnés pour qu'il s'allonge dessus. Il avait aussi arraché des copeaux de bois du cageot à l'aide de ses incisives, avant de tout recracher ; le menton posé au-dessus du cageot, je l'avais vu fabriquer une sorte de nid dans le coin le plus éloigné et le plus sombre du cageot à pommes devenu sa maison. Pas une seconde je n'avais soupçonné Carl Johan d'être en réalité une Caroline, enceinte jusqu'aux yeux.

Quand je rentrai de l'école ce jour-là, maman était en nage et à bout de souffle, elle n'avait même pas préparé mon goûter, tartines et verre de lait. Elin, âgée d'un an, était dans son siège enfant, le visage tout barbouillé et collant, au milieu d'un champ de bataille de quartiers d'orange étalés sur la table devant elle, tous à différentes phases de destruction. Elle avait une grosse queue-de-cheval : elle était venue au monde avec des cheveux acajou, bouclés, jusqu'aux épaules, et ils n'étaient jamais tombés ; au contraire, ils n'avaient fait que pousser. Rien à voir avec mes cheveux blonds et raides comme des baguettes de tambour.

— Anne, te voilà enfin. Va voir ce qui se passe dans le cageot ! Ça couine comme pas possible ! J'ai cru devenir folle à entendre ça. Peut-être qu'il est mort, ton hamster ?

Il avait accouché d'une ribambelle de petits, tout roses et brillants. Et le hamster devint une femelle.

Caroline s'approcha aussitôt de moi lorsque je me penchai au-dessus du cageot à pommes. À présent que je suis adulte, je sais que les femelles rongeurs, à l'image des truies, peuvent tuer leurs propres petits si elles sentent planer sur eux une menace, pour leur éviter de se retrouver orphelins. C'est ainsi que pensent les truies et les rongeurs, et sans doute beaucoup d'autres espèces animales.

Je n'avais que six ans et j'étais la plus jeune de la classe, puisque mon anniversaire tombait en décembre. Mais Caroline désirait ma présence ; elle s'assit sur ses pattes arrière, ses yeux noirs cherchèrent les miens, elle tourna un peu sur elle-même avant de se poser sur son postérieur sans queue, et se frotta le visage à toute vitesse avec ses mains roses de hamster.

— Tu as eu des petits bébés ? chuchotai-je. Tu es une *dame*, alors ?

Je regardai le tas immobile, en boule, de bonbons roses, et j'allai piquer une boîte à chaussures qui constituait une des pièces de l'appartement de Barbie. Ces bébés, il fallait les protéger.

Notre grande passion, à Tove et à moi, était en effet d'aménager des appartements pour la poupée Barbie, avec une enfilade de boîtes de chaussures ; nous les décorions avec tout ce qui nous tombait sous la main – échantillons de papier peint, serviettes en papier et bouts de tissu – et fabriquions des meubles en carton sur lesquels nous peignions et dessinions. Entre les boîtes à chaussures, nous avions découpé des portes, de façon à ce que Barbie puisse en quelque sorte aller d'une pièce à l'autre. Elle était bien sûr beaucoup trop grande pour se promener librement entre ces petites boîtes à chaussures. C'est pourquoi nous la tenions par la taille quand nous jouions, la faisant pour ainsi dire flotter d'une pièce à l'autre ; une fois arrivée, elle pouvait donner libre cours à ses rêves et à ses frustrations, et changer de vêtements, tâche toujours plus compliquée qu'il n'y paraissait. Ken ne participait jamais à l'action. Soit il était au travail, soit il était invisible sur un canapé d'une des pièces où il dormait en ronflant. Mais on faisait souvent allusion à lui dans nos conversations entre nous, Tove-Barbie et Anne-Barbie.

J'avais à peine fait attention à la boîte que j'avais prise, dans ma précipitation.

Il se trouva qu'il s'agissait de l'appartement d'Anne-Barbie, avec de faux vêtements collés au mur, vestes, anoraks, etc., ceux qui, dans la vraie vie, sont accrochés à des portemanteaux. Je vidai la boîte, j'élargis l'ouverture de la porte et je posai délicatement le carton, à l'envers, au-dessus de la couche des petits. Il était moins une.

— Qu'est-ce qui se passe ? demanda maman en soufflant la fumée de sa cigarette mentholée. C'était quoi, tous ces couinements ? Il est mort ? Je n'ai pas osé regarder dans le cageot, qu'est-ce que j'aurais fait si je l'avais trouvé mort ?

— Il a eu… Elle a eu des petits.

— Quoi ? ELLE ? Fais voir !

— Non, ne l'effraie pas ! Tu parles trop fort. Ça lui fait peur. Et puis j'ai posé une boîte au-dessus d'eux.

— Ah, il va m'entendre, Ib ! Il ne perd rien pour attendre. Il peut vraiment s'estimer content d'être rentré chez lui. Combien y en a ?

— Pas beaucoup. Il faut qu'ils dorment, maintenant, maman. Ne parle pas si fort.

— Mais tu comprends bien qu'on ne peut pas les laisser vivre, Anne. Je vais en parler avec ton père quand il rentrera.

— Comment ça ? Pas les laisser vivre…

Je me mis aussitôt à pleurer, tout bas, pour ne pas effrayer la toute jeune mère. Maman ne me prit pas dans ses bras pour me consoler. Elle alla dans la salle de bains, jeta sa cigarette dans les toilettes, et me lança, de dos :

— Un hamster, ça suffit, Anne. C'en est déjà un de trop.

— Mais je l'aime tellement, maman ! Et maintenant j'aime aussi les petits qu'il… qu'elle a !

— Tu les as à peine vus quelques minutes, tu ne peux pas les aimer aussi vite que ça.

— Si, parce que ce sont ceux de Carl Johan ! Enfin… ceux de *Caroline* !

Son nouveau nom m'était sorti comme ça. Et pendant que maman alla me préparer des tartines dans la cuisine, j'essuyai la morve de mon nez et mes larmes sur la manche de mon pull et soulevai doucement la boîte à chaussures. Il était malaisé de compter les minuscules bonbons roses, avec une peau bleu clair à l'endroit où allaient apparaître les yeux. J'en comptai dix, mais il y en avait en fait douze. Je n'osai pas les toucher. Nous savions, nous autres gosses, qu'il ne fallait pas toucher les oisillons dans un nid car, alors, leur mère les délaisserait. Les garçons, naturellement, s'en foutaient, mais tout le monde était au courant. Je me dis que c'était la même chose pour les bébés hamsters.

— Qu'est-ce que tu veux avoir dessus ? cria maman de la cuisine.

Je reposai doucement la boîte pour faire un toit.

— Ça m'est égal, répondis-je d'une petite voix.

Je changeai l'eau de Caroline et versai un peu de flocons d'avoine dans son bol ; il y en avait un paquet posé sur le sol à côté. Je ne savais pas, à vrai dire, ce que mangent les hamsters, mais elle aimait aussi les carottes, les pommes de terre à l'eau et les amandes. Je faisais des essais.

Et je pensai : maintenant je ne peux plus aller à l'école. Car les petits auront disparu, c'est sûr, quand je reviendrai à la maison.

C'est pourquoi le lendemain, j'eus mal au ventre, si mal que je ne pus rien avaler au petit déjeuner ; je me laissai glisser, sans force, de ma chaise, sans toucher à mes tartines et à mon verre de lait. Une fois dans ma chambre, je chipai un peu des flocons d'avoine de Caroline, mais c'était tellement poussiéreux dans ma bouche que ça me fit tousser. Sur une inspiration, les flocons tout fins passèrent dans le mauvais tuyau et volèrent ensuite de partout ; je dus les récupérer un à un, à quatre pattes sur la lirette, pour éviter que maman s'en aperçoive, et les rendis à Caroline. Puis je sautai de nouveau dans mon lit, ramenai la couette jusqu'à mon menton et fermai à moitié les yeux, faisant une petite mine, pour avoir l'air aussi malade que possible.

Et voilà que maman se prit d'affection pour Caroline ! C'est du moins ce que je crus pour commencer. C'était un miracle, songeai-je, même si je ne connaissais pas le mot « miracle » à cet âge-là. J'eus seulement l'impression d'avoir du ciel bleu plein la tête, tellement j'étais contente et soulagée.

En effet, je n'aurais pas pu rester au lit pendant des jours et des jours avec un simple mal au ventre, et je fus obligée de retourner à l'école deux jours plus tard. Quand je rentrai ce jour-là, le ventre noué d'angoisse à l'idée que tous les petits auraient disparu, il y avait de nouvelles carottes râpées, encore humides, dans le cageot à pommes – Caroline préférait les épluchures, mais comment maman l'aurait-elle su ? – et tous les petits étaient là.

Je savais à présent qu'ils étaient douze. Ils avaient commencé à se déplacer un peu dans le tas de chiffons mâchouillés, mais je n'avais naturellement pas communiqué à maman ce chiffre effarant.

— Elle n'est pas si bête, au fond, cette petite, dit maman.

Les tartines étaient sur la table, le verre de lait à droite, et je me laissai tomber sur la chaise, presque prise de vertige, tant j'étais soulagée.

— Elle a fait douze petits, pas étonnant que ça couinait dans le cageot ! déclara maman en s'allumant une cigarette mentholée. Elle est si propre, elle n'arrête pas de faire sa toilette, et les petits aussi, je dois dire. Oui, je dois leur reconnaître cette qualité.

Je me contentai de hocher la tête et de manger sans la quitter des yeux. L'une des tartines avait une tranche de *servelat* et l'autre du *Sunda*.

— Impressionnant, dit maman en soufflant la fumée par-dessus ma tête. Dire qu'Ib a réussi à faire passer clandestinement une femelle hamster enceinte… Je vais le *frapper à mort, ce vaurien !*

Et elle éclata de rire, la bouche pleine de fumée presque enfermée, alors je compris qu'elle ne le pensait pas. Je savais que *frapper à mort*, en danois, signifiait *tuer*, et que jamais de la vie elle ne tuerait son propre frère, alors je me joignis à son rire.

— Oui, ils sont si mignons ! dis-je. Je me demande quand ils auront leurs yeux !

— Ça ne devrait pas tarder, mais il faudra alors les laisser sortir un peu du cageot, pour qu'ils ne s'imaginent pas que le monde entier ressemble à un cageot de pommes de Hardanger.

— Ah bon ? Les laisser sortir ? Mais ils vont aller où, maman ?

— Un peu partout dans l'appartement, histoire de voir du pays. J'ai entendu dire qu'ils vendent des bébés hamsters dans l'animalerie en ville. Alors, c'est important qu'ils s'habituent aux gens et qu'ils aient un peu d'expérience.

— Est-ce que quelqu'un va les *acheter* ?

— Pas maintenant. Mais plus tard. Quand Caroline en aura assez d'eux et qu'ils seront capables de se débrouiller et de manger tout seuls.

Mon bout de pain gonfla dans ma bouche, moi aussi je mangeais toute seule.

— Nous pouvons gagner un peu d'argent grâce à ça, Anne.

— Mais pas maintenant ?

— Non, pas avant trois semaines environ.

Gagner de l'argent n'était pas anodin, je le savais. Il était de la plus haute importance de gagner de l'argent, tout tournait autour de ça.

Papa ne gagnait pas des mille et des cents comme apprenti photographe, et il faisait tout ce qu'il pouvait pour vendre des photos à côté. Des photos d'Elin nouveau-né avec ses cheveux souples acajou lui arrivant aux épaules avaient été vendues à de nombreux journaux norvégiens, elle était un *phénomène* avec ses cheveux, même un journal des Pays-Bas avait acheté la photo.

Par ailleurs, il survolait la région le dimanche dans un petit avion Cessna et photographiait les fermes de près. Il ne volait pas lui-même, mais payait un pilote de petit avion pour le *fuel* et les heures de pilotage. Il développait les pellicules, faisait des agrandissements et les retouchait pour que les couleurs soient plus vives, avant de les encadrer. Puis, lui et moi refaisions le trajet en voiture avec une carte, le dimanche, quelques semaines plus tard ; nous retrouvions toutes les fermes, frappions aux portes et montrions la photo en leur demandant s'ils voulaient l'acheter.

Les gens des fermes en restaient toujours bouche bée, mais d'une manière positive ; ils se souvenaient bien de l'avion qui avait volé pratiquement en rase-mottes un dimanche, quelques semaines plus tôt, et racontaient qu'ils en avaient discuté entre eux pour essayer de savoir qui, au nom du Ciel, pouvait voler si bas au-dessus de leurs têtes.

J'accompagnais toujours papa lors de ses visites de démarchage, et souvent aussi dans ses sorties en avion. Dans les fermes, on nous invitait à prendre un café ou on nous proposait des galettes de pommes de terre, des petits pains sucrés et du jus de fruits. Pas une seule fois, les gens ne refusèrent un beau tirage retouché et encadré de leur ferme de famille. Avant même notre départ, ils discutaient du meilleur emplacement pour la photo. Certains payaient même à mon père plus que ce qu'il réclamait et nous offraient des produits de la ferme : œufs, pains et gâteaux maison, fruits et choux, et une fois la moitié d'un saumon fumé, ce qui constituait un vrai trésor. Même après avoir payé le pilote, il restait de l'argent. Le dîner de maman était prêt quand nous rentrions à la maison ; c'étaient de bons dimanches.

Mais elle n'aimait pas que je monte dans l'avion. À chaque fois, ils se disputaient ferme autour de la table du petit déjeuner, le dimanche.

— Elle va tomber ! L'avion va s'écraser ! C'est de la folie !

— Non. Elle sera assise à l'arrière. Elle ne craint rien, à cette place.

— Ce n'est pas dangereux, maman. Je t'assure. On s'amuse bien !

— Tu es une enfant. C'est une affaire entre moi et ton père.

— Mais je l'ai déjà accompagné plein de fois...

— Il faut bien qu'il y ait une dernière fois !

— Birte, je veille sur elle, calme-toi. Et Anne adore ça.

Si maman avait su !

Si elle avait su les pirouettes que décrivait l'avion au-dessus des toits des fermes dans le Trøndelag, tandis que papa, qui était tout sauf petit, se penchait à moitié à l'extérieur de la fenêtre, ses cheveux bruns hérissés par le vent, et photographiait avec un énorme appareil doté d'un téléobjectif qu'il avait acheté à crédit.

Il voulait bien que je tienne fermement le levier qui maintenait la porte de l'avion fermée, et je m'y cramponnais, emmitouflée dans un gros anorak avec foulard et bonnet ; le vent s'engouffrait avec un vacarme de tous les diables et il faisait plutôt frisquet dans le cockpit. Tout ce qui n'était pas attaché volait ou cognait contre les parois.

En plus, une caisse avec des objectifs et des bagues d'adaptation était maintenue sur le siège à côté de moi par une ceinture de sécurité. Les objectifs et les bagues portaient des étiquettes avec des numéros et étaient logés dans des trous à l'intérieur d'une épaisse plaque de mousse, avec les numéros correspondants écrits à même la mousse.

Papa pouvait dévisser un objectif et me le tendre derrière lui en criant :

— NUMÉRO QUATORZE !

Et comme je devais me cramponner à sa porte, en plus de lui tendre le matériel pris dans la caisse, ma ceinture de sécurité n'était pas très ajustée autour de moi et j'étais pas mal secouée, surtout avec les soubresauts de l'avion.

Parfois, nous emportions des tracts publicitaires ; cela pouvait couvrir les frais de carburant pour tout un dimanche de prises de vue. Les caisses de tracts se trouvaient aussi à l'arrière, à côté de moi, et nous les vidions au-dessus de Trondheim quand nous avions terminé de photographier les fermes.

J'adorais jeter des tracts de l'avion.

Tout cela, maman l'ignorait, bien sûr. Car à ce moment-là, moi aussi je me penchais par la fenêtre de papa, les poings tenant non plus le levier qui verrouillait la porte, mais des liasses de papiers. Des milliers de feuillets roses vantant les mérites des machines à coudre Singer tombaient comme des confettis sur la ville ; c'était un spectacle magnifique, qui me donnait l'impression d'être sur le toit du monde, et je pensais que les gens, en bas, devaient être drôlement contents de voir tout ce saupoudrage rose autour d'eux.

— Dis, maman, combien de couronnes on peut gagner avec un petit hamster ?

— C'est soudain devenu très à la mode : j'ai parlé avec la mère de Ketil, il se trouve qu'il en désire un. Un hamster coûte trente couronnes à l'achat. Alors si on n'en demandait que dix pour chaque ? La boutique doit aussi avoir sa part, c'est toujours comme ça, dit maman en soulevant Elin de sa chaise haute – nous l'avions vue toutes les deux devenir toute rouge et pousser…

— Mais Ketil peut nous en acheter un, alors ? Il n'est pas obligé d'acheter au magasin, lui. On pourrait dire quelque chose comme vingt couronnes ?

— Toi, t'as le commerce dans le sang ! s'écria maman en s'esclaffant.

Je ne comprenais pas exactement ce qu'elle entendait par là, mais ça la faisait rire, et tant mieux. Ça me faisait plaisir aussi de pouvoir contribuer à *gagner un peu d'argent*, exactement comme papa, et si Ketil en achetait un, je pourrais le revoir…

C'est pourquoi, de façon assez macabre, je pensais surtout à ces vingt couronnes qu'on gagnerait en vendant directement à Ketil quand, deux semaines plus tard, papa marcha sur un des bébés. Je le compris à la vue de sa chaussette ensanglantée et du petit corps écrabouillé du hamster sur le linoléum bleu ciel. Dès lors, je fus inconsolable en m'imaginant le petit corps du bébé hamster soudain entraîné dans la mort par la plante de pied maladroite mais impitoyable de papa.

De plus, j'avais la rougeole ; j'eus presque des convulsions fébriles à force de pleurer, hystérique, à genoux dans mon lit, devant ce scénario d'horreur. Maman gifla violemment papa en lui hurlant :

— Comment est-ce possible ?! *Quel imbécile, celui-là !* Tu ne peux pas regarder où tu mets les pieds ? Tu sais bien qu'ils se baladent à l'intérieur, l'après-midi !

Dans la cuisine, Elin hurlait depuis sa chaise haute.

— Je voulais seulement… oh, mon Dieu… J'avais un cadeau pour Anne, je n'ai pas regardé par terre. Il devait être assis sur le seuil de la porte, elle était entrebâillée, alors je l'ai poussée et je suis entré directement. J'ai un cadeau pour elle, *Bitters*…

Mais ni ses prières ni le surnom affectueux qu'il donnait à maman n'eurent de prise sur elle : elle se pencha, lui fit replier la jambe en arrière comme si elle voulait ferrer un cheval, lui arracha sa chaussette et s'en servit pour ramasser les restes du bébé hamster. Puis elle se précipita dans la salle de bains tout en continuant de crier :

— À toi de la consoler, maintenant ! C'est ta faute !

— Consoler Anne ou Elin ? dit papa en regardant ses orteils couverts de sang.

— ANNE, naturellement ! Mon Dieu…

Je l'entendis tirer la chasse d'eau ; j'étais agenouillée, je venais de me réveiller pour assister à cette scène épouvantable, mais au milieu de mes sanglots, je cherchai du regard les onze autres bébés et Caroline.

Je n'en vis aucun.

Pauvre Caroline, pensai-je, voir son bébé se faire écrabouiller… mais peut-être qu'elle ne l'avait pas vu, après tout. Un hamster ne devait pas non plus savoir compter jusqu'à douze.

Et pauvre papa ! Il avait vingt et un ans à ma naissance, projeté dans la vie adulte avec le désir de tout bien faire ; c'était comme ça, en ce temps-là, on se mariait à un âge qu'on appellerait aujourd'hui la *jeunesse*. De nos jours, à l'âge de vingt et un ans, il aurait pu encore habiter chez ses parents, mais lui était alors déjà père. Et ce jour-là, âgé de vingt-sept ans, il avait acheté un cadeau pour sa fille aînée atteinte de rougeole en revenant de chez *Simon Engen Foto*. Il y travaillait comme apprenti depuis qu'il avait compris, quelques années plus tôt, qu'il désirait devenir photographe et non paysan.

— Je vais seulement me laver le pied, Anne, je reviens, ne pleure pas, j'arrive tout de suite.

Je me laissai retomber dans le lit et j'appelai maman.

— Je meurs de soif, maman...

Elle alla me chercher un verre de lait ; il était tiède, nous n'avions pas de réfrigérateur. Chez Tove, ils en avaient un, aussi leur demandais-je toujours un verre de lait quand j'étais chez eux ; je connaissais donc le goût du lait froid. Normalement, je buvais du lait tiède sans rechigner, mais pas ce jour-là.

— Je préfère de l'eau froide, dis-je en lâchant un sanglot déchirant dans l'espoir d'être consolée.

Mais au lieu de cela, maman apporta de l'eau et un thermomètre, me fit basculer sur le côté et m'enfonça le thermomètre dans les fesses d'un geste rapide et brutal, sans mettre de vaseline sur le bout en mercure. Elle n'avait jamais appris à témoigner de tendresse physique, qui ne se manifestait que par l'allaitement, la toilette, la lessive, la cuisine, et la lecture à haute voix au lit. Elle avait grandi avec une mère qui disait :

— Va-t'en, personne ne t'aime.

La Sorcière.

Maman se rendait-elle compte que c'était toujours auprès de papa que je cherchais du réconfort, de la tendresse et une présence physique ? L'avait-elle seulement remarqué ? Sans doute, et peut-être n'y voyait-elle aucun inconvénient, cela la déchargeant d'un poids. Elle avait assez à faire avec la petite Elin, qui était continuellement malade.

À sa naissance, avec ses longs cheveux si extraordinaires, Elin frôla la mort avec une double pneumonie. Maman avait eu une toxémie gravidique, et même si Elin n'était pas prématurée, elle dut rester longtemps à la maternité avant d'avoir le droit de rentrer à la maison. Maman se rendait à la maternité tous les jours après avoir tiré son lait (elle en produisait des quantités si monstrueuses qu'elle put en plus approvisionner le service de néonatalogie, et on n'y tarissait pas d'éloges sur elle).

La maladie d'Elin leur donna, à elle et maman, une tout autre intimité. Maman pouvait rester des heures avec ma petite sœur sur les genoux. Mais si moi je me réveillais en pleine nuit à cause d'un cauchemar et me précipitais dans leur chambre à coucher, je me blottissais sous la couette de papa, de son côté du lit, et non entre eux.

— Ce n'est rien, ce n'est rien, disait-il alors, et je me rendormais aussitôt.

C'est pourquoi j'en voulus terriblement à maman quand, des années plus tard, j'appris que papa avait répété avec insistance qu'il *voulait m'avoir*, après le divorce. Je fus complètement dévastée quand papa partit sans prévenir, deux ans après avoir écrabouillé sous son pied le bébé hamster. J'avais alors huit ans et n'étais en aucune manière préparée à être abandonnée et trahie. En 1965, aucun adulte ne parlait aux enfants de ce genre de choses ; les gosses étaient la propriété des adultes et personne n'imaginait qu'ils éprouvaient des sentiments méritant d'être pris en considération ; les enfants s'adaptaient vite… Un beau jour, tout simplement, je rentrai de l'école et je le vis remplir une camionnette avec ses affaires. Et pour couronner le tout, aucun d'eux ne m'informa que papa aurait *voulu m'avoir*.

Ni papa, sans doute par loyauté, et ni maman surtout, car elle devait très bien se douter de ce qu'aurait alors été ma décision, hystérique et irrévocable. Elle ne me le révéla que longtemps après, se justifiant en disant qu'elle ne voulait pas nous séparer, Elin et moi, ce qui était une sage décision de mère.

Mais la vérité, c'est que j'étais dévastée, et pas qu'un peu. Je le restai longtemps ; même à vingt ans plus que révolus, lorsque, au fil des hasards du temps, le puzzle s'était finalement reconstitué, comme souvent dans la vie. Hop, j'avais fondé ma propre famille, avec homme et enfant, et j'étais si résolue à ce que ma vie commence *ici et maintenant* que je refusais à l'époque de quitter mon foyer le soir de Noël. C'était un appartement de quarante-neuf mètres carrés dans une cité universitaire que tous les autres étudiants quittaient avec joie et soulagement à l'approche des fêtes, mais moi, je le décorais du sol au plafond pour la circonstance.

Dans une cuisine de six mètres carrés, je préparais du pâté de foie, des roulades d'agneau et de la pâte d'amandes, tout ça à l'aide d'un moulin actionné à la main qui servait pour la viande et pour les amandes, je faisais sept sortes de gâteaux, y compris le beignet rosace qui exigeait beaucoup de travail et était très dangereux, avec la friture bouillante. J'étais devenue mère de famille, j'avais un enfant, je préparais Noël pour mon mari et mon fils : pas question de bouger d'un pouce de mon foyer.

Maman l'avait dit et répété :

— Quand on a un enfant, on devient une famille, et ce qui est son *chez-soi* devient encore plus son chez-soi. Les enfants doivent grandir avec les traditions de leur maison d'enfance, et non pas avec celles de la maison de leurs grands-parents.

Peut-être parce qu'elle-même, enfant, n'avait jamais fêté Noël dans la maison de Hellelidenvej, à Amager, mais, d'une année sur l'autre, ici et là, chez divers oncles, tantes et autres membres de la famille, ou chez des amis, parce que grand-mère détestait faire la cuisine et se retrouver avec des piles d'assiettes à laver. Elle n'avait pas le courage non plus de faire les lits pour les invités, préférant porter des toasts, fumer, rire, chanter et se faire dorloter.

C'est pourquoi je décidai que chez moi serait mon chez-moi pour ce fameux réveillon familial symbolique. Finn était désespéré de mon entêtement à me tuer à la tâche, mais après des disputes nocturnes usantes, la première quinzaine de décembre, il finit par rendre les armes. Maman, Elin et les parents de Finn pouvaient volontiers nous rendre visite, dis-je, apporter des cadeaux de Noël qu'ils déposeraient sous *notre* sapin, et passer la soirée avec nous – nous avions des casseroles assez grandes pour faire de la cuisine en grande quantité et il était possible de dîner à plusieurs autour de la table basse, vu que la table à manger ne pouvait accueillir que trois personnes plus une chaise haute.

Maman et Elin ne se plaignirent nullement, elles trouvèrent tout formidable, me firent des compliments sur tout ce que j'avais fait, mais pour les parents de Finn, préparer le réveillon était pas mal de soucis, alors ils préférèrent fêter Noël dans nos quarante-neuf mètres carrés.

C'est seulement une fois que je fus devenue maîtresse de maison à mon tour que la douleur en moi, le manque, le choc s'apaisèrent.

Je réussis à ne rien laisser paraître quand papa vint en visite dans ce petit appartement d'étudiant où tout était bien tenu et où je lui servis trois sortes de gâteaux et des tranches de pain garnies. C'était peu après Noël, notre fils était né en août, Finn et moi avions déjà fêté notre premier Noël lorsque papa jugea opportun de passer dire coucou avec son épouse et la fille de celle-ci, elle qui en l'espace d'une nuit avait reçu un père en cadeau. Elle aussi avait huit ans à l'époque, le même âge que la fille aînée qu'il avait abandonnée.

Papa s'assit dans notre fauteuil couleur rouille avec le petit Stian dans les bras, et je songeai : Mais qu'est-ce qu'il fout ici ?

Son épouse et la fille rivalisaient de louanges sur ce ravissant petit garçon ; leurs mots entraient comme du miel et du lait dans une de mes oreilles et ressortaient de l'autre sous forme de simples bulles d'air.

J'ai conservé dans un album les photos de cette visite, car nous prenions toujours des photos, tout le temps, que nous faisions développer et que nous collions dans un épais album. On faisait ça autrefois, tout le monde le faisait ; et sur ces photos, je souris, je souris, la table déborde de gâteaux et de tasses de café, des fleurs et des cadeaux qu'ils avaient apportés, il y a des emballages froissés sur le canapé à côté d'eux, des rubans jetés négligemment par terre. On a l'air de bien s'amuser, une vraie visite pour fêter une naissance, et alors qu'ils étaient assis là, je me disais : Qui *sont* ces gens ? Je n'ai vraiment pas besoin de ces gens dans ma vie. Est-ce qu'un père peut tout bonnement mettre une fille entre parenthèses pendant une période qui va de ses huit ans à ses vingt-quatre ans et se pointer soudain, comme si de rien n'était, avec quelques cadeaux et des fleurs, pour tenir son petit-fils dans ses bras et, tout sourire, se laisser photographier comme s'il était n'importe quel bon grand-père ?

Et comme si cela ne suffisait pas, il s'était donné un nouveau nom. Il ne s'appelait plus papa, il s'appelait *Père*. Cela s'était produit peu après son déménagement. Sur les étiquettes des cadeaux de Noël était écrit « Pour Anne, De son Père ». Et sur toutes les cartes de Noël qui arrivèrent au cours des ans, accompagnant des cadeaux de plus en plus bon marché : « Joyeux Noël à Anne de son Père et du reste de la bande ». La fille qu'il avait échangée avec moi reçut un appareil photo à l'âge de douze ans, et moi je reçus un album photo vide, alors que je ne possédais pas d'appareil photo. À Noël, quand j'avais quarante ans, je reçus de lui un bougeoir où le prix figurait encore ; il coûtait vingt-sept couronnes et finit directement à la poubelle. Il ne se rappela pas un seul anniversaire, ni mes dix-huit ans ni mes vingt ans ; quant à Elin, c'était comme si elle n'avait jamais existé. Certes, elle était très petite quand il était parti, trois ans à peine, il n'avait aucun lien avec elle et avait visiblement assez à faire avec sa nouvelle famille : sa femme avait trois enfants en plus de la fille de mon âge, et ils prirent aussitôt son nom de famille, comme si cela allait de soi, sans jamais avoir l'idée, infantile, de l'appeler *papa*.

— Tiens, dit papa après avoir lavé le sang de son pied et enfilé des chaussettes propres.

« Tiens », dit cet homme qui était encore à moi à ce moment-là, un adulte dont la présence m'apparaissait comme ce qu'il y avait de plus naturel au monde, car il en est ainsi de l'amour inconditionnel d'un jeune enfant, on ne sait même pas que ça s'appelle un amour inconditionnel, c'est juste quelque chose qu'on sent, qui existe au même titre que l'air, le souffle et le sommeil, quelque chose contre quoi on peut à tout moment se blottir, bien sûr que c'est là ; il n'y a même aucune raison d'en être reconnaissant, c'est là, un point c'est tout, aussi vrai qu'il y a le sol en bas et le ciel au-dessus de nos têtes.

— Ouvre donc, dit papa en me tendant à moi, sa fille de six ans, un paquet rectangulaire que je me souvenais avoir vu dans sa main juste avant que tout devienne rouge et mouillé sur le linoléum bleu.

Je pris le paquet d'une main molle, en reniflant ; personne ne m'avait encore essuyé le nez, mon corps pesait lourd sur les oreillers, et j'avais du mal à focaliser mon attention sur le paquet.

— Elle a trente-neuf de fièvre, nous allons être obligés d'appeler Savosnick, déclara maman.

— Mais nous savons qu'elle a la rougeole, je ne vois pas ce qu'il pourra faire de plus.

— Ne t'occupe pas de ça, tu es toute la journée au travail. Ici, c'est moi qui prends les décisions.

— Où sont passés les autres, maman ? Caroline et...

— Certainement derrière la *cuisinière*, comme d'habitude, dit-elle avec un sourire furtif, avant de nous tourner le dos – ce dos charnu, légèrement voûté – et de quitter la pièce.

La cuisinière était sur roulettes, nous le découvrîmes quand Caroline et ses petits s'égarèrent derrière pour la première fois. J'eus une peur bleue qu'ils se soient installés là pour de bon, de ne plus jamais les revoir, mais maman tira doucement et calmement la cuisinière vers l'avant.

Et ils étaient là, toute la flopée, à mastiquer quelque chose, les yeux plissés, soudain mis à nus dans la lumière crue. Maman ne lavait pas tous les jours entre le mur et la cuisinière, alors c'était devenu la cachette préférée de toute la petite famille de hamsters, un endroit qui proposait un buffet de morceaux de pommes de terre et d'éclaboussures de beurre, avec peut-être un petit pois égaré et des restes, au fond, de tout ce qui avait été préparé dans les casseroles et les poêles au-dessus de leurs têtes.

— Mais tu n'ouvres pas ton cadeau, Anne ? demanda papa.

J'ouvris le paquet qui, heureusement, n'avait pas de rubans ; j'étais trop faible, j'avais trop pleuré et n'aurais pu le défaire s'il y en avait eu un. Et toujours personne ne m'avait essuyé le nez, alors je reniflais comme un cochon.

— Il faut que je me mouche.

— Je vais chercher du papier toilette, dit papa.

Quand il revint, j'avais ouvert le paquet et je fixais son contenu. Un livre. Mais j'avais à peine la force de bouger.

— Ça ne te fait pas plaisir ? C'est un livre de chansons, écrites par Anne-Cath. Vestly, tu sais, celle qui a écrit les deux livres avec Knerten que je t'ai lus à haute voix, expliqua-t-il en m'essuyant le nez.

— Est-ce que tu ne peux pas retrouver Caroline, papa ? Et tous les autres… Je voudrais les avoir près de moi.

— Martin ! Surveille Elin. Je passe voir Elsa pour lui emprunter le téléphone et appeler Savosnick, lança maman depuis l'entrée.

Papa alla chercher Elin dans sa chaise haute et les posa, Elin et la chaise, devant mon lit. Puis il partit à la chasse aux hamsters et trouva Caroline et les onze petits qu'il plaça soigneusement autour de moi, sur l'oreiller. Ils avaient l'habitude de dormir là et se calmèrent tout de suite, formant une couronne de fourrures rassurantes et respirantes, sauf un qui s'installa sur ma poitrine pour faire sa toilette du soir, debout, les pattes arrière bien écartées pour ne pas perdre l'équilibre sur ce terrain mouvant. Il frotta à toute vitesse, mais sans bâcler, son visage et ses oreilles, et plaça ses toutes petites mains le long de sa fourrure, exactement comme il l'avait appris de sa mère déjà endormie près de mon oreille gauche.

Je m'endormis à mon tour tandis que papa me chantait l'histoire de *L'homme qui se promenait dans la forêt et tira sur un corbeau, et il tomba au sol*, et je me réveillai en découvrant le docteur Savosnick penché sur moi, souriant, avec ses gentils yeux sous des sourcils noirs et broussailleux, sa main froide posée sur mon front. Il avait ses entrées à la maison, comme Elin était si souvent malade depuis sa naissance et qu'il était un de ces *Juifs qui, d'une manière assez incompréhensible, avaient survécu à Auschwitz*, comme maman m'avait dit un jour.

— Ça veut dire quoi, maman ?

— Bah, n'y pense plus. J'ai oublié un instant à qui je parlais. Tu n'es encore qu'une gosse.

— Il fait trop chaud pour eux, Anne, dit Savosnick à voix basse. Tu as tellement de fièvre qu'il vaut mieux que les petits dorment dans leur propre lit ; il faut aussi ouvrir la fenêtre, ici.

Papa et Savosnick déposèrent ensemble, doucement, les hamsters endormis dans le cageot à pommes.

— Où est maman, papa ? Est-ce que je ne peux pas au moins avoir Caroline ?

— Non, il fait trop chaud, déclara Savosnick. Et une maman hamster doit être avec ses bébés hamsters quand la nuit tombe.

— Elle est dans la salle de bains avec Elin, répondit papa. Allez, repose-toi bien et guéris. Savosnick pense que tu as de la fièvre parce que tu t'es trop excitée. Je suis vraiment désolé pour ce petit, Anne. C'est sincère. Je ne voulais pas faire ça, c'était un accident.

— Je sais, papa, ça ne fait rien. Caroline n'a pas l'air tellement triste.

— Demain matin, tu iras beaucoup mieux, ma chérie. Dors, maintenant. Je laisse la porte entrouverte. Tu n'as qu'à m'appeler si tu te réveilles et que tu as peur.

Quand papa déménagea et trouva une nouvelle famille commença pour maman la période qu'elle qualifia plus tard de *quatre années les plus sombres de ma vie*. Je rentrai un jour de l'école, fin mars, au moment précis où papa et un inconnu faisaient difficilement sortir sa moitié du lit double par la porte d'entrée qu'un des enfants de l'escalier B leur tenait ouverte. Devant l'immeuble était garée une camionnette. Ma première pensée fut que le lit était cassé et devait partir en réparation, mais l'enfant qui tenait la porte, me chuchota quand je passai devant :

— Ton père va déménager.

Maman ne se trouvait pas à la cuisine, et la chaise haute était vide. Papa et l'homme entrèrent et chacun souleva une caisse.

— Tu vas où ? demandai-je.

— Ta mère ne veut plus de moi ici, alors je dois malheureusement déménager.

— Déménager ?

— C'est la vie, Anne.

— Mais où est maman ?

— Elle s'est enfermée dans la salle de bains avec Elin.

Je frappai à la porte de la salle de bains.

— Maman... ? Maman ?

— *Oui.*

— Pourquoi est-ce que papa ne peut plus habiter ici ?

— *Je n'ai jamais dit ça !* cria-t-elle.

— Mais elle m'a fait comprendre par son *attitude* qu'elle ne voulait plus de moi, fit-il en emportant une caisse.

— *Il s'est trouvé une autre femme, Anne ! Ce n'est quand même pas ma faute !*

Elin se mit à pleurer.

— *Prends-toi une tartine, Anne, et ne t'occupe pas de ça. Je sortirai quand ils seront partis !*

En plus de la moitié du lit double, il emporta le bureau et la chaise de bureau, la caisse avec tous les verres d'encadrement qu'il utilisait pour ses photos de ferme, les longues baguettes qu'il coupait en biseau avec une toute petite scie quand il fallait coller et clouer les cadres, tout son matériel de photo, sa valise avec les objectifs et les bagues d'adaptation, ainsi que ses affaires de Gaza.

Les affaires de Gaza, c'était ce qu'il avait rapporté du Moyen-Orient lorsqu'il y était allé comme casque bleu. J'étais si fière de ces choses quand d'autres enfants venaient me voir, je ne connaissais aucun autre papa à avoir été un soldat pour de bon dans un endroit où il y avait la guerre, la vraie. Il était rentré de Gaza avec des abat-jour de couleurs vives, des tabourets en forme de boules brillantes avec des poignées en laiton, que maman astiquait souvent, et des poufs réalisés avec des pièces de cuir de différents coloris cousues ensemble, côte à côte.

Il avait aussi rapporté à la maison un grand panier en osier où maman gardait ses pelotes de laine et son tricot ; il était très beau, jaune clair, avec un couvercle en osier vert qu'on pouvait faire basculer. Celui-là, il le laissa ici. Il souleva le couvercle, jeta un coup d'œil dans la corbeille et le reposa.

Je mangeai des tartines avec du *Sunda*, sans beurre en dessous, et bus du lait tiède en les regardant, lui et l'autre homme, emporter les choses. Le silence s'était fait dans la salle de bains. À la fin, papa ferma la porte derrière lui, sans dire au revoir, et maman cria :

— *Il est parti ?*

Je courus dans la chambre à coucher et vis la camionnette s'éloigner avec deux têtes à l'intérieur.

— Oui ! La voiture vient de partir !

Maman ne fit que pleurer, jour et nuit, et Elin pleurait aussi. Maman était souvent chez Elsa pour se servir du téléphone, et quand elle revenait, elle pleurait encore plus. Je préparais des tartines pour nous trois, je faisais les courses avec la liste, quand elle m'aidait enfin à me souvenir de ce qu'il fallait acheter après que je l'ai relancée. Elle refusait de sortir de la maison.

— Je n'ai pas la force de regarder les gens dans les yeux. Ah, *la honte*. Je suis brisée. Ma vie n'est qu'un champ de ruines.

Chaque jour, après l'école, je faisais faire un tour à Elin, l'emmenais au square et la regardais jouer pendant des minutes qui me semblaient durer une éternité ; elle s'amusait dans le bac à sable avec un seau, une pelle et des moules en plastique coloré.

— Tu dois veiller sur elle parce que ton papa a déménagé ?

— Oui.

— Mais pourquoi il est parti ?
— Je ne sais pas, moi.

Je faisais mes devoirs sans que maman n'ait à me le demander, m'occupais de Caroline qui avait maintenant deux ans – ce qui était vieux, pour un hamster –, et essayais même de laver par terre, mais en vain : maman me prenait le balai-serpillière des mains et reprenait à l'endroit où je m'étais arrêtée. À la place, je posais un rouleau de papier toilette sur la table de la cuisine et j'essuyais par terre autour de la chaise d'Elin, ça nous éviterait au moins de marcher dans toutes les cochonneries qu'elle faisait en mangeant. Maman lavait les habits et les couches en tissu d'Elin, lui faisait prendre un bain et cuisait du pain, comme elle l'avait toujours fait. Mais avant, elle parlait toujours en vaquant à ses différentes occupations, ou bien elle chantait ou chantonnait ; maintenant, elle restait silencieuse.

Comme c'était moi qui faisais les courses, je vis que l'argent diminuait dans le porte-monnaie.

— Tu as encore de l'argent, maman ?
— Un peu. Il a jeté quelques billets dans mon placard, le jour où il est parti.

Maman avait un placard à elle dans la cuisine, avec ses bijoux, ses albums photo, ses foulards, ses collants en Nylon, ses bigoudis et plein d'autres choses inconnues au bataillon. Le placard était si haut que je devais monter sur un tabouret pour y tâtonner de la main, mais je n'étais pas assez grande pour *voir* à l'intérieur ; j'apercevais seulement les photos qu'elle avait collées au dos de la porte, des images de Jim Reeves découpées dans des magazines, Jim Reeves et son groupe, vêtus de costumes blancs aux revers rouges.

Papa envoyait des enveloppes avec des billets de banque à l'intérieur : c'était moi qui allais chercher le courrier, comme je devais de toute façon sortir pour promener Elin. Maman ne voulait même pas descendre les quelques marches menant du premier étage à la boîte aux lettres. Je reconnaissais son écriture et je voyais les billets quand maman décachetait l'enveloppe. Mais au bout d'un moment, il ne vint plus rien.

Le secours arriva pendant quelque temps de Mme Wold, du rez-de-chaussée ; M. et Mme Wold étaient le seul couple de tout l'immeuble à ne pas avoir d'enfant. Elle était aussi la seule, hormis Elsa avec le téléphone, à qui maman parla après le départ de mon père. Comme elle n'avait pas d'enfant, elle avait le temps de s'intéresser à autrui et venait prendre le café chez maman, qu'elle consolait et grondait tour à tour ; j'écoutais depuis la chambre à coucher et j'étais d'accord avec tout ce que Mme Wold disait.

— Il faut que vous sortiez, Birte, il faut aller de l'avant, vous ne pouvez pas rester comme ça à vous moucher. Et c'est beaucoup trop de responsabilités sur les pauvres épaules d'Anne, elle n'a que huit ans.

— Anne s'en sort très bien.

— Mais elle n'a que huit ans !

Mme Wold acheta beaucoup de choses à maman : des verres en cristal, des bijoux, de l'argenterie et des nappes brodées. Cela nous procura de l'argent pour vivre et payer les factures. Quarante ans plus tard, elle m'appela (je tombai des nues) pour me demander si je pouvais passer la voir un jour, elle tenait à me montrer quelque chose. Son mari et elle habitaient toujours dans le même appartement de l'immeuble de Moholt, un appartement construit en miroir par rapport au nôtre ; ils n'avaient jamais eu d'enfant. Franchir le seuil de la porte d'entrée fut une véritable plongée dans le temps. Elle servit le café et des *Berlinerboller* sur la table de la cuisine, mais la vue par la fenêtre avait changé : les arbres chétifs de mon enfance s'étaient transformés en immenses pins et mélèzes de fière allure.

— Je n'avais aucunement besoin de tout ça, nous avions déjà tout ce qu'il nous fallait. J'ai écrit sur une feuille de papier tout ce que j'achetais, avec la somme correspondante. Tu peux le racheter pour le même prix. C'était déjà mon raisonnement, à l'époque. L'argenterie n'est pas en argent massif, tu sais, juste en métal argenté, tu le vois au poinçon en dessous.

— Que je rachète tout pour le même prix ? Mais c'était il y a quarante ans !

— Oui, pour le même prix. Je ne veux pas spéculer sur la misère des autres. Je commence à me faire vieille et mes neveux sont des grippe-sous, je ne veux pas qu'ils mettent la main dessus si Arne ou moi devions décéder soudainement. Tu peux tout emporter aujourd'hui et virer la somme sur mon compte, je vais te noter le numéro. Tu dois faire ce genre de choses par Internet, toi. Tout le monde fait ça, de nos jours. Arne et moi, nous utilisons des mandats à l'ancienne, tu sais. Et puis tu partageras avec Elin. Vous faisiez peine à voir, alors j'ai fait ce que j'ai pu. Mais à la fin, il n'y avait plus rien que je puisse acheter, et elle a dû aller au bureau d'aide sociale. Une démarche pas facile pour ta mère. Elle appelait ça son « petit chemin de croix hebdomadaire », je me rappelle.

Je n'ai jamais raconté à maman que j'avais tout racheté à Mme Wold. À l'époque, elle vivait dans son logement social de Stovner, et cela ne m'aurait pas étonnée qu'elle revende le tout une nouvelle fois si je le lui avais donné.

Effectivement, le jour vint où elle dut aller demander l'aide sociale ; presque six mois s'étaient écoulés depuis le départ de papa et, dans le placard de maman, les factures que j'avais vues arriver par la poste s'accumulaient ; je n'arrêtais pas de penser au fait qu'on ne pouvait pas les payer, quand je faisais les courses et que j'achetais du sirop de sucre au lieu du *Sunda*, parce que c'était meilleur marché, en disant à maman qu'ils n'avaient plus de *Sunda* en stock. Je faisais aussi semblant d'avoir oublié d'acheter des choses, comme la macédoine de légumes à la mayonnaise que maman aimait tant. Ça coûtait cher, beaucoup plus cher que ce que nous mettions d'ordinaire sur nos tartines.

— Il n'y en avait plus en rayon, disais-je.

Et s'il y avait marqué *salami* sur la liste de courses, j'achetais du *servelat* en prétendant lui trouver meilleur goût qu'au salami.

Je remarquai aussi que le sucre roux était meilleur marché que le sucre blanc, *idem* pour la margarine et le bon beurre, et que les raisins secs qui coûtaient trois fois rien remplaçaient astucieusement la confiture sur le pain. Il suffisait de presser les raisins secs dans la margarine pour qu'ils tiennent sur la tranche de pain. Je préparais moi-même mon casse-croûte pour l'école, et quand je plaquais deux tranches de pain l'une sur l'autre, on ne pouvait pas voir ce qu'il y avait entre.

Les allocations de l'aide sociale étaient versées en liquide une fois par semaine, le mardi. Maman devait prendre le bus pour descendre au centre-ville tôt le matin et se mettre dans la queue, Elin dans les bras ;

la queue s'étirait jusqu'au bureau de l'aide sociale, au premier étage d'un grand bâtiment en briques.

— Tous attendent dans l'escalier extérieur, chacun sur une marche, dit-elle.

Elle avait toujours peur qu'un de ces *paumés* ne lui vole sa poussette pour la revendre. La file d'attente puait l'alcool et la gueule de bois, me racontait-elle, et elle y était presque toujours la seule femme.

— En tout cas, Elin est toujours la seule enfant, là-bas. On y voit parfois des oiseaux égarés, avec des bas de Nylon déchirés dans leurs bottines vernies. C'est d'un triste…

— Des oiseaux égarés ?

— Tu comprendras quand tu seras plus grande. Et tout ça, c'est la faute de ton père, Anne, n'oublie jamais ça.

Au bout d'un an, les allocations arrivèrent par la poste. Et tous apprirent que nous *vivions des aides sociales* après que le postier, un jour, se fut trompé de boîte aux lettres. Jamais Mme Wold n'aurait fait de commérages, pas plus qu'Elsa, mais malheureusement, ce ne fut aucune d'elles deux qui reçut ce fameux courrier. Un des pères de l'escalier B lança un jour à maman, en la croisant dans l'allée de l'épicerie :

— Tiens donc, c'est l'argent de mes impôts qui se promène par ce beau temps ?

Les allocations ne couvraient même pas le strict nécessaire. À un moment, je n'avais qu'un pantalon long, et quand il finit par tellement se déchirer à un genou que maman ne put plus le réparer, je dus m'absenter de l'école pour surveiller Elin pendant que maman emporta l'aspirateur en ville pour le mettre en gage, puisque Mme Wold en avait déjà un. Je restai en pyjama et jouai avec Elin en attendant un nouveau pantalon, et maman rentra avec un fuseau bleu ciel dernier cri, doté d'une bande élastique à glisser sous la plante des pieds qui tendait et maintenait parfaitement le pantalon.

— Oui, à quoi ça sert d'avoir un aspirateur quand on n'a qu'à secouer les tapis ? Il te va bien, Anne. J'ai aussi eu assez pour nous acheter des sous-vêtements, à toutes les trois.

C'était l'époque où maman ne pleurait plus dans la journée. Alors Elin arrêta aussi, et elle ne tomba presque plus malade.

— Je vais *sacrément* montrer à ton père que je peux me débrouiller toute seule. Et l'autre imbécile qui s'inquiète pour l'argent de ses impôts ! Il ne doit pas être le seul, tu sais, ça doit jacasser ferme, à table.

Dès qu'elle releva le menton, elle se mit à fréquenter plusieurs autres mères au foyer. Elle avait dû décider une bonne fois pour toutes de ne pas tenir compte de ce qu'on pensait d'elle. Du coup, c'était les autres mères au foyer qui semblaient presque la regarder avec une certaine admiration. L'une d'elles alla jusqu'à dire qu'elle enviait maman de ne pas avoir à s'occuper d'un homme, en plus de tout ce qu'il y avait déjà à faire dans une maison. Maman était la seule mère de tout l'immeuble à ne plus avoir de mari.

Nous autres gamines de l'immeuble faisions beaucoup de rondes et de jeux en chansons, comme se tenir toutes par la main et foncer sur les garçons en chantant :

— Attention nous arrivons ! Peu importe qui nous touchons !

Et on serrait très fort nos mains en renversant les garçons qui n'avaient pas eu le temps de s'enfuir.

Maman ne connaissait pas ce jeu, mais c'était comme si, toute seule et à sa manière, elle en avait fait son mantra. Je n'avais plus besoin de faire les commissions, c'était elle à présent qui rognait sur le budget nourriture. Elle avait découvert la différence entre le *Sunda* et le sirop de sucre, le sucre blanc et le sucre roux, le beurre et la margarine, et inventait des recettes goûteuses et pleines de fantaisie à partir des produits les moins chers. C'était elle aussi qui, quelques années plus tard, calcula que louer un appartement dans la Kongens gate avec des toilettes extérieures revenait infiniment moins cher qu'un trois-pièces moderne avec salle de bains privative dans une cité coopérative, sans compter les quatorze mille couronnes d'apport qu'elle récupéra quand nous déménageâmes.

Elle n'acheta plus jamais de macédoine de légumes à la mayonnaise, sauf à Noël et à Pâques, et ne jeta plus jamais de nourriture, pas même du pain trop vieux. Elle grattait la moisissure, découpait le reste du pain en petits dés, et les faisait cuire dans de la bière de malt et un peu de sirop de sucre de canne – c'était moins cher que le sirop de sucre blanc – jusqu'à ce que le mélange épaississe. Elle appelait cela *børne-øllebrød.*

— Le vrai pain à la bière, il faut le faire tremper et le cuire avec de la bière brune, mais celui-ci, au fond, a meilleur goût, dit-elle.

Nous le mangions aussi bien chaud que froid, avec un peu de lait par-dessus.

Maman était peu encline à évoquer ces quatre années difficiles, entre le moment où papa s'en alla et celui où elle trouva un emploi à l'usine de sacs plastique par l'intermédiaire du mari d'une voisine qui travaillait déjà là-bas. Maman fit sa connaissance parce qu'elle découvrit qu'ils aimaient les mêmes mots croisés. Ils se mirent à chercher des solutions ensemble, et elle apprit ainsi qu'il y avait un poste libre chez Rambech. Elle put arrêter les allocations et commencer à l'empaquetage, avant de monter en grade et de finir machiniste. Elle ne racontait jamais rien de cette époque, à part l'histoire de ce week-end, le plus pauvre de tous, où j'écumai les environs à bicyclette pour ramasser des bouteilles vides et récupérer assez d'argent pour acheter un paquet de levure fraîche et permettre à maman de préparer un gâteau avec la farine qui nous restait.

Une matinée que nous déjeunions à l'hôtel *Bristol* d'Oslo – c'était après qu'elle fut devenue âgée –, elle déclara soudain :

— N'est-ce pas au fond un avantage pour un écrivain, Anne, d'avoir eu une enfance calamiteuse ?

— Elle n'était pas si calamiteuse que ça.

— Tu sais ce que je veux dire.

— Si, maman, c'est un super avantage.

— C'est du sarcasme ?

— Pas vraiment. Je ne tiens rien pour acquis. Je sais qu'il faut travailler dur pour avancer. Rien n'arrive sur un plateau.

— Il y en a qui gagnent au Loto, tu sais.

— On ne peut pas vraiment se baser là-dessus.

— Mais certains gagnent. Chaque samedi, moi, je croise les doigts.

— Je sais, maman. Mais les chances de gagner au Loto sont aussi grandes que celles d'être dévoré par un tigre dans le parc du château royal.

— On ne sait jamais, un tigre pourrait très bien s'échapper d'un cirque. Ça y est, j'ai réussi à manger toutes les crevettes. Il y en a tellement sur une seule tranche de pain, ici, j'aurais pu en fabriquer au moins *cinq* à la maison avec la même quantité. Bon, je vais faire un petit tour au buffet des desserts, Anne.

Quand maman a arrêté de pleurer et a osé regarder la situation en face, qu'elle a vu qu'il n'y avait plus rien à vendre à Mme Wold, elle a compris qu'il fallait absolument trouver de l'argent. Et en l'espace d'un mois, toute notre existence dans ce trois-pièces de soixante-sept mètres carrés fut chamboulée. D'abord, les deux chambres à coucher furent proposées à la location dans *Adresseavisen*, et deux soirs de suite, des étrangers vinrent les visiter. Maman examina chacun d'eux avec attention.

— Je lis sur leur visage, Anne. Je connais bien les gens…

La plus grande des chambres fut louée à une jeune femme, Aud Jensen de Tromsø, qui travaillait comme secrétaire.

— C'est en attendant de trouver un mari, dit-elle. Après, je me marierai, et j'aurai un logement à moi.

Aud Jensen, ou *l'audience* comme l'appelait maman quand la jeune femme ne pouvait pas l'entendre, n'eut pas tout à fait le comportement que maman aurait souhaité. Maman avait cru qu'elle ferait preuve d'humilité en habitant chez autrui. Mais Aud Jensen, qui avait le droit de préparer son repas dans notre cuisine chaque jour entre cinq et cinq heures et demie, prenait vraiment ses aises.

Il lui fallait *absolument* des pommes de terre tous les jours, affirmait-elle, et du poisson au moins quatre fois par semaine, avec des légumes en accompagnement, sans oublier une petite casserole pour le beurre fondu.

Elle laissait derrière elle une pile de vaisselle qu'elle rangerait plus tard, après avoir longuement et bien mangé, dans sa chambre. Ce faisant, elle dépassait largement la demi-heure qui lui était allouée.

Et comme si cela ne suffisait pas, elle lavait ses vêtements presque chaque soir dans la salle de bains, des vêtements qu'il fallait suspendre, encore ruisselants, avant de pouvoir les rapporter dans sa chambre pour qu'ils finissent de sécher pendant la nuit. Elin et moi étions obligées de prendre notre douche sous des rideaux de bas Nylon trempés, de soutiens-gorge et de culottes.

— Elle utilise l'eau chaude comme si c'était gratuit, protesta maman. Comme si elle sortait réchauffée directement de la nature ! Je crois qu'elle rince ses vêtements au moins quatre fois.

Aud Jensen ne prenait jamais la peine de baisser le chauffage quand elle allait au travail, ça se voyait bien sur le compteur dans la cuisine, Alors maman devait entrer chez elle et éteindre le poêle, puis se souvenir de le rallumer longtemps avant le retour de *l'audience*, à cinq heures. La jeune secrétaire fermait sa porte à clé, mais elle ne savait pas que la même clé allait aux deux chambres ainsi qu'à la porte de la salle de bains.

Le second locataire, dans la chambre à coucher plus petite, compensait dans une certaine mesure le comportement éhonté d'Aud Jensen. C'était un jeune homme très timide, du nom de Kjell Werner. Maman l'appelait *le jeune Werther*. Nous le voyions à peine. Il travaillait comme apprenti dans un atelier et rentrait chez lui le week-end, ce qu'Aud Jensen ne faisait pas, pour sûr ! Le samedi après-midi, elle se douchait, se pomponnait, entrant et sortant de la salle de bains avec des bigoudis dans les cheveux, avant de sortir en trottinant sur ses talons hauts. Elle allait *danser*.

— Je me sens affreuse, comparée à *l'audience*, disait parfois maman à Elsa, sur le palier d'en face. Ah, c'est autre chose avec le jeune Werther et ses souffrances, il provoque en moi des sentiments maternels, on dirait qu'il ne veut faire qu'un avec son ombre. Pauvre garçon. J'espère vraiment qu'il se rattrape le week-end, quand il retrouve les siens.

Kjell Werner urinait discrètement dans les toilettes, quand il était sûr qu'elles étaient libres, et se lavait vite les mains après. Il ne prenait jamais de douche et ne faisait jamais aucune lessive. Il ne se faisait jamais non plus à manger dans la cuisine, ce qui d'ailleurs était tout aussi bien puisqu'il avait la demi-heure après Aud Jensen, quand celle-ci faisait sa vaisselle et parlait non pas *avec* maman mais *à* maman, sans discontinuer. J'étais contrainte, avec mes devoirs, de me réfugier dans le salon, qui n'était pas chauffé puisqu'il était devenu notre chambre à coucher à toutes les trois.

Nous avions un canapé et deux matelas par terre ; maman dormait sur le canapé. On n'y était pas si mal, mais bien sûr, il était impossible de ramener des amis à la maison. Je ne ramenais jamais personne à la maison, ces années-là ; j'étais chez les autres, principalement chez Tove de l'escalier d'à côté. De plus, sa famille avait la télévision, ce qui n'était pas notre cas. Non, ce n'était pas amusant de faire ses devoirs en hiver dans le salon, même emmitouflée dans ma couette et dans celle d'Elin, pendant que me parvenait la voix d'Aud Jensen comme un ronronnement de moteur au-dessus des bruits de vaisselle. Dès qu'elle avait quitté la cuisine, je réinvestissais le terrain.

— Je me contente de la laisser parler, dit maman à Mme Wold, parce que rien de ce qu'elle raconte ne m'intéresse. Je n'en ai rien à faire de la Norvège du Nord, du poisson, de la problématique du vernis à ongles quand on tape à la machine ou encore de la chasse aux bonshommes. Quel bonheur, quel soulagement ce sera le jour où je pourrai la renvoyer ! C'est une chose de ne pas avoir de chambre à coucher, mais le pire, c'est sa manière d'envahir la salle de bains et la cuisine. Elle prend ses aises comme si elle était chez elle. Est-ce qu'ils sont tous *comme ça*, ceux du Nord, vous croyez ?

Nous avions malgré tout une vaste cuisine, pouvant accueillir une grande table et un fauteuil dans un coin. C'est ici que nous habitions, que nous fêtions même Noël, ayant la place pour un petit sapin à côté du fauteuil.

Mais deux locataires ne donnaient pas un revenu suffisant.

— Avec l'aide sociale et ce supplément, nous *survivons* tout juste, me confia maman, qui m'impliquait dans tout ce qui avait trait aux finances.

Elle se procura donc pas un, mais trois jeunes enfants à garder, dont un frère et une sœur, et qui portaient tous trois encore des couches. C'était des couches en tissu, avec de la gaze à l'intérieur et de la flanelle à l'extérieur. À partir de ce jour-là, il y eut en permanence deux seaux pour laver les couches dans la salle de bains. Le plus gros partait d'abord dans les toilettes et maman les nettoyait déjà un peu là, avant de les mettre à tremper à chaque changement. Il n'y avait pas la place pour une table à langer, alors une des extrémités de la table où nous mangions en tenait lieu. Cela faisait longtemps qu'Elin ne portait plus de couches, bien sûr, aucun enfant autour d'un an ne continuait à en porter, toutes les mamans mettaient l'enfant systématiquement sur le pot en espérant en terminer bientôt avec la corvée de lavage des couches.

Quand je rentrais de l'école, je mangeais mon goûter dans une cuisine où au moins un des enfants hurlait à pleins poumons, le sol était jonché de restes de nourriture, et Elin se baladait en parlant à tue-tête, trop contente de jouer à la grande au milieu de ces bébés.

Les mères venaient rechercher les trois enfants un peu avant cinq heures, avant qu'Aud Jensen ne fasse son entrée dans la cuisine.

Le soir était le moment de la journée où maman se retrouvait. Elle lisait ou tricotait, faisait des mots croisés et écoutait la radio. Le samedi et le dimanche, elle lavait *nos* vêtements et faisait bouillir *nos* draps, *nos* serviettes, elle nettoyait les vitres, lavait l'escalier, écrivait de longues *bookletters* à Audrey, nous faisait la lecture, toujours du H.C. Andersen, en danois. Je savais lire toute seule, je lisais aussi un peu à haute voix pour Elin. Une fois que maman eut pris les trois enfants à garder, elle nous acheta à crédit *Mon Trésor*, une œuvre en dix volumes dont les premiers s'adressaient aux tout-petits, avec des vers et des histoires, tandis que les derniers tomes visaient davantage la jeunesse. Maman avait formellement interdit à papa de me lire des contes populaires norvégiens, elle trouvait ça trop bestial et vulgaire.

— Des trolls qui se baladent avec des têtes coupées et des petits garçons qui, par la ruse, font que d'autres s'ouvrent le ventre ! C'est quoi votre problème, à vous autres Norvégiens, avec les *trolls* ? C'est répugnant !

D'ailleurs, tu peux aussi oublier les frères Grimm, Martin. Anne pourra lire ça toute seule quand elle sera plus grande, ce n'est pas la peine de lui farcir la tête avec ça quand elle doit dormir. *Le Petit Chaperon rouge*, *Hans et Gretel*… Pff ! Est-il vraiment utile que les enfants aient peur d'être *dévorés* ?

Après cette tirade, papa s'en était tenu à Egner, Lindgren et Anne-Cath. Vestly, et maman se fit envoyer par oncle Ib ses vieux livres de H.C. Andersen qui, jusqu'alors, étaient restés dans la bibliothèque de sa maison d'enfance à Amager. Elle savait bien lire à voix haute, changeant les intonations et produisant des effets dramatiques, chuchotant ou criant selon l'ambiance du récit.

Elin était trop petite pour comprendre, ce qui ne l'empêchait pas d'être tout ouïe. J'adorais chaque histoire et versais de chaudes larmes chaque fois que maman lisait *La Petite Fille aux allumettes* ou *Le Vilain Petit Canard*, et Elin aussi se mettait à pleurer.

— N'est-ce pas extraordinaire, disait alors maman, qu'on se projette autant *dans* l'histoire ? Seule la grande littérature est capable de ce tour de force, Anne. Souviens-toi de ça. Si tu as des livres, tu ne connaîtras jamais la solitude.

Elle fut sans aucun doute la seule personne de cette cité coopérative située un peu à l'extérieur de Trondheim, vers la fin des années 1960, à se plonger le soir dans l'épopée de Gilgamesh. Ce fut aussi dans ces années-là qu'elle commença à évoquer ce qu'elle appelait un *désir inconnu*.

La première fois, c'était un dimanche après-midi ; assise sur une chaise, elle regardait par la fenêtre quand soudain, les larmes lui vinrent aux yeux.

— Qu'y a-t-il, maman ?

— Rien. J'ai comme éprouvé soudain un violent désir, un désir inconnu…

— Et tu désires quoi ?

— Je ne sais pas. Il ne serait pas inconnu, sinon. Je désire, je crois, partir d'ici, avoir une autre vie, tout recommencer à zéro.

— Mais tu nous as, Elin et moi.

— Oui, c'est vrai, dit-elle en tournant la tête vers moi et en m'adressant un faible sourire qui ne m'inspira aucune confiance.

Elle était souvent prise de ce désir inconnu en fin de week-end, quand tous les travaux ménagers étaient accomplis et qu'elle regardait venir par la fenêtre la semaine qui allait reprendre et qui était presque toujours la répétition de la précédente.

— Tu le ressens maintenant, ton désir inconnu, maman ? demandais-je souvent.

— Oui, mais ça va passer, comme tout le reste.

Moi, j'avais la chance de pouvoir m'échapper. Depuis l'âge de cinq ans, je prenais seule l'avion chaque été, vers la fin juin, pour Bergen, où ma grand-mère paternelle venait me chercher à l'aéroport de Flesland pour m'emmener dans sa ferme de Hardanger. Je passais là-bas un été merveilleux, avec ma chambre à moi, de grands salons et une grande famille. Après que papa eut déménagé, cette grand-mère continua de payer tous les ans mon billet d'avion aller et retour. J'étais seule à partir. Elin était trop petite au début, et ce n'était plus d'actualité quand elle devint plus âgée.

Maman m'accompagnait toujours en ville jusqu'au bureau de Braathens SAFE où l'on enregistrait mon bagage et l'on me remettait ma carte d'embarquement.

Pour le reste, je me débrouillais seule une fois à l'aéroport de Værnes : je savais qu'il fallait se diriger vers le numéro inscrit sur la carte. Là m'attendaient l'avion et les gentilles hôtesses de l'air.

La première fois que je dus partir chez ma grand-mère paternelle après le départ de papa, nous en étions au stade où maman ne pleurait plus pendant la journée, mais où elle n'avait pas encore été contrainte de se rendre au bureau d'aide sociale ; nous continuions à vivre sur l'argent de Mme Wold qui nous achetait des objets et sur les enveloppes occasionnelles de papa.

J'étais très fatiguée. Je me faisais une telle joie de partir chez ma grand-mère que la tête me tournait rien que d'y penser. J'avais au fond de la gorge un rire sauvage qui ne demandait qu'à sortir, mais je ne laissais paraître, ici et là, qu'un sourire furtif.

Maman me suivit longtemps des yeux tandis que je me dirigeais vers le bus bleu qui faisait la navette et que j'attendais impatiemment avec les autres passagers que les portes s'ouvrent. Puis elle lança :

— Si tu savais, Anne, à quel point je souffre dans mon *cœur de mère* de voir comme tu te réjouis de nous quitter, d'échapper à tout ce qui est ici.

J'avais beau me retenir, sans doute avais-je de nouveau esquissé un sourire.

— Il faut que tu saches, Anne, que je fais de mon mieux, vraiment ; tu n'as qu'à saluer ta grand-mère et le lui dire, à elle aussi, même si elle ne veut plus me parler au téléphone.

— Je dois le lui dire ?

— Oui, dis-lui que je fais de mon mieux. Qu'elle me croie ou non.

Je m'agenouillai sur le siège et agitai la main derrière la vitre du bus, continuant jusqu'à ce que nous tournions dans la Kjøpmanns gate et que je ne voie plus maman, restée seule avec la petite Elin à la main, de nouveau seule avec ses désirs inconnus. Ne pouvant me retenir plus longtemps, j'éclatai de rire – avec un profond sentiment de honte.

IV

Quarante-sept ans après le départ de papa, quand les années les plus sombres étaient derrière nous, maman reçut son tout premier avis de recouvrement. Celui-ci fut transféré à Elin qui s'occupait des papiers de succession de maman, puisqu'elle habitait à Oslo. C'était une facture de la maison de retraite de Furuset pour trois semaines de soins et *on ne pouvait pas voir que la facture avait été payée*, c'est pourquoi la demande avait été transmise à l'office de recouvrement de créances.

Nous ne faisons pas de massages, ici.

La facture et les relances, avec des frais de plus en plus importants, avaient été envoyées à la boîte aux lettres de maman, qui n'existait plus : Elin et moi avions vidé son appartement après Pâques et de nouvelles personnes y avaient emménagé ; sans doute avaient-elles simplement jeté à la poubelle le courrier adressé à une inconnue.

Elin téléphona et demanda s'il était légitime de payer pour un séjour qui, au bout du compte, avait précipité son décès, et aussitôt il fut tiré un trait sur la facture.

— Si elle avait appris ça, dit Elin. Un avis de recouvrement ! Mon Dieu ! Elle serait morte de honte.

— Oui. Heureusement qu'elle ne le saura jamais.

Il y avait beaucoup de choses qu'elle ne saurait jamais ; il était étrange de constater qu'il fallait autant de temps pour s'y habituer, à l'instar d'un apprentissage qui se déroulait parallèlement au processus de deuil. Au moins une fois par jour, je me surprenais à vouloir l'appeler, soit à cause d'une émission de radio, d'un article dans le journal, ou parce que je voulais lui poser une question : comment s'appelait déjà la sœur de Muhammed qui vivait à Istanbul ? Est-ce que Bucarest se trouve en Roumanie ou en Hongrie ? Était-ce bien Christian IV qui aimait tellement la Norvège qu'il venait en visite chaque année ? J'avais considéré comme naturel d'avoir toujours une encyclopédie ambulante sous la main, à portée de quelques touches sur un clavier de téléphone. Elle était très cultivée et avait un appétit vorace pour tout ce qui se passait ; elle lisait tous les jours trois journaux, surfait sur le Net, était active sur Facebook, cherchait tout sur Google dès qu'elle avait le moindre doute. Je l'utilisais souvent comme assistante pour mes recherches, car elle n'abandonnait jamais avant d'avoir trouvé ce qu'il me fallait. Elle était poussée par la curiosité, avec une soif de connaissance inextinguible.

J'éprouvais le besoin de l'appeler quand l'actualité apportait son lot d'informations, choquantes ou magnifiques. Je fus heureuse qu'elle n'apprît jamais le chemin de croix de Lance Armstrong, pour cause de dopage. Elle l'aurait vécu comme une trahison personnelle, à la pensée de toutes les heures qu'elle avait investies à suivre sa carrière ; une déception de cette ampleur l'aurait brisée.

Mais il m'arrivait aussi de l'appeler et de tomber sur son répondeur, avec son message enjoué, avant que tout me revienne en mémoire. Une fois, chez un bouquiniste, je lui ai acheté un livre qui parlait des pensionnats au Danemark dans les années 1940, une période où maman elle-même était dans un pensionnat à quelques kilomètres seulement de sa maison, parce que grand-mère n'avait pas le courage de la garder avec elle. Elle ne la reprenait même pas le week-end.

J'ai jeté le livre sur mon bureau et suis allée me préparer une tasse de café ; je comptais le mettre plus tard dans une enveloppe et le poster quand je sortirais le chien, quand tout à coup je me suis souvenue qu'elle était morte.

Maman n'eut pas eu le temps de voir Elin à la télévision quand celle-ci passa au tribunal deux jours entiers lors du procès du terroriste. Maman mourut exactement un mois trop tôt.

— Elle aurait été furax de voir qu'ils ont coupé le son quand cela a été ton tour, dis-je à Elin.

— Pas sûr. Je l'avais prévenue. Vu la teneur de mes propos, il ne fallait pas s'étonner qu'ils soient censurés lors de la retransmission en direct. Mais elle aurait quand même été fière.

Elle ne sut pas non plus l'immense gentillesse qui nous fut témoignée à Elin et moi à sa mort, peu avant Pâques. Nous étions toutes deux épuisées par le chagrin, l'inquiétude et la frustration. Elin croulait par ailleurs sous le travail, car il fallut préparer le procès durant toutes les vacances de Pâques. Allions-nous calmement l'incinérer et organiser plus tard la dispersion de ses cendres sur la plage d'Amager ?

C'est là qu'intervinrent les dames de l'immeuble de maman, de vieilles dames qui avaient son âge et habitaient toutes dans ces logements sociaux. Elles voulaient nous aider : nous n'avions qu'à dresser la table dans la salle commune du rez-de-chaussée ; ce serait pratique, puisque l'église Fossum n'était située qu'à une vingtaine de mètres de la porte d'entrée. C'est pourquoi un mardi en pleine semaine sainte, Elin et moi, aidées par toutes les voisines amies de maman, parvînmes à mettre sur pied un enterrement de manière assez miraculeuse, dois-je dire. Elin avait une amie fleuriste-décoratrice qui déposa de très jolies gerbes tout autour du cercueil, la fille d'une des voisines, traiteur, voulut aussi s'occuper des boissons, et le pasteur eut la consigne de se limiter à la liturgie ; je me chargeai de dire ce qu'il y avait à dire sur maman.

Les bonnes voisines couraient partout, dressaient la table, décoraient, disposaient des bougies qu'on allumerait plus tard, préparaient les cafetières et apportaient la nourriture sur les tables : il n'y aurait plus qu'à enlever la cellophane avant que tout le monde ne revienne de l'église.

Elin et moi n'avions pas encore fait paraître l'avis de décès – nous ne le fîmes qu'après Pâques, avec un poème d'Emily Dickinson –, et pourtant, l'église était pleine. Le bouche-à-oreille avait suffi. Même deux des enfants que maman avait gardés étaient venus, ils avaient repris contact avec elle lorsqu'elle s'était inscrite sur Facebook.

La réception qui s'ensuivit fut un vrai repas d'enterrement, où chacun se leva à tour de rôle et raconta des anecdotes amusantes ou croustillantes sur maman. Elin et moi eûmes enfin l'occasion de rire, de porter des toasts et de nous replonger des mois en arrière, avant que tout se délite. Et sans arrêt, cette pensée m'habitait, lancinante : maman aurait adoré ça. C'était un enterrement dans son sens, précisément parce que nous n'avions pas eu le temps de le préparer dans le calme et le recueillement.

Mais elle ne connut pas non plus – encore heureux ! – le dénouement du combat qu'Elin et moi avions continué à mener contre le système de santé en Norvège. Car à sa mort, nous n'abandonnâmes pas la partie. Nous déposâmes une plainte contre la municipalité de Stovner pour incurie et rapportâmes tout l'historique de sa maladie à l'Inspection de santé publique. Une enquête fut diligentée, dont la conclusion donna raison à maman – maigre consolation – dans le tableau effarant qu'elle avait dressé du système de soins aux personnes âgées. Un tableau que j'avais toujours cru jusqu'alors très exagéré, empreint de sentimentalisme et d'angoisse de la mort. Il faut bien que les vieux meurent de *quelque chose*. Voilà ce que j'avais pensé.

Mais nous obtînmes noir sur blanc la réponse suivante : *Le droit aux services de soins et de santé ne signifie pas le droit à un niveau de vie et à des prestations optimales, mais il doit se situer dans le cadre d'un certain niveau de vie minimal.*

Alors nous abandonnâmes le combat.

Elin alla chercher l'urne avec les cendres de maman et la posa dans sa chambre à coucher. Durant six mois, elle resta à cet endroit où Elin, chaque soir, pouvait lui dire bonne nuit, avant que la logistique soit enfin en place et que maman puisse entreprendre son dernier voyage.

Les trains du matin pour rejoindre Copenhague étaient en retard.

— C'est à cause des câbles, expliqua tante Lotte. Ils volent le cuivre qu'il y a dedans pendant la nuit, c'est un gros problème.

Les voyageurs, autour de nous, se rendaient au travail ou à l'école. Notre petit groupe détonait un peu, tous serrés les uns contre les autres, treize personnes en tout, adultes et enfants confondus, de grands bouquets de roses jaunes sur les genoux. L'urne de maman était dans le sac à dos d'Elin et nous avions tous emporté des sacs avec des vêtements supplémentaires au cas où il ferait froid : on était en octobre et nous allions prendre la mer.

Nous avions d'abord pensé disperser ses cendres directement sur la plage d'Amager, d'entrer tout bonnement dans l'eau et de vider l'urne, mais Søren et Peter trouvèrent que c'était une mauvaise idée.

— Il peut y avoir des chiens et des enfants, là-bas, qui jouent au bord de la mer, et beaucoup de monde s'il fait beau, et alors qu'est-ce qu'on fera ? demanda Peter.

— Le vent peut aussi souffler de la mer, rappela Søren.

Nous comprîmes qu'il nous fallait sortir en mer.

C'est pourquoi j'avais loué *Mira*, une goélette de quatre-vingt-dix pieds de long datant de la fin du XIXe siècle.

Il nous attendait sur le quai de l'amirauté à Christianshavn, se balançant majestueusement, avec ses hauts mâts au bois doré qui faisaient ressortir la blancheur des voiles, encore repliées, dans l'attente du vent en haute mer.

Des bols avec du fromage, des fruits et des snacks, des thermos de café et de thé ainsi que des sodas pour les enfants nous attendaient sur le pont. Dans la cabine, en dessous, on nous préparerait un déjeuner après la dispersion des cendres.

Il faisait du soleil, et pas froid du tout. Nous quittâmes le quai et regardâmes l'équipage manœuvrer des voiles dont nous ignorions le nom et des cordages dont nous ne comprenions pas à quoi ils servaient. Le capitaine avait promis de naviguer aussi près que possible de la plage, jusqu'au bord de l'accore. Il ferait alors en sorte que le *Mira* soit parallèle au rivage.

Une fois sortis de l'Inderhavnen, le *Mira*, toutes voiles dehors, mit le cap vers l'est. Nous déballâmes les roses et sortîmes l'urne ; j'avais aussi apporté une bouteille de liqueur à l'œuf et des verres, ceux-là mêmes que maman et moi avions achetés à Cracovie, de ravissants verres à liqueur en cristal taillé.

— Qu'y a-t-il dans la bouteille ? voulut savoir le petit Lasse, le plus jeune enfant de Søren.

— De la liqueur à l'œuf, répondis-je. Mais c'est seulement pour les adultes. Et pour ta tante Birte. C'était sa liqueur préférée.

— Mais elle est morte, maintenant.

— Je ne vois pas pourquoi elle n'aurait pas le droit à son petit verre, elle aussi.

Maman adorait la plage, elle avait grandi à cent mètres de là et était comme un poisson – ou plutôt un phoque – dans l'eau. Quand nous étions à Oman, elle passait tout son temps libre dans la piscine de l'hôtel tandis que je restais sur le bord, avec un verre de gin tonic et un grand cendrier.

— Si tu savais ce que tu perds ! s'exclamait-elle. Toi et ta ridicule peur de l'eau.

— Tu peux parler ! Quand je fais des cauchemars, il s'agit toujours de noyades, de ne pas pouvoir respirer. Tu n'as jamais peur d'étouffer sous l'eau ?

— Non. Dans l'eau, on peut respirer pour de vrai. C'est aussi simple que ça. Dans l'eau, je me sens libre. Je flotte, je plane, Anne. C'est là que je peux enfin *respirer*.

Le capitaine disposa le *Mira* parallèle à la côte, comme il l'avait promis, le tribord face au rivage, avec tout le Sund dans le dos.

Il y avait beaucoup de monde sur la plage, tous observaient l'orgueilleux voilier étonnamment proche du rivage et ses passagers. Elin ouvrit l'urne et nous la regardâmes se pencher au-dessus du bastingage et en vider le contenu dans l'eau. Les cendres se dispersèrent dans les longues vagues claires avant d'être emportées par les courants. Je remplis les verres de liqueur pour nous, les adultes, et un verre en plus.

Nous portâmes un toast et bûmes, laissâmes le verre plein de maman suivre ses cendres, et les nôtres, vides, tomber dans les profondeurs de la mer. Enfin, nous jetâmes les roses à la surface de l'eau. Même les enfants, qui entre-temps s'étaient mis à courir sur le pont en poussant des cris, s'étaient tus ; ils jetèrent eux-mêmes les fleurs et les suivirent des yeux. On n'entendait que le vent dans les voiles et les vagues qui clapotaient contre la vieille coque en bois.

Maintenant, maman pouvait enfin respirer, entourée de roses jaunes et de liqueur à l'œuf.

À l'intérieur des maisons bâties près de la plage, ils étaient nombreux aussi à avoir aperçu le bateau et à se téléphoner entre eux, tout excités, afin que personne ne rate le spectacle. Une des conversations aboutit chez Amalie, une des amies d'enfance de maman. Elle avait parlé avec tante Lotte le matin même et était au courant.

— Ce n'est que Birte, dit-elle. Birte qui est rentrée à la maison.

— Ah ! c'est toi, ma chérie. Elle était bonne, ta cigarette ?

— Absolument.

— Quand tu penses que les gens qui bossent ici n'ont pas le droit de fumer dehors sur le balcon, alors que les patients et leurs proches ont le droit, eux ! C'est fou ce que les gens acceptent aveuglément, sans rechigner. Ça n'arrête pas de m'étonner.

— Je suis sûre qu'ils trouvent quand même le moyen de s'en griller une.

— Espérons-le. La nuit, du moins, dit maman, moi je l'aurais fait. Si je fumais et si je bossais dans cet horrible endroit.

— Tu t'es bien reposée ?

— Oui. C'était splendide.

— Tu te rappelles, là-haut, dans la forêt de Stovner, tu m'avais raconté que tu avais trouvé un truc ? Pour se reposer dans un état de semi-veille, les yeux clos, je crois même que tu as précisé ce détail.

— Je n'aurais jamais pensé que tu t'en souviendrais, Anne.

— Ça m'est revenu à l'instant. Et que tu ne voulais pas me dire ce que c'était.

— Oh, je peux te le dire, maintenant. Ça n'a plus d'importance.

— Eh bien, dis-le-moi.

— Je me représente une… couverture, une couverture chatoyante, Anne, de *mille* couleurs qui étincellent et brillent, et la couverture est moelleuse et légère, je la tire sur moi, bien au-dessus de ma tête, bien au-dessus de moi, comme ça je disparais complètement en dessous. Toutes ces couleurs sont pleines d'images, *à l'intérieur*, je ne sais pas comment te l'expliquer, mais je choisis l'image et la couleur dans lesquelles je veux me plonger. Il y a des choses que j'ai vécues, de *bonnes* choses, pas une seule mauvaise. Et je les revis telles qu'elles étaient, avec toutes les odeurs et les sons. Je *suis* là-bas. C'est mieux que le cinéma, mieux que la lecture du temps où je pouvais encore lire des livres, c'est presque mieux que ça l'était dans la réalité.

— Où étais-tu, tout à l'heure ? Pendant que je fumais sur le balcon ?

— J'étais à Tresco et je préparais un cygne.

— C'est bien ce que je pensais. N'importe quoi.

— Tu peux le dire ! Le commandant général était un chasseur invétéré, il devait absolument tirer sur tout ce qui avait des ailes et le manger. Lui et ses camarades étaient partis chasser le canard sur un lac au milieu d'une île et ils ont effrayé un couple de cygnes. L'un d'eux s'est envolé, a heurté une ligne à haute tension et est retombé mort sur le sol. Les chasseurs sont devenus hystériques, puisque tous les cygnes d'Angleterre sont la propriété de la reine et qu'il est donc strictement interdit de leur tirer dessus, de les tourmenter, ou même de les *toucher* ! Et ils en avaient *tué* un, tu t'imagines. Un couple de cygnes reste ensemble toute la vie, alors le tout a pris une dimension assez dramatique, puisque l'autre, le cygne survivant, a volé, furieux, au-dessus de leurs têtes, pendant qu'ils enterraient le cygne dans un marais. Ils sont rentrés à Tresco Abbey la queue entre les jambes. Là, ils ont rédigé rapidement un télégramme de regrets qui fut transmis à Buckingham Palace, honnêtes comme ils étaient, sans compter que des gens auraient pu les voir et rapporter l'incident en haut lieu. Ils ont fait les cent pas dans la bibliothèque, incapables de tenir en place, et ont bu du cognac hors de prix, en attendant de recevoir l'absolution pour leur péché. Quand ils ont enfin reçu un télégramme, signé *Queen Elizabeth*, avec deux mots…

Maman donna un coup pour faire remonter le tuyau en Y dans son nez et inspira de l'oxygène qu'elle laissa ressortir par la bouche, plusieurs fois.

— Et qu'est-ce qu'il y avait marqué dessus ?

— *Eat it.*

— Sérieusement ?

— Mais oui, sérieusement.

— Et c'est toi qui as eu la charge de le préparer.

— Mon Dieu, ça oui ! Ils se sont tous précipités là-bas, ont déterré le cygne en un rien de temps et me l'ont balancé sur le plan de travail de la cuisine en faisant de grands gestes. Mon Dieu, ça n'a pas été de la tarte de déplumer la bête ! Ensuite, je l'ai remplie d'oignons, de pruneaux, de pommes et de lard coupé en petits dés, ainsi que plein de petites choses que j'ai trouvées dans mes placards, j'ai mis de la sauge, du persil, une bonne quantité de sel et poivre, naturellement, et j'ai recousu le cou et la queue. Après, j'ai recouvert la poitrine avec du lard et je l'ai cuit lentement ; c'est tout juste si j'ai réussi à le faire entrer dans le four. J'ai dû la cuire à température assez basse en l'arrosant souvent, les suprêmes cuisent plus vite que les cuisses, tu sais, c'est pourquoi il faut les protéger avec du lard et veiller à ce qu'ils soient suffisamment arrosés, ou alors poser un chiffon humide dessus, n'importe quoi du moment que ça les protège de la chaleur. C'est la même chose pour la dinde, tu sais, Anne. La nuit était bien avancée quand j'ai pu enfin leur servir le cygne royal, présenté avec des manchons blancs autour des pattes, sur un lit de rouleaux de lard grillé et de châtaignes, le tout accompagné de *mashed potatoes*. Ah, si tu les avais vus se jeter sur la nourriture ! Oui, ils ne mangeaient pas, ils dévoraient ! Et après, ils sont tous venus en cuisine me féliciter pour ce repas. Ils ont vraiment fait ça. Pardessus le marché, ils avaient apporté du cognac qu'ils m'ont fait boire. Moi, ha ha ! qui ne buvais presque jamais d'alcool. Il m'est tout de suite monté à la tête, épuisée comme j'étais. Mais il n'y a pas beaucoup de cuisiniers en Angleterre qui ont préparé un cygne de Sa Majesté. Tu peux me croire sur parole, Anne.

— Et c'est à ça que tu as pensé pendant que tu te reposais ?

— Je ne *pensais* pas à ça, Anne. Je le *vivais*. C'était si merveilleux de tout revivre encore une fois, les bonnes odeurs sortant du four, l'ambiance dans cette cuisine immense, la sensation d'avoir un tablier bien repassé autour de mon corps, l'agilité de mes mains, le savoir-faire et la maîtrise que j'avais. J'étais... *souveraine* ! Oh, tu ne peux pas savoir, Anne.

Composition : Facompo
Lisieux

Achevé d'imprimer en Allemagne
par GGP Media GmbH
à Pößneck
en décembre 2015

MIXTE
Issu de sources responsables
FSC® C003309
FSC www.fsc.org

Fleuve Éditions, une marque d'Univers Poche,
est un éditeur qui s'engage pour
la préservation de son environnement
et qui utilise du papier fabriqué à partir
de bois provenant de forêts gérées
de manière responsable.

Fleuve Éditions
12, avenue d'Italie
75627 Paris Cedex 13

Dépôt légal : janvier 2016
R09920/01